# 怪人デスマーチの退転

西尾維新
NISIOISIN

講談社

# 怪人デスマーチの退転

目次

## 登場人物紹介

### あるき野家の人々

あるき野散歩（あるきの・さんぽ）――父。

閨閥艶子（けいばつ・つやこ）――乳母。

あるき野道足（あるきの・みちたり）――長男。

あるき野軍靴（あるきの・ぐんか）――次男。

あるき野ふらの（あるきの・ふらの）――末妹。

### 籐藤家の人々

籐藤雉薙（とうとう・きじなぎ）――祖父。

籐藤毒苺（とうとう・どくいちご）――祖母。

籐藤感惑（とうとう・かんわく）――父。

籐藤契尖（とうとう・けいせん）――母。

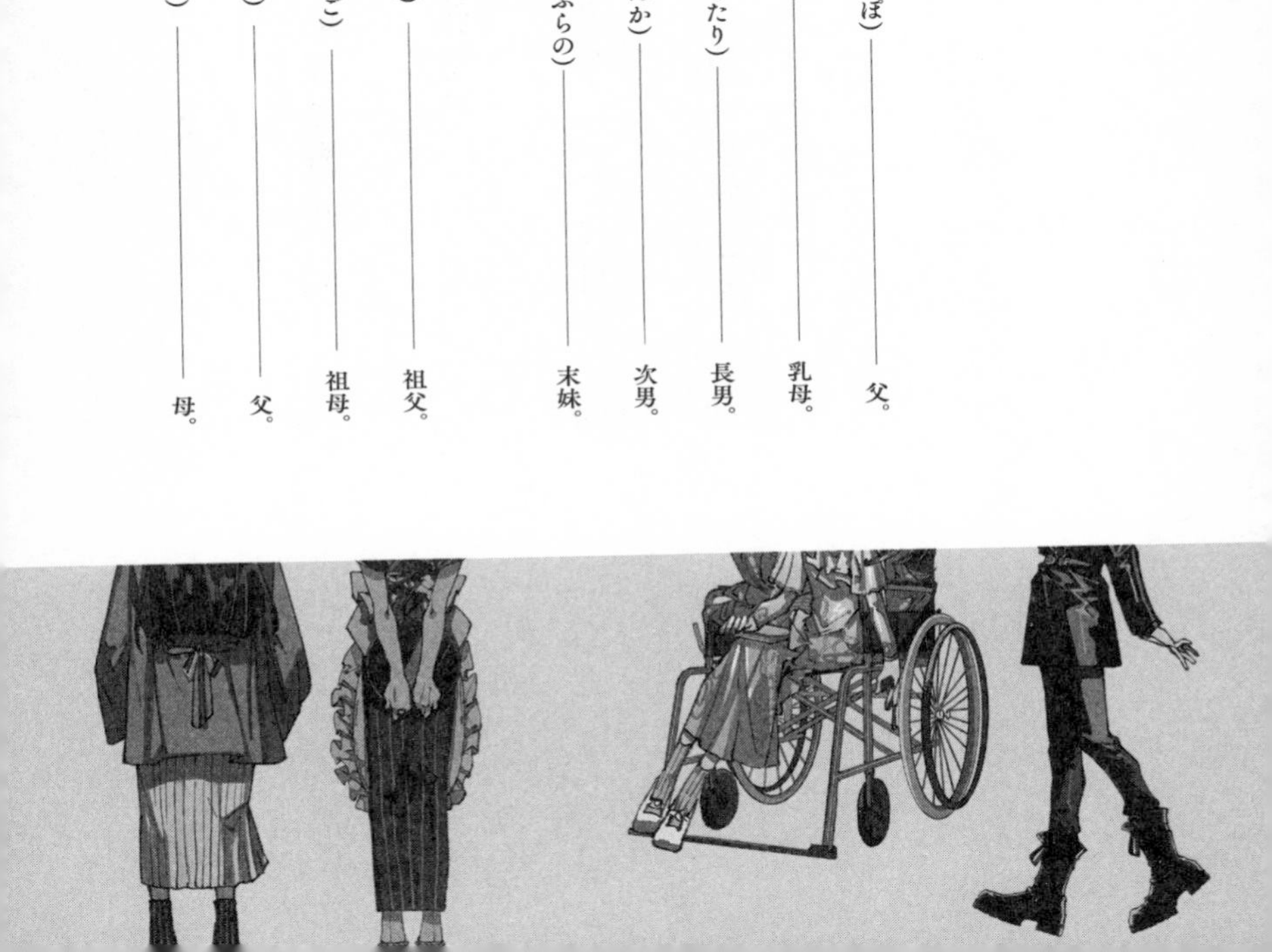

籐藤璧璧（とうとう・へきぺき）――娘。

警察関係者

東尋坊（とうじんぼう）――警部。警察庁所属。

待葉椎（まてばしい）――警部補。愛媛県警所属。

老者舞（おしゃまっぷ）――警視。石川県警所属。

その他の人々

涙沢虎春花（うるさわ・とらはるか）――名探偵。

土金ポワレ（つちがね・ぽわれ）――観光客。

邊邉斉齋斎（なべなべ・さいさいさい）――金箔師。

フラヌール――怪盗。

フラヌール（二代目）――返却怪盗。

デスマーチ――怪人。

装画
TAKOLEGS

装丁
Veia

# 怪人デスマーチの退転

扉

# 邊邉斉齋斎

ここに一冊の本がある。

見るからに異形《いぎょう》であり、見るからに異質であり、なんなら異常な佇《たたず》まいでさえあって、間違いなく一般には流通していない私家版であることは明らかだった。無防備にもカバーや帯のたぐいが掛かっていない外装は、表紙も背表紙も裏表紙も、黒一色の漆塗りに仕立てられている。タイトルや作者名はどこにも記されていない。書籍にそんなものは不要であると言うように。

ただしだからと言って、自己主張が控《ひか》えめな、地味な一冊であるかと言えば、そんな慎《つつ》ましやかさともまるで無縁だ。遠目にも、本文の小口が金色であることは見て取れる。ハードカバーさえ珍しくなった出版不況の昨今ではすっかり見なくなった、幻みたいな輝かしい装丁だが、そこで感心してしまうのはとんだ勘違いである。

なぜならその本は、小口が金色に塗装されているわけではない。明らかに時代がかったこの本を新品に見せるため、仮にヤスリでがしがし削ったとしても、本文使用用紙の、すっぴんの地肌が露出するようなことはないのだ。

なぜなら、本文に使用されているのは、紙ですらないからである。

厚みから判断する限りは１０００ページ近い、無題のその本は、紙よりもずっと薄い、金箔で形成されている。だから実際には、２０００ページさえ超えているのではないだろうか？　一万ページを超えているかもしれないと言っても過言ではない。

『だろうか？』とか『かもしれない』とか『過言ではない』とか、曖昧《あいまい》なことを言わずに、本を開いてノンブルを確認すればいいじゃないかと、叱《しか》ってほしくはない。なにせ相手は金箔だ。触れるどころか、近づいた風圧でも破れてしまいかねない、薄さと脆《もろ》さと儚《はかな》さである。

平均的な数値でも、厚さ一万分の一ミリだと言われている。ましてこの本を作り上げたのは、ほんのひとかけらの金塊を、ボールパークいっぱいに敷き詰められる面積まで引き延ばせると言われた、マエストロと呼ばれる金箔職人である。

もっとも、この私家版が製本されたのは、ボールパークとかマエストロとか、そういったスタイリッシュな舶来の横文字が普及するよりもずっと前であり、しかもその職人は二十年近く前に亡くなっている。

雅号は邊邉斉齋斎《なべなべさいさいさい》。

諧謔《かいぎゃく》的な雅号ではあるが、職人としての腕は確かだった。その技術の集大成が、無題のこの本というわけだ。読むことはおろか、あだやおろそかに、本棚に並べることさえできない一冊。風化せずに、

こうして現存していることが奇跡と言ってもいい。

それはひとえに、長年、この『作品』が展示されていた博物館の管理状態が素晴らしかったからであり、世間は、そして人々はそこの館長に感謝すべきだろう。偉大なる館長だ。あらゆる誉れは彼女のためにある。

問題は、その博物館が、平成の夜を一世風靡《いっせいふうび》した大泥棒のコレクションを並べるための盗品博物館であり、すなわち真空状態を保《たも》たれたガラスケース内に納められているこの金色の本は、疑いの余地なく盗品であるという点だった。

まあ、博物館や美術館に盗品が並ぶこと自体は、打ち明けた話珍しくはないのだけれど、しかし展示

品すべてが盗品となると話は別だ。

こんな博物館は空っぽにしなければ、好ましくない。

作り手が亡くなった以上、おそらくは未来永劫《えいごう》に再現不可能であろうこの貴重な一冊も、正当な持ち主に返却しなければ。

図書館と同じだ。

借りた本は返さなければならない。

となると、正当な持ち主とは誰なのか？　職人の墓前に供えるというのも粋《いき》だろうけれど、それは雨を待つまでもなく、風が吹くだけで、紙吹雪ならぬ金箔吹雪が舞いかねないという種類の粋だ。

やはりここは、遺族に返還するというのが筋だろう。幸い、邊邉斉齋斎は、孤高の職人ではあったけれど、天涯孤独の男ではなかった。軽くリサーチしてみれば、その雅号は、今は息子が継いでいるそうである。

さしずめ二代目邊邉斉齋斎だ。

二代目は職人と言うより商人で、邊邉斉齋斎の名を存分に、世に広めることに成功している。初代が金塊を延ばしたように、二代目は評判を広げたわけだ。

そういう感じのお人なら、このきんきらきんの豪華本の受け取りを拒否されることはないだろう。はっきり言って、『こんなもの、今更返されても困る』という反応が、ぼくは一番傷つくのだ。レオナルド・ダ・ヴィンチの描いた浮世絵だの、竜宮城の玉手箱だの、妙ちきりんなものばかりターゲットとしていた平成の大泥棒にしては、珍しく、本当に珍しく、金銭的にも価値がありそうなお宝を盗んでいる。金箔を金塊に戻すことができるのかどうかは知らないが、製本された当時よりも、金の単純価格も上がっているだろうし。

もしかしたら気が合うかもしれない。

彼が二代目なら、ぼくも二代目だ。

芸術品とも言うべき金箔本を、初代邊邉斉齋斎から盗んだ大泥棒・怪盗フラヌールは、この世で一番不幸なことに、ぼくの父である。

経緯は割愛するが、そんな父が天罰覿面《てんばってきめん》、ざまあかんかんなことに死んだのちに二代目を継いだぼくは、彼の築き上げた帝国であるところの盗品博物館の展示品を、ひとつ残らず、持ち主に返却することに命をかけている。平成の大泥棒に対する令和の大泥棒として。

泥臭く。

あんな父に育てられたというだけで死にたいが、死ぬのは彼のコレクションを、ひとつ残らず返却してからだ。

次の獲物はこの本である。ぼくは獲物を狩るのではなく野に放つ。

石川県の金沢市。

加賀百万石の都に返す。

楽な仕事なんてないけれど、これまたとんだ、小旅行《デスマーチ》になりそうだ。

# 第一頁　涙沢虎春花

## 1

「あら、あるき野《の》。こんなところで会うなんて宿命《ウルトラ》ね」

東京駅を朝七時三〇分に発車する北陸新幹線かがやきの普通席で、構内で購入したちょっとお高めの海苔《のり》弁を食べようとしていたら高圧的に、豪華絢爛《ごうかけんらん》かつ時代錯誤なドレスを着たフランス人に声をかけられた。

否、フランス人ではない。

フランスかぶれの日本人だ。

ドレスのスカートは車輛《しゃりょう》真ん中の通路を歩むにはアドバルーンのように膨《ふく》らみ過ぎだったし、トーテムポールみたいに天高く結わえられた髪は、決して低くはない新幹線の天井に閊えていた。いっそそのまま、壁に挟まってしまった猫さながらに、動けなくなってくれないだろうかと思う。猫なら悲劇だが、このフランスかぶれなら、喜劇どころか感激だ。

ぼくはスタンディングオベーションをするだろう。

「今時フランスかぶれという言葉は退廃的よ、あるき野。コンプライアンスどころか、海外へのコンプレックスが丸出しじゃない。あなたもルポライターなら、言葉遣いには気をつけなさい。漆にかぶれることになるわよ」

「タブーなき名探偵から、言葉遣いを注意されるとは思わなかったよ……、涙沢虎春花《うるさわとらはるか》さん。なんでいるの？」

もう少し正確に言うと、『（そんな性格なのに）なんで（まだ生きて）いるの？』と問いたかったのだが、それも今の時代、お叱りを受けそうな言葉遣いである。誰だって、生きていることくらいは許される。ぼくの父を除けば。

が、正直、嫌な予感がする。

虎春花は、フランスかぶれと言われたことが不快だっただけなら、いつも通り大上段からぼくのルポライターとしての資質を問うだけでよかっただろうに、わざわざ『漆』に言及してきたことに違和感がある……、と言うか、この北陸新幹線に乗っている時点でもう……。

「……新幹線とは言え、お前が電車に乗るってこと自体に驚いているよ。虎春花は馬車にしか乗らないんだと思ってた」

「ふん。グランクラスよ」

当然のように、貴婦人は言った。

さすがにぼくも全国を飛び回るルポライターとして、北陸新幹線に乗るのは初めてじゃないけれど、本当にあるの、そんな車輌？　鉄道好きの小学生が考えた都市伝説だと思っていた。

「何を言っているの、あるき野。グランクラスはお弁当が出るのよ？」

「折角駅中に商店街があるんだから、お弁当はそこで買えばいいだろう。それより、あんまり公の場で名前を連呼するのをやめてくれない？　しかも執事に言いつけるように」

「奴隷に言いつけるように言ってあげてもいいのよ」

奴隷とか言ってる時点で、お前も大概なものだ。

「それとも、下の名前で道足《みちたり》って呼んであげようかしら」

「冗談はやめてくれ」

「あるいは、怪盗フラヌールと呼んであげようかしら」

「……」

「ああ、違った。間違えたわ。怪盗フラヌール専門の記者、よね。なぜ間違えたのかしら、私としたことが。引き続き評価しているのに、あなたの記事を」

言って、虎春花はぼくの隣の席に座った。ドレスをエアバッグみたいに折りたたんで……、それでも、三人掛けの席をふたり分占領しかねない体積だった。巡業中のお相撲《すもう》さんだって、虎春花よりは控え目である。

「あの、虎春花」

「なに？　あるき野。あるき野。あるき野」

「グランクラス使いは知らないかもしれないけれど、かがやきは全席指定なんだ。ここだって、自由席じゃない」

「私は自由よ」

こわっ……。自分が自由であることにしか興味がない自由人。

逆に言うと、こんな名探偵に通路側を塞《ふさ》がれた時点で、ぼくに自由はなかった。虎春花は、流れるような動作で席にテーブルを設置して、小脇《こわき》に抱《かか》えていた、東京ばな奈《な》のファミリーサイズの箱をそこに置いた。

お弁当が出てくるグランクラスに乗る予定だった癖《くせ》に、売店でお菓子は買ったのか……、しかもその量。

見ているだけで胸焼けがしそうだ。

東京ばな奈はぼくも好きだが、およそ東京発の電車の中で食べるものじゃないだろうに。

名産品だよ、それは。

「……て言うか、虎春花さん。もうすぐ電車出ちゃいますけれど、どちらまで？」

もしかしたら、同じくグランクラスを擁する東北新幹線と乗り間違えているんじゃないかと、ぼくは一縷《いちる》の望みをかけたが、残念ながらそうではなかった。

「終点までよ、あるき野」

「ああ、福井県まで」

「北陸新幹線が福井県まで乗り入れるのは、来年のことでしょう。都内からでも恐竜博物館まで行きやすくなるのは結構《ウルトラ》なことよね」

くそう、詳しいな。

北陸新幹線の延伸を知っている奴《やつ》が、路線を間違えるわけがないか……、つまり、終点とは、敦賀駅《つるがえき》ではなく、金沢駅のことだ。

ぼくと同じである。

東京駅から乗車して上野駅で降車した、北陸新幹線史上たぶん初めての乗客になろうかなと真剣に考えたけれど、しかし通路側は押さえられている。穿《うが》った見方をすれば、東京ばな奈の積載されたテーブルは、ぼくを逃がさないための柵だ。どうしても逃げたければ、窓を割って飛び出すしかあるまい。そんなアクロバットこそ、北陸新幹線初の乗客だ。

父ならそうしただろうか？

だからどうと言うこともないが……、だが、弟ならそうするかもしれない。

重要なのは、ぼくは父でも弟でもない、あるき野家の長男だということだ。

「なんて言ったっけ？　あるき野。あなたの恩人のジジイ」

「ん？」

ぼくの恩人だとわかった上で虎春花がジジイ呼ばわりする相手と言えば、東尋坊《とうじんぼう》警部をおいて他《ほか》にいないけれど、どうしていきなり、ここでその名前を出す？　ジジイと言ってあの人を連想させるなんて、ぼくに対する嫌がらせにも近いぞ。

何もしなくても嫌がらせみたいなもんだけどな、隣に座られた時点で。

「いえいえ。もしもあるき野が福井駅まで行くつもりだったなら、あの化石みたいなジジイを納めるつもりだったのかしらと愚《ウルトラ》考したのよ」

「恐竜博物館は今リニューアル改装中だ。ぼくの恩人への失礼が止まらないな、お前は」

あるいはこれも挑発なのかもしれない。

警察庁怪盗対策部の長、東尋坊警部の名を脈絡もなく出すことで、怪盗フラヌール専属記者であるぼくから、何かを引き出そうとしている、探偵の小技……、だとしたら、問題は、『何』を引き出そうとしているかである。

基本的に、この名《ウルトラ》探偵の専門は殺人事件であり、怪盗であろうと怪人であろうと、窃盗犯には興味がない——はずである。にもかかわらず、怪盗フラヌールに対してだけは、並々ならぬ興味を示し、関心を寄せている……、あるときは、瀬戸内海の海底深くまで足を延ばしたほどだ。

さすがに専門外だからか、腕一本で世間の荒波を渡っているこの傍若無人《ぼうじゃくぶじん》な探偵も、まだ怪盗の確保には至っていないが、際どいところまでは何度も行っている。舞台上という特等席から勝負を見ている怪盗フラヌール専属記者としては、はらはらする展開だ。

あるいは。

怪盗フラヌール本人としては。

「つまり、あるき野。今回は、あのジジイは一緒じゃないのかっていう質問だったのだけれど」

「一緒じゃないよ。見ての通り、大人の男のダンディなひとり旅だ。それが質問の本意だったのだとしたら、遠回し過ぎるよ。東海道新幹線で京都に行ってからサンダーバードで金沢に向かうくらい遠回りだ」

「黄檗《おうばく》においしいパン屋さんがあるわよ。硬焼きバターがマジ絶品《ウルトラ》だわ」

全国を食い尽くしてるな、こいつは。

黄檗？　格好いい地名だ……。

「ああ……、あの奈良みたいなところだっけ」

「タブーがないのはあなたのほうね、あるき野。京都の人でもそんなこと思ってないでしょう。宇治の辺りと言えばわかりやすいけれど、私に言わせれば、黄檗《ウルトラ》は黄檗《ウルトラ》よ」

「黄檗と書いてウルトラとルビを振ったのは、世界でお前が初めてだろうね」

「ばくばくと改名することを許すわ」

「台無しだよ。しかしそんな素晴らしいパン屋さんを知っているのに金沢に行くなんて勿体《もったい》ない。虎春花、今からでも遅くない、東海道新幹線に切符を変えるんだ。言っておくが、金沢にパン屋さんは一軒もないぞ」

「そんなわけがないでしょう。あるき野、あなた、頭脳パンを知らないの？」

知らんがな。

なんだその怖い名前のパンは？

「そもそもお前は、クロワッサンとバゲットしか食わないと思ってたけど。なに？　金沢のソウルフードか何かか？」

「むしろ私のソウルフードと言っても過言ではないわね。なにせ金沢名物頭脳パンは、木々高太郎《きぎたかたろう》の考案なのだから」

「木々高太郎」

読んでいれば通ぶれる推理作家ナンバーワンとして、林不忘《はやしふぼう》と双璧《そうへき》をなす人物（あるき野道足調べ）。

デビュー作『網膜脈視症』。

見世物小屋扱いされていた時代の推理小説のタイトルはやはり字面だけでただならないが、それもそのはず、木々高太郎の本職は医者である。医者で作家という意味では、ミステリ界の手塚治虫《てづかおさむ》である——いや、ミステリ界の手塚治虫は、誰がなんと言おうとさすがにコナン・ドイルだが。

だとすれば、自他共に認める名探偵である虎春花が、ソウルフードというのは自然である。

「え？　でも、医者で作家で、その上パン屋でもあったの？　多才過ぎるでしょ、木々高太郎」

「厳密に言うと、木々高太郎が作ったのは頭脳粉という小麦粉よ。今で言う、スマートドラッグみたいなものかしら」

「パン屋で売って大丈夫な商品なのか、それ？」

いや、スマートドラッグ自体も、別にいかがわしくはないのだけれど……、食べれば頭がよくなるパンと言われたら、ちょっとたじろぐ。偏見かもしれないが、あの時代の推理作家が考案したというだけでどこか昏《くら》い魅力を放っているし、受験戦争を一通り経験した身としては、誘惑にも駆られる……、金沢の受験生が羨《うらや》ましいじゃないか。

「注意書きはあるわよ。『このパンを食べて、よく勉強して優秀な成績をあげてください』というような」

「『個人の感想です』よりは、いくらか温かみのある注意書きだな。ふむ。魚を食べてＤＨＡを摂取するようなものか……」

　かつて水泳選手だったぼくの妹は、魚をたくさん食べたら速く泳げるようになると信じて、トビウオばっかり食べていた頃があったのを思い出した。

　スポドリ代わりにあごだしを飲んでいた。

　その実例を回想する限り、少なくともトビウオを食べて頭がよくなることはないようだ……、それとも、頭がよくなったから、食べるのをやめたのだろうか？

「頭脳粉に含まれているのはＤＨＡではないわね。ビタミン１とかじゃなかったかしら。金沢で魚と言ったら、なんと言ってもあれでしょう」

「ああ、ノドグロか」

「フグよ。フグの卵巣」

　さすが殺人事件を専門とする名探偵は、魚に対する目利きも違うな……、なかなか豊洲《とよす》には送り込めない人材だ。

「フグの卵巣がお前のソウルフードだったらよかったのに」

「生憎《ウルトラ》ね。金沢ではフグの卵巣は、無毒化されているわ」

「もちろんそれを知ってて言ったんだ。お前にはいつまでも、日本中の珍味を食べて歩いてほしいからね」

「それにしても、無毒化させてまで珍味を作ろうという職人魂にはこの私も恐れ入るわ。金箔だってそうでしょう？」

う。

まあ、この流れだと、話はどうしたって、そっちに飛ぶよな……、自意識と同じくらい膨張した彼女のドレスのサイズにお相撲さんを連想したからじゃないけれど、なんだかじわじわと土俵際に追い詰められている気分だ。

「金箔？　金箔ってなんだっけ。あーあー、武道館のそばにある近代博物館の略？」

「それは近代美術館でしょう。東京国立近代美術館」

意外と都内のアート事情に詳しいな。フランスかぶれの日本人……、失礼、日本産のパリジェンヌならば当然か。

緊迫してきたぜ。

もちろん、ぼくも金沢の名産品が、金箔であることくらいは知っている。地名にそのもの『金』の字が入っているくらいなのだから。その辺の川から砂金が取れていたそうだ。それを聞くと、マルコ・ポーロは金沢を旅したとしか思えない。

フグの毒から繋《つな》がった理由も説明できる。そもそも金箔の生産は、幕府が独占していたそうなのだが、それでも金沢——当時は加賀藩か——では密《ひそ》かに生産を続け、つまり密造を続けて、錬金術と見まごうばかりのその延金技術の高さに、幕府もしぶしぶ公認せざるを得なかったという歴史があるのだ。

技術で権力や政治を黙らせる。

職人の夢だ。

調理が禁止されることもあったフグを、素人にはなんだかよくわからない方法で糠漬《ぬかづ》けにすることで無毒化する姿勢といい、加賀藩の人々にはそういう根性があるのかもしれない。

一方これは、ぼくのような立場のものからすれば、皮肉と言うか、苦々しい歴史でもある。怪盗だった父が、法や倫理に反してがっぽがっぽと荒稼ぎした金で、ぬくぬくと育てられた三兄妹《きょうだい》の長男としては……。

　罪を為すことで財を成す。

　毒をもって毒を制す……。

「どうしたの？　あるき野。急に黙りこくっちゃって。金箔という言葉に、何か心当たりでもあったのかしら？」

「いや、ぜんぜん？　でも、言われて初めて思い出したよ、そういう名物もあったよね。ぼくはどうしても金沢城公園や兼六園のことばかり考えてしまっていたけれど」

「あとは、足を延ばして輪島とか？」

「……そうだね、輪島もいいね。輪島と言えば、朝市……」

「何を言っているの、漆器でしょう。表面に金箔を貼《は》り付《つ》けた漆器というのは、私のように美しいわよね」

「まったくそうだ。その感想がもう美しいよ」

　漆器と金箔が結びついたところで、車内放送が響き、北陸新幹線はゆるりと動き始めた……、日本が誇る、時刻表通りの発車である。グランクラスじゃなくてもこの瞬間は心躍るが、今だけは、地獄行きの特急に乗っているみたいな乗り心地の悪さだ。こんな気持ちで乗っていて、北陸新幹線にも申し訳ない。

　と、そこで思いつく。

「なあ、虎春花。お前がこの普通席を気に入ったのならもうぼくは何も言わないから、お前が座るはずだったグランクラスに、ぼくが座ってもいいか？　切符を交換しようぜ。乗務員さんから新しく買わなくてよくなるぞ」

「なかなかの忠義《ウルトラ》ね、あるき野。だけど残念ながら、グランクラスの切符は既に譲ったわ」

「え？」

だったら、迷い込んだのではなく、最初からぼくの隣に座るつもりで、こいつはこの普通車輌に乗り込んできたのか……？　ホームからめざとく見つけたぼくを……？　しまった、ブラインドをおろしておけばよかった。

あらとか、宿命《ウルトラ》とか言っておいて——ただの探偵じゃないか。

くそう、気配を消しておけばよかった。

ぼくの唯一の得意技なのに……、ここで使わなきゃ、もうそんな技の出番はないぞ？

「し、知らない人に譲るくらいだったら、ぼくに譲ってくれればよかったのに……」

「知らない人じゃないわ。同行者よ」

「同行者？」

馬鹿《ばか》な、この名探偵《ウルトラ》にワトソンはいないはずだ……、どんな助手役も、この規格外の探偵の前には、殉職するか、犯人に指名されるか、そのどちらかだった。

「あるき野が大人の男のダンディなひとり旅なら、私はレディな、金沢女子ふたり旅だって言わなかったっけ？」

「絶対言ってない。ふたり旅なら、もうひとりは誰だよ」

「あなたも知っている人物よ」

「ぼくも知っている人物……？」

貴婦人ならまだしも、お前を女子と呼ぶことには異議があるが……、ぼくの知る限り、お前には、助手どころか友達もいないはずだ。

家族も全員ギロチン送りにしたって言ってただろ。

「全員じゃないわよ。ギロチン送りは父親だけだわ」

結局、上野駅に到着する前に、東京ばな奈ファミリーサイズを一箱たいらげた虎春花は、

「同行者は待葉椎《まてばしい》よ」

と言った。

「ほら、愛媛県警の巡査の……、いえ、今は警部補だったかしら？」

## 2

待葉椎という愛媛県警の女性警察官ならば知っていた。なんだったら、彼女が巡査から警部補へと、一足飛びに出世したことも知っていた。彼女が殉職するよりも駆け上がるような出世コースに乗った理由さえ把握しているくらいだ……、と言うより、その件についてはぼくも当事者だった。

虎春花ほどではないが。

つい半年ほど前、とある事件において、全警察関係者にとっての天敵である名《ウルトラ》探偵に、待葉椎巡査（当時）は、手錠をかけるという偉業を達成したのである。令状が出ているわけでもなければ現行犯逮捕でもない、非常に形式的なものだったとは言え、そしてほんの一両日程度だったとは言え、フランス警察のＢＲＩにしか不可能だと思われていた涙沢虎春花の確保に成功したという手柄《てがら》は、組織から大いに評価されたというわけだ。

感謝状とか賞とかでは済まさずに、実際に出世や昇任という形を取ったあたり、虎春花が本当に警察から嫌われていたのだなとぼくは、思いを同じくした。実際、ぼくが警視総監や警察庁長官だったら、

自身の後継者に選ぶくらいの実績である。

もっとも、本人にとっては不本意でもあっただろう……、彼女は虎春花を逮捕するためではなく、令和の時代に復活した怪盗フラヌールを逮捕するために、指揮を執る東尋坊おじさんの下に就いて、その事件にかかわっていたのだから。

「ふふ。私の友人《ウルトラ》が着実《ウルトラ》に出世《ウルトラ》ロードを歩んでいるというのは誇らしいわ」

「友人という概念がお前にあったことにも驚きを禁じ得ないけれど……、え？　あれ以来、連絡を取り合ってたりするの？」

知っている人同士が知らないところで人間関係を築いているという事態に、なんだか疎外感を受けてしまうな……、まあ、乙姫島《おきのしま》海底大学で、手錠で繋がれた状態でも、案外気が合っている風のふたりではあったが……。

虎春花がドレスを貸してあげたりしていた。待葉椎巡査（当時）が愛媛県警だったことも併せて、ダブルプリンセスだと思ったものだ。

「もちろんよ。待葉椎には目をかけているわ」

友人に対する物言いではなかったが、虎春花にしては手放しの絶賛をしながら、名《ウルトラ》探偵は傍《かたわ》らから東京ばな奈カステラを取り出した。

お菓子からは手を放さない。

道理でハイペースでノーマルタイプを食べ尽くしていたが、どこに隠していた。そのドレスの、肩の膨らんだところか？　第一、東京ばな奈のカステラタイプは、羽田空港にしか売っていないはずだ……、期間限定で出店していたのか？

だったらぼくも買えばよかった。

「ひとつちょうだい？」

「どうぞ」

高慢にして傲慢《ごうまん》、たかびーを絵に描いたような虎春花ではあるが、それゆえのノブレス・オブリージュと言うのか、気前のいいところはあって、カステラを1パック、ぼくに下賜《かし》してくれた。

ありがとう、と受け取りつつ、ぼくは頭の中を整理する——今はグランクラスにいるとは言え、待葉椎警部補（現在）が、虎春花に同行している、だと？　前回みたいに手錠で繋がれてはいないとは言え……、逆に言えば、たとえ虎春花をあんな風に確保していなくても、いずれは出世していたであろう、おじさんも認める有能な警察官が、共に金沢に向かっている？

好ましくない。これは好ましくない事態だ。

と言うか、ぼくを見かけなかったら、こいつは友人を普通席に座らせて、自分はグランクラスに乗る予定だったのか？

どこまで貴族なんだよ。

まあ、あっさりその切符を譲るあたり、相変わらずの気風の良さだし、同時に、その交換を気持ちよく引き受けるところを見ると、待葉椎警部補もまた、出世すれど、相変わらずらしい。

「……ご挨拶《あいさつ》させてもらってもいいのかな？」

「金沢駅についてからでいいでしょう。動いている新幹線の中を、あまりうろうろするものではないわよ」

そりゃそうだ。この普通席からはグランクラスは一番離れているし（間にあるグリーン車を経由しなければならない）、虎春花のような膨らんだドレスを着ていなくとも、ぼくにはぼくで、あまり動きたくない事情がある。

できる限り物静かに、じっとしていたい……、ただ、待葉椎警部補が同行しているというのが、名探偵特有のはったりなのか、それとも名探偵特有の奇行なのかを、確認したかっただけだ。

でもまあ、後者だろうな。

嘘《うそ》だとしたら突拍子もなさ過ぎる。それだったら、先に名前の出ていた、東尋坊おじさんが同行していると言われたほうが、脅しとしても強かったし、説得力もあったくらいだ……。

涙沢虎春花と東尋坊警部がふたり旅をしているなんて、どんな天変地異よりも意外性があるけれど、しかしおじさんは、日本国中津々浦々、どんな離島だって、はたまた海中だって、管轄とする警察官なのだ。

そこに怪盗フラヌールが現《あらわ》れる限り。

……それで言うと、待葉椎警部補というのは、ちょっと伏線がないんだよな。あの人が乙姫島海底大学に派遣されたのは、あくまでそこが（広島県警との境界線上とは言え）、愛媛県警の管轄だったからであって……。

だいたい、愛媛県から石川県に向かうなら、どう考えたって飛行機を使うだろう。なぜ電車で、それもわざわざ東京を経由して……、それこそ、大いなる遠回りじゃないか。

「愚問《ウルトラ》ね。私達、東京観光もしたのよ。昨夜はデスティネーションホテルで、パジャマパーティをしたわ」

「本当に仲良しみたいなことをしている……」

デスティネーションホテルって。

いや、まあ、虎春花に自宅があるとも思っていないが……、お前はお前でどこ住みなんだよ。

「東京タワーにも登ったわ。ガイドブックによると、あれって戦車でできているそうね？」

「そんな知識を載せているガイドブックがあるか？　……真面目《まじめ》な話、確か地方公務員である警察官が、所属するエリアから外に出るときって、結構面倒な手続きが必要なんじゃなかったっけ？」

変わり者ではありつつ、優秀な警察官だとは思うけれど、それでも待葉椎警部補は、国家公務員試験に受かったキャリアではないはずだ。怪盗フラヌールと最初に接点を持ったのは、警察学校時代だと言っていた……、まあ、それは初代怪盗フラヌールという意味だが。

虎春花を逮捕した手柄がいくら評価されても、組織である以上、そういった四角四面な手続きが免除されることはないはずである。

「ええ、そうね。でも、そこはジジイがね」

「………？　あ、唐突だったから一瞬わからなかったけれど、もしかしてぼくの恩人のことかな？」

「そもそもは、管轄のないあのジジイが呼び出したのよ、待葉椎を、警察庁まで。身の程知らずにも私の友人を」

「……一応言っておくけれど、本人の希望で警部階級にとどまっているだけであって、東尋坊おじさんって、本来、とっても偉い警察官なんだよ？」

「偉いと言っても私ほどではないでしょう？」

「確かに」

お前は『どえらい』よ。

それこそ手柄と言うなら、東尋坊おじさんは一度は、怪盗フラヌールを逮捕し、刑務所送りにしたことがあるのだ——それも初代という意味だし、その初代は、すぐに『刑務所を盗む』ことで、脱獄を果たしたのだが。

どうもその後の調査によると、おじさんに手柄を挙げさせるために——つまり、おじさんを出世させて、現場から遠ざけるために――、初代怪盗フラヌールは、故意に捕まったような嫌いもあるのだけれど、そこはおじさんも承知したもので、あの人は、石にかじりついてでも、仕組まれた出世を拒《こば》み続けたのだった。

それゆえに、怪盗フラヌールの唐突な引退後は、窓際扱いみたいになってしまっていたが……、活動が再開された現在は、怪盗対策部は、往年の活気を取り戻している。

警察庁の十七階が賑《にぎ》やかになったのはよいことだが、ぼくもさすがに、気楽には遊びに行けなくなってしまった。全国からえり抜きの優秀な窃盗係が集められた部署にのこのこ足を向けるほど、二代目怪盗フラヌールも、紅顔でもなければ厚顔でもないし、無知でもなければ無恥でもない。

「ん……、もしかして、スカウトされたってこと？　愛媛県警から、怪盗対策部に……」

「私の推理《ウルトラ》では、ジジイのほうにはそういう目論見《もくろみ》はあったのでしょうけれど、待葉椎にそのつもりはないようね。ほら、あの子は地元愛が強いから……、口に出しては言わないけれど、相当屈辱的だったみたいなのよ。警部補に出世してから遭遇した、最初の事件は」

「ああ……、もしかして伝説の大泥棒が、かつて盗んだといういわれの松山の温泉を、返却したって事件？　へえ、あれ、待葉椎警部補がかかわっていたんだ」

「詳しいわね、あるき野。さすが、怪盗フラヌール――の、専属記者」

含みのある言いかたをしつつ、東京ばな奈カステラを口に含む虎春花。ドレスと同じくらい、頬《ほお》を膨らませている……、どうでもいい疑問だが、こいつ、よく飲み物もなく、お菓子を無限に食べられるよな。

むせたりしないのか？

むせて死んだりしないのか？

パリジェンヌな割に、ワインを飲んでいるところを見たことがない……、グランクラスではお弁当のみならず、アルコールも提供されるはずだが、炭酸水を注文している様子すら想像できない。いや、もしかすると、お菓子の味が水分で薄まるのを嫌っているのかもしれない。

それはともかく、ちょっと察しがよすぎたかな？　温泉返却事件の内容については、もうひとラリーしてから気付くべきだったか……、だが、確かに怪盗フラヌール専属記者として、あの事件に関してとぼけてみせるというのも、無能過ぎる。

あの温泉返却に関しては、ある意味では、待葉椎警部補の『出世作』である海底大学の玉手箱よりも大事件になってしまったのだから……、報道にも大きく載ってしまった。ぼくもルポライターとしてその片棒をかついだわけだし、なんなら事件を引き起こした張本人だったのだが、言い訳をさせてもらえば、あんなことになるとは思いもしなかった。

ぼくはぼくなりに、虎春花に手錠をかけた待葉椎巡査（当時）の偉業に敬意を示す意味で、彼女が執心していた『盗まれた温泉』を、さっさと返してしまおうと思っただけである。

そういう視点に立てば、強力なライバルをさっさと出世させて現場から遠ざけようとした初代のスタイルを踏襲しているわけだが、一緒にしてほしくはない。ぼくには、彼女の地元愛に報《むく》いたいという気持ちも多分にあった。

ただ、結果としてぼくは……、と言うより、返却怪盗フラヌールは、松山市から遠く離れた、愛媛県の山奥にある、ずっと昔に廃棄され、存在すら忘れられていた重力式ダムを、なみなみと温泉で満たしてしまうという『返却活動』をおこなう事態を招いたのだった。

どうやったかは訊《き》くな。

大騒ぎになってしまったし、これぞ怪盗フラヌールと、犯罪者をもてはやす初代《むかし》からの不謹慎なファンは喝采《かっさい》をあげたけれど、二代目《ぼく》にしてみればあんな大ポカはなかった。

愛媛県では蛇口をひねればみかんジュースが出てくるなんて都市伝説があったけれど（ちなみにこの都市伝説を受けて、松山空港に、実際にみかんジュースの出てくる蛇口が設置された。有料）、この温泉の返却によって、その一帯を、蛇口をひねれば温泉が出てくる自治体にしてしまった。

別府市か。

いや、別府市も別に、蛇口をひねれば温泉が出てくるわけじゃないだろうが……、とまれかくもあれ、広い意味では、二代目怪盗フラヌールはまたも見事に初代の尻拭《しりぬぐ》いに成功したのだけれど、それで地元民から感謝されることはなかった。

むしろ巨大な恨みを買った。

ダムよりも巨大な恨みを。

どうもダムを温泉水で、表面張力いっぱいに満たすというのは、温泉地のかたがたにとってはかなり侮辱されたと感じるような行為だったようで、なんなら初代が鮮やかに盗泉したときよりも、地元からの怒りを買った。

「ええ。金沢で言うと、小京都呼ばわりされるくらいの侮辱のようね。待葉椎はそうは言わなかったけれど、その温泉返却騒動は、温厚な彼女も恨み骨髄に入《い》ったみたいだわ」

執念が強化されてしまっている。

怪盗フラヌールの捕り物からは是非とも退場してほしい人材だったのに……、誠意が通じないと本当に悲しい。

むろん、廃ダムを巨人しか入れないような温泉にしてしまったことは、ぼくも遺憾じゃないわけじゃないが……、本《もと》を正せば、初代のせいだ。

どこまで息子に迷惑をかけるんだ、あの父親は。

お陰《かげ》で、引き続きおこなうはずのスケジュールだった、同じく怪盗フラヌールに因縁《いんねん》があり、警戒対象だった広島県警の罠鳴《わななき》巡査を現場から遠ざけるための返却活動を、いったん先延ばしせざるを得なかった。

「私がいれば、その場で怪盗フラヌールを確保し、裁判を経《へ》ずにギロチン送りにしてあげたのに、残念でならないわ」

「せめて裁判は経ようよ」

「温泉地だけに、釜茹《かまゆ》でもいいわね」

「五右衛門風呂《ごえもんぶろ》を拷問だと思ってる？」

「だって五右衛門風呂でしょう」

五右衛門風呂だった。

ならばぼくは、期せずして先達の復讐《ふくしゅう》を果たしたのか。

「専属記者であるあなたも、当時、松山にはいなかったのよね？」

それはどういう意図のある念押しなのか、計りかねるところはあったが……、どうあれ、こう答えるしかない。

「うん。取材に行ったのは、事後だよ。記事にもそう書いた」

「ええ。読んだわ。あなたのファンだから」

じゃあ訊くなよという突っ込みは、野暮を通り越して藪蛇《やぶへび》だろう……、まあ、本当のことを言っていないだけで、嘘はついてはいない。ルポライター・あるき野道足が現場のダムに『到着』したのは、返却怪盗が気球に乗っておさらばしたあとである。実際にはおさらばも再訪もアンパンマン列車だが。

地元が感謝に沸き立っていると思ったら、怒りに沸き立っていた……、こっちは新記録を達成したホームラン王の出生地に取材に行ったくらいのテンションだったのに、被災地に無神経な取材に来た記者みたいになってしまった。

なので最低限の、アリバイ作り的な取材を終えたらさっさとんずらしたので、直に会うことはなかったけれど、待葉椎警部補の出世を知ったのは、そのてんやわんやの中である。ずっと謝りたいと思っていたが、まさか松山から遠く離れた金沢で再会することになろうとは……、さりとて、謝るわけにもいかないけれど。

それは罪の自白であり、秘密の暴露である。

どんなミスを犯そうと、あるいは不義理を働こうと、怪盗フラヌールの盗品博物館を空っぽにするまでは、ぼくはお縄になるわけにはいかないのだ。盗品博物館の現館長であり、実質的にぼくを育ててくれた乳母・閨閥《けいばつ》艶子《つやこ》……、お艶《つや》を解放するまでは。いまだ初代怪盗フラヌールの喪に服し続けている彼女を丸裸にするのがぼくの義務である。

丸裸はコンプライアンス違反かな？

ならばウエディングドレスに着替えさせると言っておこう。

「ええっと……、それで、話を戻すと、あの温泉返却事件についての詳細を聞き取るために、東尋坊おじさんは待葉椎警部補を、東京までお呼び立てしたってことになるのかい？」

怪盗対策部のおじさんからの要請であるならば、越境の手続きは、EU圏内の移動くらい簡単になるだろう……、東尋坊警部はそれだけの権限を取り戻しているし、まして、あの『大事件』の当事者を呼び出すというのならば、尚更《なおさら》だ。

「そういうことになるわね。ただ、わざわざ四国《ウルトラ》からはるばるやって来た待葉椎に、それだけでとんぼ返りさせるのも酷じゃない。友人としてもてなしたいと思ったのよ、この私が」

「そのお前が」

「そして計画したのよ、金沢女子ふたり旅を」

善意ですら、お前はぼくの邪魔をするのか。

慰労が目的だったなら、いっそのことシャルル・ド・ゴール空港まで飛んで、シャンゼリゼ通りを案内してやれよ。

「茶屋街はだいたい、シャンゼリゼ通りみたいなものでしょう」

「ぜんぜん違うわ」

## 3

「ところであるき野。そんなわけで、私達の女子旅は待葉椎を労《ねぎら》う慰労ツアーなのだけれど、あなたの大人の男ひとり旅の、目的は何？」

北陸新幹線かがやきは大宮駅を予定通りの時刻に発車し、いよいよ後戻りが利かなくなった。いや、そうでなくとも新幹線がいきなりバック走で動いたりはしないけれど、これでもう、金沢まで行くしかない。

かがやきが金沢ならぬ軽井沢にも停まるなら、そこで降りたいくらいだが……、いや、ここに来て避暑地で涼んで、退転するのは好ましくない。

そんな途中下車からのUターン、名探偵から余計に怪しまれるだけだ……、しかし、目的は何？　と来たか。

まるで犯人の動機を問い詰めるような言い草だぜ。ただの観光……、と言ってしまってもいいのだが、しかし座席の足下に、どう見てもルポライターとしての仕事用の、大きめのカメラバッグを置いている身では、その嘘は通りにくそうだな。

少なくとも、服装の乱れから相手の人となりを見抜くような、名探偵という生き物を相手には。

ぼくの趣味はカメラなんだ、スマホ付属のカメラじゃどうしても納得できず、仕事用のカメラを普段使いしているんだなどと言い張って、カメラバッグの中身を調べられたりしたらことである……、実際には、鞄《かばん》の中に入っているのは、カメラではなく本である。

それもただの本ではない……。

虎春花の追及に、このあと二時間以上耐える気にもなれないし、仕方ない、手の内を明かすか。案外、名探偵は女子旅のほうを優先してくれるかもしれないし……、きっと女子は、黄金なんかには興味ないよな。

「虎春花。お前、21美は知ってるよな？」

「知っているわよ。金沢の市民プールでしょ？」

パリジェンヌだけあって芸術文化方面には詳しいと感心したぼくの評価を返せ、と言いたくなる答だった。

ちなみに虎春花は、既に切符の交換を終えている……、さすがに、待葉椎警部補の元の座席が、ぼくと同じ列だったというような偶然はなく、座席確認にやってきた乗務員さん相手に、席交換の交渉をした。

そう、虎春花でなくぼくがした。

なぜ自分で自分の牢屋《ろうや》の鍵《かぎ》を、補強するような羽目に……、答はぼくが虎春花の従者だからだ。

「近代までならともかく、現代アートはよくわからないのよね。私にも苦手《ウルトラ》なジャンルはあるわ」

「そうだな。人付き合いとかな」

「人付き合いはジャンルじゃなくてジャングルよ」

「うまいこと言いやがるね」

現代アートを前にうんうんともっともらしく頷《うなず》くような、見栄《みえ》を張らないところは立派である。逆に言うと、普段の高慢な放言は、見栄を張って言っているわけではないという恐ろしい事実が明らかになった。

まあぼくも、別に金沢21世紀美術館の、すべての作品を理解しているわけではないさ……、と言うより、ほとんどの作品の前では、立ち尽くすことになる。幸いなことに、審美眼みたいなものに関しては、ぼくは父親から何一つ受け継がなかったというわけだ。

だからこそ、お宝の返却にあたり、出所や値打ちの鑑定という、余計な一手間がかかることになるのだが……、今回とてそうである。

「21美に用事なの？　それとも、怪盗フラヌールの次なる標的は、21世紀美術館ってこと？」

「ぼくが追っている怪盗フラヌールの次の標的が、21世紀美術館なわけじゃない」

虎春花の言葉足らずなところを、さりげなく補う。まったく、姫のお世話は大変だ。甲斐甲斐《かいがい》しいよ、ぼくは。

「その21世紀美術館からほど近いところに、約二十年前まで、黄金技術館っていうのがあったんだ」

技術館。

美術館でも博物館でもない、技術館である。

「黄金……、が、展示されていたのかしら？　三越《みつこし》や大丸で開催されているような？」

具体的な例をあげてもらえると説明しやすい。とは言え、場所が金沢なので、やはりその展示品は、金箔に偏っていたようである。

もっと言えば。

邊邉斉齋斎という金箔師の作品のみが展示されていた——言いかたを変えれば、黄金技術館は、邊邉斉齋斎の記念館だったのである。

「なるほど。松井《まつい》秀喜《ひでき》ベースボールミュージアムのようなものだったのね」

「女子旅のコースに松井秀喜ベースボールミュージアムが入ってるの？」

だとしたら是非、最初にそちらに向かってほしい。ルポライターとしては不勉強ながら、そちらがどこにあるのか把握していないけれど、金沢市からは離れていたはずだ。

ぼくはお前を五連続敬遠したいんだ。

「邊邉斉齋斎。変な名前ね」

「邊邉斉齋斎も、お前に言われたくはないだろうよ、涙沢虎春花さん。それに、邊邉斉齋斎は雅号で、本名じゃない」

「そう。私は本名よ」

誇らしげに言う虎春花。

まあ、こいつは大抵の自己紹介を誇らしげに言うのだ。父親をギロチン送りにしたことすら。

「本名は、籐藤雉薙《とうとうきじなぎ》という凄腕《すごうで》の職人さんだった。腕のいい金箔師で、全工程をひとりで担当していたらしいな」

金箔の製作にあたっては、上澄みと延べ金というふたつの工程があり、通常、別々の職人が担当するそうだが……、邊邉斉齋斎はオールラウンダーであり、ずば抜けた個人技の持ち主だった。

「野球で言うなら二刀流って奴だ」

「DH制でない限り、全員守備も打撃もするのだから、ほとんどのプレイヤーが二刀流じゃないのかしら？」

芯《しん》を喰《く》ってくるな、野球の話だけに。

DHを知っているのか……、まあそりゃ、投打の二刀流っていうのは、やっぱり打撃をベース（大刀？）に捉《とら》えたときの表現ではある。

「金箔作りの場合は、どっちが大刀でどっちが小刀ってわけでもないんだろうけれど……、ともかく、邊邉斉齋斎は、ひとつまみ程度の金塊を、野球場いっぱいの薄さにまで引き延ばせるという評判だったそうだ」

「それは凄腕《ウルトラ》ね」

ちゃんと人を褒めるプリンセスである。お前のいいところはそこだけだ。

「本人は、金山をひとつ用意してくれれば、それで地球を覆《おお》うことだってできると豪語していたというんだから、恐ろしいよ」

金の埋蔵量というのは一定量に決まっているのだから（錬金術でも使わない限り、事実上、金は増えることはない）、そんなものを駅のギフトショップで大盤振る舞いしていいのか？ そのうちなくなってしまわないか？

という議論を、終わらせてしまいかねない大職人だ……、まあ、通常より薄くして売るという行為を、どう判断するかにもよるが。

お酒だったら大問題だ。

お菓子の味を薄めたくないから水分を取らない虎春花の例もあるし（ぼくの偏見の例だが）。

「当然のことながら、展示品だけじゃなく、その技術館そのものも、隙間《すきま》なく金箔に覆われていたそうだ。さしずめ金沢の金閣寺だ」

小京都が駄目なら、この比喩《ひゆ》表現も危ういが、しかしイメージはしやすくはなるだろう。そもそも北陸新幹線が通るまでは、お洒落《しゃれ》な名称だったはずなのだ……、京都サイドからすればその手のひら返しは心外だろう。

いったいいくらかかったのかと、俗物としては値段が気になってしまうところだが、技術館を覆うのに使われた金の価値は、十万円にも満たないとかなんとか……、大袈裟《おおげさ》に言っているのだとしても、大袈裟に言えるだけの自負は大したものである。

「ふん。だけど、そんな建造物があるなら、観光コースに入っていてもおかしくなさそうなものだけれど。21美のそばならば、特に交通の便が悪いというわけではなさそうだし。黄金の蔵や、黄金の畳が見られる屋敷《やしき》が、茶屋街にあるそうよ？」

「金箔に興味津々っすね、女子ふたり旅」

「金箔をあしらったコスメっていうのも多いのよ。顔パックとか」

「見てみたいなあ、お前が黄金の顔パックをしているところ」

たぶん、フランスじゃなくてヴェネチアの、カーニバルみたいになるんだと思うけれど……、いや、さすがのこいつも、ドレスのまんまで顔パックはしないか。

「望むならいつでも見せてあげるわよ。しかし、お肌の手入れという意味では、金箔の顔パックよりも、金箔を作るために製造された、副産物的なあぶら取り紙のほうが効果的だとも聞くわね」

「皮肉な話だね。金箔より紙が求められるとは」

てっきりあぶら取り紙は京都の名物だと思っていたけれど……。

紙と金箔の、使い道か。

「でもあるき野。待葉椎のガイドブックに、黄金技術館なんて載っていなかったわよ？」

「だから、もうないからね。二十年前に閉館した……、あったときも、ガイドブックへの掲載は断っていたようだけれど」

だから、下調べには苦労した。

前世紀の職人らしく、邊邉斉齋斎は、頑固職人だったようだ——初代、邊邉斉齋斎は。

「金箔作りは観光のための技術ではないという信念があったようでね」

「技術を誇示するようなハコモノを建てておいて、そんなことを言われてもねえ」

うん。それはまあ、虎春花が正しい。

今日、初めて正しいことを言ったな。

「大赤字だったから、潰《つぶ》れちゃったってこと？」

「辛辣《しんらつ》だね。大赤字だったのは間違いないけれど、潰れた理由はそれじゃない……、目玉の展示品が盗まれたからだ」

「盗まれた？」

「怪盗フラヌールに」

## 4

怪盗フラヌールが盗みを働いたことによって爆発的に知名度を上げ、来館者が引きも切らなくなった水深美術館のような例もあるけれど、しかしもちろん、その逆もある。水深美術館の場合は、『ダ・ヴインチの浮世絵』というような、胡散臭《うさんくさ》さの権化のような作品が、怪盗に盗まれることで価値を裏打ちされたわけだが（いわば怪盗による鑑定だ）、黄金技術館の目玉展示の場合は、どんなズブの素人にだって、価値のわかる一品だった。

ぼくにだってわかる。

本文使用用紙がすべて金箔で製本された、文字通りの豪華特装版の価値なんて……、否、値段などつけられたものではないだろう。幻想の産物とも言えた玉手箱や、返却を地元民に拒まれたにも等しい、温泉水とも違う。

正真正銘のお宝である。

「表紙は漆器で作られていたと言うんだから、まさしく加賀百万石の名産品だよ。一期一会の観光客に見せたくなかったという気持ちも、わからなくもない」

「金沢市民という特別会員だけの限定展示にしたかったというのね。それとも、何十年に一度しか開示されない、ありがたい神器かしら」

「職人にとっては、本当に神器みたいなものだったろう。だからこそ、盗まれたことで気力が萎《な》えたと言うか……、自身の最高傑作を失ったことで、邊邉斉齋斎は引退を決意したのだとか」

のだとか、みたいに、他人事《ひとごと》みたいに言ってしまったが、すべてぼくの父親、あるき野散歩《さんぽ》の仕業である。表の顔はルポライターだった彼は、金沢取材にかこつけて、職人にとって命よりも大切な作品を、遊び半分で盗んだのだ。

ルポライターの面汚しめ。

一応言っておくけれど、ぼくが二代目怪盗フラヌールになることを決意したのは、ルポライターになったあとの話である。正当な仕事の振りをして犯罪現場に向かっているのは同じでも、父とは順序が違う。

「年齢のこともあったしね。邊遣斉齋斎の名は息子に譲って、隠居したそうだ……、その二代目が、大赤字の技術館を、すぐさま閉館したって流れかな」

「容赦《ウルトラ》ないわね、二代目は」

「はは」

それは、邊遣斉齋斎の二代目のことを言ってるんだよね？

怪盗フラヌールの二代目のことじゃなく。

「しかし、金箔本とは、興味深いわ。まず、そんな書籍を製本することができるのかどうかって思ってしまうし」

「ん……」

虎春花の興味を引いてしまったのはぼくの本意とするところではなかったけれど、ちょっと気になる言いかただな。いや、金箔本という表現は、わかりやすくて的を射ているが、しかし彼女は金箔技術よりも、製本技術のほうに関心を寄せているように聞こえた。

「それはそうでしょう。私は名《ウルトラ》探偵なのよ？　本全般に関しては、それなりに強いこだわりがあるほうだわ」

そうか。

木々高太郎のことも、パン屋さんとして知っていたわけではないのか。

「だったらリニューアルされた、石川県立図書館に行くのはどうだ？　待葉椎警部補と一緒に。ぼくもまだ噂《うわさ》に聞いただけの段階だけど、読書家の夢みたいな図書館らしいぞ。なにせ百万石ビブリオバウム の異名で知られているくらいだから」

なんとかふたりを、金沢市中心部から遠ざけようと誘導するぼくだった。しかしその試みは失敗に終わったようで、

「第一、ページが金箔じゃあ、めくることもできないでしょう。すぐに破れちゃうもの。なみなみならぬ薄さだというのであれば、尚更よ」

と、虎春花は言う。

くそう、石川県立図書館に行ってくれたら、感想を聞けたのに。

「だから、読むための本じゃないんだよな。さっきお前が言ったように、職人の技術を誇示するような一冊だ」

それは悪意のある言いかただけど、いい風に言えば、伝説のマエストロによる、金箔技術の集大成である。擁護《ようご》するわけでは絶対にないのだが、怪盗フラヌールでなくとも、盗みたくなる作品かもしれない。

「読めない本に意味なんてないでしょう、あるき野」

「それを言ったら、金箔ソフトクリームに意味はあるのかって話になっちゃうよ。金は変化しない物質だから、食べても味はしないし、味に変化を与えることもないっていうあれ……」

金の埋蔵量は決まっているけれど、そういう意味では、金は減ることもないわけだ。消化されてなくなったりは、そうそうしない。

「それでも、食べられるなら、ソフトクリームの本懐でしょう。読めない本なんて、絵に描いた赤福餅《あかふくもち》だわ」

なぜ急に三重県銘菓。

なんだろう、好意的に捉えるなら、赤福の箱の中に封入されている、日替わりの絵葉書を連想したの

だろうか？　一年分フルコンプリートしていそうだよな、こいつは。

　ともあれ、虎春花の言い分もわかる。

　が、それはやっぱり、近世フランス貴族の言い分だよ。つまり、スマホを持っていない人間の言い分だ。

　ぼくも文章を書いて生計を立てている人間だから（返却怪盗としての『仕事』には、当然ながら給料も報酬も発生しない）、それなりに本を読んでいるほうだと思っているけれど、それでも最近は、電子書籍を読む割合が増えてきた。

　まず『かさばらない』というのが圧倒的な利点だし、ポイント還元のセールと言って、事実上の割引をできるのも大きい。再販制度には利点も多いが、しかし返本が可能というシステムは、欲しい本が欲しいときに手に入らないという弱点もある。

　出版社に聞いた話だと、漫画ではもう電子書籍が紙の売り上げを超えたそうだし……、活字も遠からず、そんな日が来るかもしれない。菊池寛とて、現代に生きていたら電子化を推進したことだろう。文芸界の未来のために。だからこそ貴重だし、存在していてほしいのだ。まだ電子書籍が普及していなかった時代の、そんな、無駄とも言える製本技術に。

　暴論を言えば。

　本来書籍には、『読む』以外の意味もあったのだ。

「いやね、あるき野。私も電子書籍くらいは知っているわよ。原始人じゃないのだから」

「おっと、これは失礼。すべての原始はお前の知性だと思っていたから、勘違いしたよ」

「ふふん。読んだことはないけれどね」

　でしょうね。

スマホを持っていないなんてキャラ設定を今もなお貫《つらぬ》ける名探偵なんて、お前くらいのものだよ。

「そんな虎春花さんに説明すると、電子書籍って言うのは、むちゃくちゃ読みやすいんだ。なんでだと思う？」

「さあ。画面が光るから、暗いところでも読めるから？　でもそれって、目を痛めそうよね」

「光るから以前に、画面がつるつるだからだよ。紙と違って、凹凸がない。重みもない」

人差し指をスライドさせる、フリック動作で読める。

逆に言うと、紙の本はそうはいかない。

「どころか、書籍ごとに使用されている用紙が違うからね。つまり質感が違う……、紙の厚さも、文章に使用されるフォントも、一ページあたりの文字数や行数も、ノンブルの位置さえ、作品の内容に合わせて変えたりする。金箔と言えば、表紙には、箔押《はくお》しなんて技術もあってだ……、電子書籍だと、そこは基本的には統一されるわけで……、そりゃあ今どのあたりを読んでいるのかがパーセントで表示されるのは途轍《とてつ》もなく便利なんだけれど——今、15パーセントくらいかな？　——スピンなんて望むべくもない。そこへ行くと紙の本には、文章以外のところで歯ごたえが生まれる。それで可読性が下がっては無意味だという向きもあるだろうが……」

「その歯ごたえこそを求める読者もいるということね。いえ、『いた』と、過去形で言うべきかしら」

まだいるとは思うが、少なくなってきていることは事実だ。『読みやすい』って、普通は利点だもんな。

紙の本とひとくくりにしても、重厚なハードカバーはあまり歓迎されなくなり、ソフトカバーへと移行していく。

二段組なんて完全に前時代である。

電子で再現のしようがない。

コスト削減を考慮した、画一的な本作りがおこなわれていないと言えば嘘になるが、基本的に一冊の本は、その本であるべくように、デザインされているのだ。

「パリジェンヌのお前に敬意を表して言うなら、フランス装アンカット本なんてお洒落な装丁もあってだね」

「知っているわ。今でいう袋綴《ふくろと》じよね。読者が自分の手元で本を完成させるというお洒落な演出でしょ。それとはまた形式が違うけれど、謎解《なぞと》き部分を袋綴じにした推理小説というのもあったわ」

蘊蓄《うんちく》を披露し損《そこ》ねたが、そういったウイットに富んだ演出もまた、凝《こ》りすぎると電子化――ひいてはペーパーレス化が不可能になり、後世に残しづらくなるという一例かもしれない。スマホの普及で推理小説のクローズド・サークルやアリバイ・トリックが台無しになるなんてのはよく言われる話だけれど、しかし、思わぬところで名探偵が不遇をかこつことになっている。最近じゃあ、コミックスのカバー下も電子版に収録される傾向にあり、ありがたい限りだけれど、よく考えたらこの『再現』って奴はいったいなんだと言われかねないよな。

まとめると、そりゃあ究極的には読めない本に意味はないし、今やほとんどの作家がデータで執筆している文章を、データで読まないというのも不合理な話ではあるけれど、しかし物体としての本には、ページをめくるまでもない芸術的な価値があるということだ。

そこは切り離して考えないと……、つまり、フランス装アンカット本のように。

「確かに。言われてみれば、私もジャケ買いして、そのまま一度もページを開くことなく、積ん読している本が少なからずあるわ」

「いきなり生活感のあふれるプライベートを明かすなよ。フランス貴族が」

積ん読って。

どんなヴェルサイユ宮殿だよ。

「そう考えると、書籍をバラバラに分解してからスキャンして電子化するというおこないは、抵抗がある人もいるでしょうね」

「皮肉にも電子書籍が普及したことによって、あんまり聞かなくなったけどな」

「ふむ。本棚に飾っておきたい、インテリアとしての本が、あって悪いということはないわね。わかりました。存在価値を認めましょう、その金箔本の」

「盗まれたから、もう存在していないよ」

反射的にそう返してしまったが、存在していないというのは嘘だ。本文使用用紙が金箔である稀覯《きこう》本は、風が吹いたらバラバラになりかねない儚さだけれど、今のところ、まだ存在はしている——ぼくの足下のカメラバッグの中に。

厳重に梱包《こんぽう》されて、と言いたいところだが、下手に厳重に梱包すると、そのせいで散り散りになってしまいかねない脆さなのだ。生まれたばかりの赤子を包むように、保護しなくてはならない……、国会図書館の職員にお願いしてもよかったが、赤ん坊を育てることにかけては実績のある盗品博物館の館長、ぼくの乳母であるお艶に、ここはお願いした。

怪盗フラヌールの返却活動に、できる限りお艶を関与させたくないと考えている一方で、かつての乳母に甘える機会を常にうかがっているぼくだ。

さすが二十年近く、この脆弱《ぜいじゃく》な本を管理していただけあって、お艶はいい塩梅《あんばい》で、金箔本を梱包してくれた。北陸新幹線が、初めてとなる脱線事故を起こしたところで、この本だけは無事だろう……、そのとき、ぼくは無事じゃあ済まないだろうが。

「なるほど。つまり、あるき野。あなたの取材によると、怪盗フラヌールの次なる返却は、その邊邉斉齋斎の力作である金箔本ということなのね」

カメラバッグを一瞥《いちべつ》さえすることなく、虎春花は言った——一瞥もしないことが、逆に緊張感を醸《かも》し出《だ》すが、ここは知らぬ顔の半兵衛《はんべえ》を決め込まねば。

「察しがいいね。どうも、そういうことらしいんだ。予告状は出ていないし、まだ確証はないから、東尋坊おじさんにも相談はしていないんだけど——」

劇場型の犯罪者だった初代怪盗フラヌールは、盗みに這入《はい》るにあたって、必ずと言っていいほど所有者に、あるいは警察に、予告状を送っていた。

何月何日、何時何分に、お宝をちょうだいしにあがります——というような、承認欲求の塊《かたまり》みたいな内容だ。

代替わりしていることを悟られたくないので、ぼくも乙姫島海底大学の玉手箱を皮切りに、返却予告をすることにしていたのだが、続けているうちに、この古き良き伝統的な行為はあまりに不条理だと思うようになったので、やりかたを変えることにした。

変節ではない。アップデートである。

第一、予告状なんて出していなければ、松山の秘湯だって、もっとひっそりと返せたのだ……、あんな大ごとにせずに済んだ。

父の悪いところを真似《まね》る必要はない。まだしも『人を褒める』という唯一の美点を持つ虎春花と違って、父にいいところなどひとつもないが、中でも悪いパフォーマー傾向は、ほどほどにしておこうと決めた。

以来、予告状には出したり出さなかったりの、ランダム制度を採用することにした。お艶もはまっているガチャ文明が普及した、令和の怪盗のあるべき姿だ。

父とは違うところも見せなければ。

ランダムと言っても、予告状を出しても大丈夫そうなときは出して、予告状を出さないほうがよさそうなときは出さないという、ある意味まっとうなランダムだ。

と言っても実は、恩人である東尋坊おじさんが指揮を執る怪盗対策部も大所帯となったので、仕事を増やしてあげるのも恩返しかと思い、気持ち、多めに予告状は出しているのだが、それでも、どうしても初代のライバル警部にお越し願いたくない現場というのは存在する。

今回がそうだ。

ここでルポライターというぼくの仕事が隠《かく》れ蓑《みの》になる。秘密の情報源からたれ込みがあったと言えば、たとえ予告状がなくとも、怪盗フラヌールの次なる返却活動に、『先回り』する口実をでっちあげられるのだ。

情報源は死んでも言わない。

それがジャーナリズムだ。

冗談はともかく（ジャーナリズムそのものが冗談なんじゃない。こんな世の中なので、念のため）、今回のミッションは、東尋坊警部の目を盗んでおこないたかった——目を盗むのは得意だ。

要領のよさには定評がある。

長男なのに要領のよさは末っ子と言われてきた。屈辱的な評価だ。

にもかかわらず、東京を出る前から名探偵に発見されたというのだから、ぼくもほとほとついていない。これは間違いなく親の因果《いんが》が子に報いているのだろう……、因縁の待葉椎警部補まで同乗しているなんて。

そういうキャラじゃないことはわかっているけれど、待葉椎警部補、グランクラスで酔っ払って、乗り過ごしてくれないかな……、無理か、金沢駅は終点だった。

早く通してよ、福井県まで。

なんなら明日にでも大阪まで繋げてくれ。

「だけど、あるき野。この場合、怪盗フラヌールはいったい、どこに金箔本を返すのかしら?」

と、虎春花。

いつの間にか、彼女の席のテーブル上の東京ばな奈カステラは、東京ばな奈しっとりクーヘンへと変《へん》貌《ぼう》を遂げていた……、ぼくが百万石ビブリオバウムの話をしたからか? 金沢につくまでに、東京ばな奈をコンプリートする気か、このフランス貴族。

パンがなければお菓子を食べればいいのにと、マリー・アントワネットは実際には言っていないそうだが、虎春花はお菓子がなくなったらお菓子を食べている。

ただの食いしん坊じゃないか。

「怪盗フラヌールが当該お宝を盗み出した黄金技術館は、もう跡形もなくなっているのでしょう?」

「跡形もなくなっているかどうかは知らないけれど……、普通に携帯ショップとかになってるんじゃないのかな?」

「つまり、黄金技術館に返すのではなく、怪盗フラヌールは金箔本を、製作した職人である、邊邉斉齋斎に返すことになるのかしら?」

「そうもいかない。黄金技術館が閉館してほどなく、初代邊邉斉齋斎——籘藤雉薙さんは亡くなっているから」

それは東京での調査ですぐにわかったことだが、しかし心の痛む話である。もちろん、怪盗フラヌールが直接、雉薙さんを殺したわけではない——怪盗フラヌールは盗みにあたって、暴力は用いない。気まぐれな犯罪者だが、そこは徹底している。

けれど、遠因にはなったんじゃないか？

生涯最高傑作が、遊び半分の怪盗に盗まれた犯罪事実は、職人の気力を萎えさせ、引退に追い込んだのみならず、その寿命まで縮めたんじゃないかと、考えずにはいられない。

享年七十二。

死ぬにはあまりにも若いとは言えないし、そんな被害がなければ、きっと今も生きているとも言えないけれど、しかし、もうちょっと長生きしてもいい年齢である。

それなのに……。

父が盗みを働いたせいで……。

ああ、誤解してほしくないのだけれど、ここから先のセンテンスで、偉そうなことを述べるつもりはない。ぼくが父に対して、ちょっと言い過ぎであることは自覚しているし、自覚しながらも、やめる気持ちはさらさらないけれど、ただしこの件に関してだけは、父を闇雲《やみくも》には責められない。

なぜなら、ぼくが初めて怪盗フラヌールとして予告状を出した、乙姫島海底大学での返却活動においても、死人が出たからだ。

ぼくが、先代の盗んだ玉手箱を返したがために、人が死んだ——殺されたのである。その疑いは、もちろん怪盗フラヌールにかかったけれど、名探偵涙沢虎春花の活躍もあって真犯人は判明し、怪盗の疑いは晴れた。

だが、だからと言って、罪悪感から解放されるはずもない。ぼくや父の行為は……、劇場型の愉快犯であるはずの怪盗の行為は、時に連鎖する。

人を殺してないから『いい犯罪者』だなんてことには絶対にならない。親が子を産むように、犯罪は犯罪を生む。

　父やぼくだけじゃない。

　怪盗の父から生まれ、兄が怪盗となったことで、怪人と化した弟も……。

「…………」

　まあ、雉薙さんの無念の死を悼みつつ、それはそれとして、結局のところ、ぼくは返却活動を続けねばならない。

　少なくとも松山のダム温泉の件も含めて、あれ以来、現場から死人が出ないようにできる限りは気をつけている……、殺人事件が起こらなければ、名《ウルトラ》探偵も現れないんじゃないかという願掛けでもあった。

　その願いは叶《かな》わなかったが。

　……それとも、この北陸道中膝栗毛《ひざくりげ》は、これから殺人事件が起こるぞという予兆なのか？

「返すべき技術館もない。製本した持ち主も死んだ。では、怪盗フラヌールはどうするつもりなのかしら？」

「さっきも言ったけれど、邊邉斉齋斎には二代目がいるから、その人に返す——つもりなんじゃないかと、ぼくの情報源は教えてくれたよ。この程度の、誰にでも予想できるようなタレ込みに、だいぶふんだくられたがね」

「襲名するなり赤字の技術館を畳んだ、商売上手の二代目だっけ？」

「ああ。叩《たた》き延ばすのは苦手でも、畳むのは得意だったようだ……、それこそ、茶屋街にショップや喫茶を出店していたりもするみたいだし、先代とは正反対に、完全に観光客をターゲットにしている。ちなみに、現在の邊邉斉齋斎は、金箔を工場で、分業体制で生産しているぜ」

　だから出来が悪いということもないのだろうけれど、伝説の職人技は、現場にさえ引き継がれていない……、地球を覆うほどの金箔を生む技術は、雉薙さんが亡くなった以上、完全に幻となった。

「だから、その二代目に、ぼくはインタビューを申し込んだというわけさ。怪盗フラヌールが、父親の稀覯本を返却しようと目論んでいるということは伏せて、あくまでも金沢のビジネスパーソンを広く世間に紹介するという名目で」

「いつもの手ね」

　いつもの手……、その通りだが、どっちのことを言っているのだろう？　怪盗フラヌール専属記者としてのやり口か、それとも、ルポライターを装う怪盗フラヌールの、常套《じょうとう》手段か。

「それで、インタビューは受けてくれたの？」

「ふたつ返事だったよ。さすが商売上手、広告の機会は逃さないね。ともあれ、それがぼくの、大人の男のひとり旅の目的さ。悪いね、仕事人間で。お前や待葉椎警部補のバカンスに付き合えず、心から申し訳ない。でも、金沢駅で、一分くらいなら待葉椎警部補と挨拶をする時間は取れるかな？」

「私の推理力を借りたいのであればそう言えばいいのに、素直《ウルトラ》じゃないわね、あるき野。でも、そういうところ、可愛《かわい》くて好きよ」

　虎春花は、東京ばな奈しっとりクーヘンを食べ終え、続いて、東京ばな奈のバリエーション、銀座のいちごケーキを取り出しつつ、そう首を振った。

「わかったわ、可愛いあるき野を女子旅に交ぜてあげる。待葉椎も、嫌とは言わないでしょう。加賀百万石金箔ツアーと洒落込みましょう」

　うん。

　まあ、こうなるよね。

　新幹線は、このときちょうど、上田駅を通過した——やっぱり窓から途中下車して、上田城にでも籠《ろう》城《じょう》しようかな。
今のぼくには、百万石より、六文銭のほうがお似合いである。

# 第二頁 待葉椎警部補／闤闠艶子

1

「お久しぶりであります、あるき野どの！　いつかまたお目にかかる機会もあるとは信じておりましたが、まさか金沢で会えるとは夢にも思っておりませんでした！」

その後、北陸新幹線は、事故を起こすこともなく、殺人事件が起きることもなく、無事に終点まで到着した。

どうやらぼくという好青年を主人公とした物語の作者は、西村京太郎ではないらしい。仕事柄《がら》（表も裏も）、電車移動の多い身ではあるので、もしかしたらという気持ちはあったけれど、まあ、ぼくの生みの親は、所詮《しょせん》、あの父親である。

「ええ、待葉椎警部補。ぼくも夢にも思っていませんでしたが……、しかし、こうしてみると、夢でも見ているような気分ですよ」

本当、夢じゃないのかな、これ。

虎春花と待葉椎警部補のプリンセスコンビと、金沢駅で一堂に会するなんて……、同窓会にはまだ早いよ。懐《なつ》かしむほど、乙姫島海底大学の一件は、思い出化されていない。

それこそ、たまに夢に見るほどだ。うなされて。

「その後のご活躍は聞いていますよ。ご出世あそばしたそうで……、仰《おっしゃ》っていた秘湯も、何事もなく怪盗フラヌールから返却されたそうですから、もう窃盗係からはご勇退なさったんでしょうね。察するに、後進の育成に力をいれてらっしゃる頃でしょうか？」

一縷の望みをかけてそう振ってみたが、

「いえいえ！　むしろ本官はやる気にみなぎっております、あるき野どの！　本官の怪盗フラヌールめに対する熱意は、今がクライマックスです！」

と、待葉椎警部補は敬礼した。

ぼくに敬礼されても……、東尋坊おじさんから、ぼくのことをどう聞いているんだ、実際。

まあ、一般市民に対する姿勢ということなのかもしれない……、言葉遣いも相変わらず堅いが、しかし、かろうじて安心できることに、この女子旅がプライベートだというのは虎春花の仕掛けたフェイクではなかったようで、さすがに制服警官姿ではなく、帽子もかぶっておらず、私服だった。

意外とフェミニンな装いだ。

「あるき野どのの記事も読ませていただいております！　竜宮城について書かれた潜入ルポは名作でありました！　本官は登場しておりませんでしたが！」

「現役の警察官を、許可もなく実名では出せないですよ」

と言うか、ほとんどの人物が仮名だ。そもそもアリバイ作りのためみたいな文章だし、その性格上、どうしても怪盗フラヌールを持ち上げる提灯《ちょうちん》記事みたいになってしまったので、そんな風に正面から褒められると面映ゆい。

「私は実名《ウルトラ》で出ていたじゃない」

「お前に適切な仮名が思いつかなかった。好ましくなかったか？」

「いいえ。私の名を世間に知らしめようというあるき野の気持ちは嬉《うれ》しかったわ」

「ははは」

ぼくが知らしめるまでもなく、お前の悪名は轟《とどろ》いていると思うが……、虎春花がぼくの記事をチェックしていることは知っていたので、ついつい、必要以上に美化して書いてしまった。あの名探偵《ウルトラ》が、実際にはこんな風だったらいいのにというぼくの妄想も混じっている。ぼくの記事からいい影響を受けて、現実の虎春花のありようが改善されればいいのにという希望も根底にはあったが、こうして再会してみると、虚《むな》しい絶望みたいな試みだった。

「松山の件も、取材に来ていらしたのですね！　地元民として、ああやって取り上げていただけることは嬉しく、感謝いたします！　しかし許すまじは怪盗フラヌールであります！　よくもあんな真似ができたものです！」

待葉椎警部補は怒りをあらわにした。

竹を割ったような性格の彼女ではあるだけに、怒りの表明もまっすぐだ。まるでぼくが廃ダムに温泉を流し込んだのが、昨日の出来事みたいに義憤にかられている。温泉だけに水に流してくれればいいのに、むしろ沸騰していた。

「やはりあの怪盗めは、本官の手でお縄につけねばならないと、決意をあらたにしました！　竜宮城においては、もしかしたら自らの過去の罪を悔《く》いて、償いのために返却活動をおこなっているのではないかといい風に考えてもいましたが、しかしとんだ買いかぶりでした！」

怒ってるなあ、健全に。

不健全な育てられかたをした長男としては、憧《あこが》れさえする姿勢だ……、そんな風に思ってくれていたのは嬉しいし、そういうプロデュース意識を持って、ぼくも返却怪盗の記事を書いているけれど（東尋坊おじさんから、その点については苦い顔をされている）、まあ、実際には、償いじゃないしな。

そのときが来たら、神妙にお縄を頂戴《ちょうだい》しよう……、だけどそれは、今じゃない。また、金沢駅でじゃない。このおもてなしドームで、そんな風にもてなされるわけにはいかない。

聞くところによると、この駅は世界一美しい駅のひとつに選ばれているそうだ。いくらなんでも世界一は言い過ぎなんじゃないかとその大言壮語にはらはらするが、確かに、何度来ても見事な構造ではある。

まだ新幹線を降りたばかりのホームなので、ここからは見えないけれど、ねじれたでかい門みたいなのにも来るたび圧倒されるし……、もっともぼくは、ねじれたでかい門よりも、それをくぐった先にある、小さな時計の噴水のほうが好きだ。

あれは家に欲しい。ぼくは時計が大好きだ。

……こういう物欲が、もしかしたら父を窃盗犯にしたのかもしれないと思うと、血は争えないと言うしかないけれど、父なら、ねじれたでかい門のほうを盗むだろう。お艶に言わせれば、そのスケールの差異が、まだまだぼくが『ぼっちゃま』なところなのだ。

もっとも、世界一美しい駅は、外に出るまでもなく、ホームの柱からして金箔があしらわれるようなデザインなので、ぼくも、観光に来たわけではないということを忘れずにいられる。

「四国の住人からすれば、東京駅も相当美しかったであります！　まるでひとつの町のようでありましたな！　本官、おまわりさんなのに迷子になるところでありました！」

丁寧が過ぎて、軍人みたいになっていないか、待葉椎警部補？

まあ、改札内に商店街があるっていうのは独特だ。

「松山駅も味わいがあるいい駅ですよ」

「へえ、そうなの。そう言えば、こないだ愛媛県に仕事で行ったんだっけ、あるき野も」

当てこすりみたいな名探偵からの合いの手に、あれ、失言をしてしまったっけと不安になったが、違う違う。怪盗フラヌールの専属記者としてその件では現地入りしているから、ぼくが松山駅を知っていても、なんら不思議はない……、ぼくがダム温泉を作った犯人だから、松山駅を知っているわけじゃない。

まったく、名探偵の癖に、それに警察官を前に、刑事コロンボみたいな引っかけを仕掛けてきやがって……、油断も隙もない。

「ちなみに虎春花はどんな駅が好きなんだ？　やっぱりパリの北駅か？」

「いい駅なんだけれど、名前が味気ないわね」

「名前で駅の美しさを判断されても……、ヨーロッパだと、ベルギーのアントワープ駅の美しさが有名なんだっけ？」

「ヨーロッパ全土で言えば、一押しはキングス・クロス駅ね」

ハリー・ポッターのファンだったとは知らなかった。もしかするとスリザリン組の卒業生なのかもしれない。

東京駅と言えば……。

「待葉椎警部補、警察庁の怪盗対策部で、東尋坊おじさんに会ってらしたんですよね？　どうでした？　ぼくの話とか出ました？」

むちゃくちゃ自分の評判を気にしているみたいになってしまったけれど、極めて重要な質問である。東尋坊おじさんの動向と、おじさんからのぼくへの評価は、できる限り把握しておきたい……、盗品博物館を空にし、亡き父からお艶を解放するまではつかまるわけにはいかないというのと同じくらい、恩人である東尋坊おじさんを、失望させたくないという気持ちがある。

親友で、怪盗フラヌールを追う同志だったはずのあるき野散歩が、ずっと自分を騙《だま》していたと知るだけでもショックだろうに、ましてその息子が犯罪者の跡を継いでいたなんて『意外な真相』を、ベテラン警部は知るべきではない。

それこそ、大袈裟ではなく、ショック死させてしまいかねない。定年が近いとまでは言わないにしても、おじさんももう若くはないのだ……、脳卒中や心臓発作のリスクは、常にある。

「いいえ、特には！」

きっぱり言われると、それはそれで傷つくな。ぼくが心臓発作を起こすところだった。

ううむ、やっぱり予告状を出しておけばよかったかな。今回はそうするべきではないと判断したけれど、次あたり、東尋坊おじさんとルポライター・あるき野道足が、現場でバディを組めるような返却物を選ぶべきかもしれない。

できるところを見せなければ。

……いや、目的がすり替わっている。

仕事を楽しもうとしちゃいけないってことを改めて胸に刻め。そもそも、盗みを仕事と言うこと自体が不謹慎である。犯罪行為を楽しむなど、父と同じ愉快犯に成り下がるということで、好ましくない――粛々《しゅくしゅく》と、無感情に返却すべきなのだ。

金箔本もしかり。

そもそも、次の機会について計画している時点で、怪盗フラヌールであることに慣れてしまっている――と言うか、増長してしまっている。

ワンミスさえ許されないのだ。遊び心とか、怪盗の美学とか、しょうもないことを言ってはいられない……、厳しいことを言えば、東京駅で虎春花に見つかったこと自体、本来、取り返しのつかないような失策なのだ――こうして、愛媛県警の警部補と、金沢駅のホームで歓談していることも。

「あら、名前が出なかったことが寂《さび》しそうね、あるき野。なんならこのグループ旅行に、ジジイも招待してあげる？」

「倍以上生きている人生の先輩を、気楽に金沢まで呼ぶな」

たまったもんじゃない。

しかし、こうなると、怪盗対策部が全盛期のような大所帯となったことは、ぼくにとっては僥倖《ぎょうこう》だ。当該部署が、おじさんひとりで形成されていた頃だったら、年齢を感じさせないフットワークを発揮しかねなかったから。

名前が出なかったことも僥倖だよ。

これまで、危ういタイミングも何度かあったが、まだ東尋坊おじさんは、とりあえずまだ、ぼくを怪盗フラヌールの正体として、ターゲッティングしていない。さすが初代とのライバル関係が長かっただけのことはあって、怪盗フラヌールが二代目に代替わりしていることは、うっすらバレているみたいだけれど……。

「積もる話もあるけれど、いつまでも立ち話というのも何ね。あるき野、このあとの予定はどうなっているの？」

ぼくが女子二名をエスコートする現地のボランティアガイドさんみたいになっているが、確かに、立ち話も何だ。金箔ツアーは立ち消えになりそうもないし。

乗ってきた新幹線は折り返し東京に向かって出発してしまったので、それに飛び乗ってふたりの反フラヌール同盟から最高速で距離を取るという作戦ももう使えない以上、ホームにとどまり続ける意味もない。

さっきは一分一秒を争うジャーナリストみたいなことを言ったけれど、実際、二代目邊邉斉齋斎――籐藤感惑《とうとうかんわく》さんにインタビューするのは、明日である。

　実は前乗りだったのだ。

　北陸新幹線の開通によって、その気になれば日帰りも可能な東京―金沢間ではあるが、ここは余裕をとっての、一泊二日計画である。仕事にかこつけて、じっくり金沢を観光したかったから――ではなく、存在自体が幻である金箔本の返還にあたっては、地域密着型の下調べが必要だと判断したからだ。なので、ぼくの真の予定を述べるならば、今日はまるごと金沢取材に費やし、明日の午前中に感惑さんに会って、彼が邊邉斉齋斎の、正統な後継者であることを確認したのちに、予告状を出すこともなく、派手な爆発や、まして殺人事件など起こすこともなく、慎ましやかに金箔本を返却し、その後、長居は無用と、東京へととんぼ返りだ。

　このスケジューリングだと、怪盗フラヌール専属記者でありながら、すれ違うように大泥棒の活動を見逃すという特オチ級のポカをやらかしたルポライターの烙印《らくいん》を押されかねないけれど、しかしまあ、あんまり有能だと思われても、厄介ごとが増すばかりである。

　万が一にも、『あるき野記者が取材に行った場所には、常に怪盗フラヌールが現れるな』なんて紐付《ひもづ》けがなされてはならないのだ。ある程度の違和感は『専属記者』の肩書きが誤魔化してくれるだろうが、常時というのは好ましくない。

　大事なのはランダム性だ。

　とは言えフレキシブルに対応できるように、帰りの切符はまだ買っていないのだけれど、当然、名探偵や出世頭の警部補を相手に、真の予定を明かすわけにはいかない。

「まずはホテルに荷物を預けて、一回休憩かな。新幹線とは言え、長旅で疲れたし」

「本官はまったく疲れておりません！」

びしっと敬礼して、待葉椎警部補。

そりゃ、グランクラスだからね。

あと、この中で一番若いというのもあるだろう……、虎春花の正確な年齢は知らないけれど、できれば年上であってほしいな。少しだけ我慢しやすい。

「車輌中が金箔だらけで驚きました！」

そうなんだ……、北陸新幹線が開通した時期からして、それは邊邉斉齋斎の仕事ではないだろうけれど。

ぼくはスケジュールの説明を続ける。

「その後は、新幹線の中でもちょっと話した、茶屋街にある、二代目邊邉斉齋斎の経営する喫茶に行ってみようと思っている」

「入念《ウルトラ》ね。足を使うジャーナリストって感じだわ」

「刑事も足を使うべきだと、東尋坊警部は仰っておりました！　ところで願います、あるき野どの！　邊邉斉齋斎とはどなたですか？　現地のご友人ですか？」

ああ、まったく説明していなかったな。

まったく説明していないのに、ここまでもっともらしく頷いて、会話についてきていたあたり、現場タイプだ。

もしかしたら新幹線版ファーストクラスであるグランクラスでリラックスしているうちに怪盗フラヌールへの恨みを忘れてくれたんじゃないかという期待もあったから、ごっそり説明を省いていたのだが、マジで恨み骨髄だな。

嗅覚の鋭さったらない。

　この恨みを晴らすリラックスは、道後温泉でしかなしえなかろう。

　あーもう、だったらダムに温泉を入れるのがマナー違反だと、張り紙をしておいてくれればよかったのに。湯船にタオルをつけちゃいけないとか、縁に座っちゃいけないとかと並べて。ぼくはそんな諦《あきら》めと共に、車内で虎春花にしたのとだいたい同じ話を抄録版で（つまり、虎春花の態度に対するぼくの突っ込み部分を省いて）、待葉椎警部補に話した。
①金箔でできた職人仕事の稀覯本があって、
②昔、怪盗フラヌールがそれを盗み、
③そろそろ返そうとしている。
　その気になれば三行で説明できた。

「なんと！　怪盗フラヌールの奴めがこの金沢に⁉　戦火を免《まぬが》れたこの土地に⁉」

　驚きを隠さないリアクションは小気味いいが、怪盗フラヌールは別に、戦争兵器とかじゃないよ。

　虎春花によると小京都は禁句らしいけれど、しかし戦火を免れたという意味では、京都や奈良と同日に語るべき土地柄ではあるわけだ……、その意味じゃ、以前に虎春花や待葉椎巡査（当時）と一堂に会した乙姫島海底大学とは、ここは対照的だ。あの大学は、愛媛県警の管轄であると同時に、広島県警の管轄でもあった。

「そういうことでしたら是非もありません！　和菓子作り体験は諦め、本官も捜査に協力させていただきます！」

　新幹線どころか光線みたいな話の早さだ。

「立派《ウルトラ》ね。さすが私の親友《ウルトラ》」

ルビが振られているせいで聞き逃しそうだけれど、警察組織全体の天敵から親友扱いされているぞ、待葉椎警部補。

名探偵《ウルトラ》と金沢女子ふたり旅をしていることが上に知られたら、出世頭の出世も頭打ちになりそうだが、和菓子作り体験をする予定だったのか。

きんつばを作るのかな。

和菓子作り体験をする予定だったにもかかわらず、車内で東京ばな奈のオールヴァリエーションをコンプリートした虎春花の内臓には敬意を払うが、休暇を返上し、即座に仕事モードに移行する待葉椎警部補のプロ意識にも、同様の敬意を払わねばなるまい。

ぼくは取材をするのであって、捜査をおこなうわけではないのだが……、愛媛県警の待葉椎警部補にしたって、石川県での捜査権はないだろうに。

「そうですね、では、現地の警察署に協力を仰ぎましょう！」

話が大きくなっていくな。

父なら喜んだかもしれないシチュエーションだが、ぼくは愚かではない。

「いいですね、ただ、まだ確たる証憑《しょうひょう》があるわけでもありませんので、その要請はぼくの胡散臭い情報源からの嘘っぽいタレ込みの、裏が取れてからにしましょう」

「そうね。メディアも昨今、いい加減なフェイクニュースを流すと命取りだものね」

革命を起こされる側のフランス貴族にしては風刺っぽいことを言っているが、まあ確かに、今はメディアも監視される側である。

一方で、活動を再開した怪盗フラヌールに対する、虚実入り交じる報道などを見ていると、フェイクニュースのすさまじいまでの強さも思い知るのだが……、最新の記事によると、怪盗フラヌールはルパン五世だそうだ。

ぼくの作者はモンキー・パンチだったのか。それともモーリス・ルブランかな？

そんな末裔《まつえい》が、こうしてパリジェンヌに張り付かれているのだから……、まさか虎春花の役どころは、さしずめエルロック・ショルムズか？　若いご婦人である待葉椎警部補を、さすがに銭形警部には準《なぞら》えられないが……、ルパン一世のライバル警部の名前は失念した。

ぼくもまだまだ読書が足りない。

……虎春花を駅周辺から追放するために提案しただけだったが、こうなったら行ってみるかな、石川県立図書館。アルセーヌ・ルパンのライバル警部の名前がわかったり、金箔本に関する資料が見つかったりするかもしれない。

「しかし、惜しいであります！　あらかじめ、ここに怪盗フラヌールめが現れるとわかっておりましたら、拳銃《けんじゅう》を持って来たものを！」

場をなごますための冗談で言っているのかと空笑いを返したが、待葉椎警部補は、本気で忸怩《じくじ》たる思いを噛《か》み締《し》めていた。

前言撤回だ。銭形警部の役どころがしっくりくる。虎春花に親友認定されるだけのことはあるし、ぼくがこの金沢滞在中に警戒すべきは、むしろ名探偵《ウルトラ》よりも、この若き警部補のほうかもしれない……、休暇中で本当によかった。

忘れてはならない。

時間が経《た》ったせいもあって、なんだかギャグみたいに処理してしまっていたけれど、待葉椎警部補は、涙沢虎春花に手錠をかけた、日本で唯一の警察官なのだ。そんな人物に狙《ねら》われていることに、もっと危機感を持たねば……。

「では、まずは三人で茶屋街ね。その前に、それぞれのホテルに荷物を預ける感じかしら。あるき野、あなたのホテルはどこ？」

幸いなことに……、不幸中の幸いなことに、女子ふたりが宿泊予定のデスティネーションホテルと、ぼくの予約したビジネスホテルは、駅の東西に分かれていた。

やっと一瞬、気を抜けるわけだ。

まあ、荷物を預けると言っても、カメラバッグだけは手放すわけにいかないけれど……、どんな貴重品よりも貴重な、お宝が眠っている。

「ん？　て言うか、虎春花、お前、手ぶらじゃないか。さっきまで抱えていた東京ばな奈シリーズは、食べ尽くしたし……」

「手ぶらじゃないわ。扇は持っているもの」

「涙沢どののお荷物は、この通り、本官が預かっております！」

見ると、待葉椎警部補の足下には、小さめのスーツケースがひとつと、クローゼットみたいなスーツケースがひとつ、並んでいた。

まるで大きなつづらと小さなつづらだ。

見ると、と言ったが、当然気付いてはいた……、ただ、旅先で女性の荷物の多さについて言及するのも紳士的ではないと、見て見ぬ振りをしていたが、こうなると、大きなつづらの中身が高密度に折りたたまれた貴族ドレスであることは、透視能力がなくても明らかだった。

むちゃくちゃナチュラルに友達をポーターにしている……。

「おい、虎春花」

「わかっているわよ、あるき野。私の荷物を運ぶのは自分の役目だと言いたいのでしょう？　悪かったわ、あなたの使命をないがしろにして。待葉椎、そういうわけだから、私の衣装をあるき野に持たせてあげてくれる？」

「はっ！」

はっ！　じゃないんだよ、あなたも。

しかしまあ、ここでぼくの使命について、議論を続けても仕方がない。虎春花のトーテムポールみたいな髪型が、金沢駅の新しい待ち合わせ場所になってしまう前に、移動しよう。ぼくは待葉椎警部補から大きいつづら、もとい、クローゼットみたいなスーツケースを受け取って、階段へ向かう。

怪盗のように、音もなく。

## 2

「おや、ぼっちゃま。そろそろ金沢に到着したと思っておりましたが、こうしてわたくしにお電話をなさってきたということは、何かトラブルでもありましたか？」

「トラブル？　まさか。順調過ぎて怖いくらいさ。もしかしたら北陸新幹線は、予定よりも早く到着したんじゃないかな？　まったく、いつか遭遇してみたいものだね、そのトラブルとやらにも。虎じゃなくて」

「ほほほ」

「今、ホテルに荷物を預けたところだよ。ただ、これから仕事に取りかかるにあたって、一回、お艶の声を聞いておこうと思って……、状況を整理したくてね」

「状況を整理しなくてはならないような事態が起こりましたか？」

「ぜんぜん？　整理整頓《せいりせいとん》は散らかる前におこなうのが心掛けだよ。優秀な乳母にそう育てられたものでね。ようやくひとりになれるタイミングがあったから……、いや、この小旅行は最初からひとりなんだけれど、駅付近の喧噪《けんそう》を離れてという意味でね。まだチェックイン時間の前だったんだけれど、ホテルの人が融通を利かせてくれて、部屋に入れてくれたから」

「金沢駅の人出は多うございますか？」

「うん。言いかたの難しいところだけれど、観光地の入り口としての完成度がすごく高いと、いつも思うよ。そういう駅開発だったってことなんだろう。京都駅とか、できたばかりの当時は地元民から賛否両論あったそうだからね」

「金沢も地元ではどう言われているかわかりませんよ、ぼっちゃま」

「それは確かに。初代邊邉斉齋斎も、観光誘致には消極的だった……、んだよね？」

「ええ、ぼっちゃま、その通りでございます。もっとも、旦那《だんな》さまが邊邉斉齋斎が製本した金箔製の私家版をお盗みあそばされたのは、北陸新幹線が開通するより十年前後も前のことなので、現在ならば固《こ》陋《ろう》な頑固職人も、考えを変えていたかもしれませんね」

「まさしく。スマホのなかった時代の製本技術か。ところでお艶、旦那さまって誰のことだっけ？」

「お戯《たわむ》れを、ぼっちゃま」

「いや、もしかしたらぼくのことかもしれないと、念のためにね。大した意味はない軽口さ。もちろん、あの男のことだとは承知している……、あの男の後始末のために、ぼくはこうしてはるばる、金沢までやってきたわけだし」

「旦那さまも、ご立派になられたぼっちゃまに跡を継いでいただき、草葉《くさば》の陰で喜んでおられることでしょう」

「もしもあの男が喜んでいるんだとしたら、こんな活動、今すぐやめたいよ。せめて苦い顔をしていてほしい。自動車じゃなくて新幹線に轢《ひ》かれればよかったんだ、あんな奴は」

「ぼっちゃま。お言葉が過ぎますよ」

「そうは思わないけれど、お艶がやめろと言うならやめるよ。新幹線にも悪いしね。ただ、この電話でしたかったのは、まさしく、あの男の、二十年前の犯罪行為についての再確認なんだ」

「あらあら」

「もちろん、お艶の声が聞きたかったという理由が第一だし、現在ぼくの計画に、何のトラブルも起こっていないことは重ねて強調しておこう」

「わかっておりますわ、ぼっちゃま。このお艶にできることがあれば、なんなりと仰ってください」

「力を借りるつもりはない。ぼくはあの男とは違って、お艶を共犯者にするつもりはないんだ。あくまで、再確認することで、ただでさえ盤石なプランが、揺るぎないものになるってだけだよ。金箔を叩くように、石橋を叩くだけさ」

「承知いたしました。なんなりと確認なさってください、ぼっちゃま」

「ぼくにとってお艶が乳母でない瞬間なんてほとんどないんだけれど、今回だけは例外的に、盗品博物館の館長に対する確認だと思ってほしい。あるいは、盗品博物館の、学芸員に対する確認だと」

「勿体つけますね」

「少しでもお艶と長く話していたくてね。それともあの男は、電話の短いタイプだったかい？」

「旦那さまのことを仰っているのであれば、スマホのない時代でしたからね。石川県からの電話は、高うございましたから」

「海外でもないのに長距離電話の料金は跳ね上がるって概念が、ぼくには目新しいよ。おっと、こんな会話が盗聴されていたら、問題の盗品博物館が、石川県内にないことがバレてしまうか」

「こちらの盗聴対策は万全でございますわ」

「こちらもだけれど、用心に越したことはないからね。両隣と上下の部屋が、空室であることは確認して電話をかけている。……お艶、あの金箔本の中身って、見た？」

「？　すみません、行き過ぎた盗聴対策で、電波が悪くなったのかもしれませんが……、金箔本というのは、邊邉斉齋斎の最高傑作の、無題のあの書籍でよろしかったでしょうか？」

「ああ。無題っていうのもアートっぽくて格好いいけれど、呼び名がないと何かと不便だったから、ぼくが新幹線の中、ひとりで思いついて、ひとりでそう名付けた」

「芸術作品に勝手なタイトルをつけられるのはキュレーターとしては一言申し上げたいところですが、まあよしとしましょう。しかし、それでしたら確認なさるまでもありませんわ、ぼっちゃま。そんな発言をお聞きになったら、背後の旦那さまがお笑いになりますよ」

「守護霊になられてたまるか、あんな男に」

「本文使用用紙が、幾千枚以上の金箔という一冊でございますよ。中身を見るなどと、望むべくもありません」

「たとえ学芸員でも？」

「館長の権限でも、物理的に不可能なものは不可能ですわ。わたくしが配慮いたしましたのは、あの唯一無二の芸術品を、傷つけることなく、崩すことなく、真空ケースの中に展示することだけでございました」

「だよね」

「作品を紹介するにあたって、そのように説明したつもりでしたが、わたくしに言葉足らずの点がございましたでしょうか？」

「いや、そう聞いたのは憶《おぼ》えている。ぼくがお艶の言ったことを忘れるもんか……、ただ、気になってしまってね」

「気になったと仰いますと？」

「この金箔本には、いったい何が書かれているのか——が、だよ」

「…………」

「正直に言うと、ぼくはなんとなく、何も書かれていないと思っていた。いわゆる金箔を、本のページに見立てて製本して見せた、金箔技術と製本技術の集大成みたいなアートだと考えていたんだ。だけど、行きの新幹線の中で、東京ばな奈しっとりクーヘンを食べながら、ふと、思いついてしまったんだ」

「ぼっちゃま。東京駅を発車する新幹線の中で、東京ばな奈をお食べになったのですか？　そんな育てかたをした覚えはございませんが」

「たまにはそういう気分になることもあるさ、独自に。独《ひと》り立《だ》ちした大人だからね。ぼくが自分の判断で、売店で買ったんだ。それに、東京ばな奈ではなく、東京ばな奈しっとりクーヘンだよ。ほら、バウムクーヘンも本みたいに一枚一枚めくれる構造だから、連想してしまってね」

「そんな食事マナーを躾《しつ》けた憶えもございません」

「ともかく、東京ばな奈しっとりクーヘンを食べながら、沈思黙考した。間違っても隣の席の人と話したりすることなく……、本っていうのは、読むためのものだよね？」

「……ええ。左様にございます」

「そう。だから、綴じられた金箔が白紙——ならぬ、金紙じゃあ、そんなの、ちょっと豪華な折り紙でも似たようなものは作れる、未完成の束《つか》見本みたいなものだと思わないかい？」

「…………」

「もしも邊邉斉齋斎が信念を持った頑固職人であり、この金箔本を己の最高傑作と謳《うた》いたかったのであれば、本文に記述がなければ、完成品とは言えない。完成していないものを、自分のすべてを詰め込んだ黄金技術館の、目玉展示にするだろうか？　同じ『館長』としてどう思う、お艶？」

「……難しいところですね。打ち明けた話、裏側が適当なアート作品って、結構ございますし」

「そうなんだ」

「しかし一方で、こだわりの強い天才肌のアーティストならば、本を読む女性をキャンバスに描くとき、たとえ画角的には表紙しか見えていなくとも、その内容をイメージするものだとも言われております。たとえばフェルメールの、『窓辺で手紙を読む女』」

「ああ。背景で塗り潰されていた天使が、復元されたって一枚だよね？」

「その天使がキューピッドである以上、読んでいる手紙は恋文であろうと、今では言われております。文面まで書くわけではなくとも、フェルメールはそこまで詳細にイメージして筆を執ったのでしょう。つまり、どちらのケースもございますが……、しかし、粗雑な作品を、旦那さまがターゲットとしていなかったことも確かです。完成させる前に盗むことに意味があった、先日の『玉手箱』のようなケースもありますが」

「乱丁・落丁があることに値打ちがある古書っていうのもある。それはわかっている。だけど、たとえページを開くことが不可能だからと言って、何も書かなくていいやなんて雑な仕事を、邊邉斉齋斎はするだろうか。観光客を誘致するために作った一冊でもない……、採算度外視の技術館、いわば、自己満足のための一冊を製本するにあたって」

「どうあれ本である以上、『読者』を想定しないなど、ありえないというわけですか。電子書籍派のぼっちゃまらしからぬ発想ですね」

「いやあ、電子書籍派ってことはないよ。書籍に紙も電子もないと思っているさ。大事なのは、読めることだ」

「……確認への答を繰り返しますと、わたくしはその本の中身を読んでおりません。読もうと思ったこともありませんわ。ページに触れるだけで、破れてしまいかねないのですから……、ピンセットで扱うことすら看過できないリスクでしょう。ただし……、仮にそんな不心得者がいたとして、バラバラになった紙片、金片を拾い集めて、そのとき、何も書いていないことが白日の下に晒《さら》されてしまっては、誉れ高いアートが馬脚を現した感が否めませんね」

「ふむ。そこまで考えてはいなかったけれど、確かにそうだ。壊れたときに、ああ、でも、本文はなかったんだとほっとされてしまっては台無しだ。取り返しのつかない作品を壊してしまったのだと、作者としては思ってほしいところだろう」

「しかし、仮に何かを、何らかの手段で金箔に書き記していたとしても、結局、それを読むことは叶いませんわ、ぼっちゃま」

「そうかい？」

「ええ。ページをめくれないのは言うまでもなく、表紙は漆塗りの木製ですからね。透かして見ることは不可能です」

「Ｘ線にかけても？」

「それだと表紙は透けるでしょうが、本文使用用紙は、どれほど薄くとも金属ですからね。それに、北陸新幹線やスマホはなくとも、二十年以上前にだってレントゲンはございました。仮に本文があるのだとすれば、外装の部分にＸ線対策も赤外線対策もなされているものと考えるべきでしょう」

「ああ。最悪、X線に曝露《ばくろ》することで、フリクションボールペンみたいに、本文が消えてしまう仕掛けってこともあるだろう。替えが利かない以上、一か八かの実験はしたくない」

「……お読みになりたいのですか、ぼっちゃま?」

「読みたいと言うか、うん」

「昨日まで、いいえ、今朝出立なさる瞬間まで、そんなことはまったく、おくびにも出してらっしゃらなかったのに、どういう心変わりでしょう。ぼっちゃまは同年代の中では本を読んでいるほうだとはお見受けしますが、必ずしもビブリオマニアというわけではありませんのに」

「さすが、ぼくの育ての親だね。あるき野道足のことがよくわかっている。完全なるぼく個人のアイディアを、そんな風に怪訝《けげん》に思われてしまうのは心外だけれど、お艶が育てた長男は、可愛い子には旅をさせろを地で行く男なのだと理解してくれればいいよ。新幹線に三時間も乗っていれば、震撼《しんかん》するほど成長するのさ。むろん、ぼくだって、どうにかしてこの金箔本を読めば、中にはとんでもなく面白い、来年の本屋大賞間違いなしの名作が記されていると予想しているわけじゃないんだ」

「では」

「お艶が読んでいないことは、しつこく確認させてもらった。ただし、あの男は、もしかすると読んだんじゃないかと思っちゃってね」

「…………」

「怪盗フラヌールが二十年前、黄金技術館から、伝説の金箔職人・邊邉斉齋斎の最高傑作を盗むにあたって、中身なんて別にどうでもいいやなんて、テクスチャのみを重視したジャケ買い感覚だったかと言えば、そんなことはないと思うんだ。中身があるとわかっていたなら、絶対にそれを読むために、盗みに這入ったはずだ。換言すれば、盗まなければ読めなかったから盗んだとさえ予測できる。……だとすれば、二代目であるこのぼくが、そこをおろそかにするわけにはいかない。あの男にできてぼくにできないことが、ひとつだってあってはならない」

図書館で借りた本みたいなものだとすれば。

返却する前に、読まなければ。

## 3

「……ところで、お艶。ぼくの留守中、あのろくでなしから、連絡はなかったかい？」

「あの男だったり、あのろくでなしだったり、今日のぼっちゃまは代名詞が多うございますわね。あの男が旦那さまのことだとして、あのろくでなしとは、どなたのことでしょう？」

「ろくでなしと言えば、ぼくと違って父親似の放蕩《ほうとう》息子のことだよ」

「ああ。軍靴《ぐんか》さんのことでしたか」

「なんでぼくがぼっちゃまで、あいつがさん付けなんだい？」

「察していただければ」

「好ましくないね。で、怪人ごっこに熱中するあまり長らく行方不明な、俳優志望の不肖の弟から、電話の一本でもあった？」

「ございませんでした」

「あっそ。どうでもいいけど」

## 第三頁　籐藤壁璧

### 1

金沢市中心部にはふたつの川が流れている。

ひとつは浅野川と言い、もうひとつは犀川《さいがわ》と言う。我々のような世代は、犀川と言われれば黙っていられないところがあるが（『さいかわ』ではなく『さいがわ』だが）、しかし、残念なことに、二代目邊邉斉齋斎、または法人としての邊邉斉齋斎が経営する金箔喫茶がある茶屋街は、前者の川のそばにあるのだった。

聞いた話では、犀川は、石川県出身の作家・室生犀星《むろうさいせい》のペンネームの由来にもなっているそうなので、本の返却を本題とする小旅行を本格始動するにあたって、ここで深掘りしておきたいところだったのにもかかわらず。

重ね重ね、残念でならない。

ただし、個人的な読書傾向はさておいて、浅野川だけを描写し、犀川にまったく触れないというわけにもいかない。直接的な暗示とは言わないまでも、泉鏡花《いずみきょうか》の小説という、これまた文学的な由来に基づき、犀川が『おとこ川』、浅野川が『おんな川』と呼ばれていることは、有名だからだ。

ちなみに泉鏡花は男性である。

自戒を込めて。

## 2

「願います、あるき野どの。あるき野どのは男性で、しかも長男だということですので、そこに思い至っていないだけだと思われますが、ひとつ、女性の末っ子の立場から、申し上げてもよろしいでしょうか」

金沢に三つある茶屋街のひとつ、その意外と中心部あたりに位置した金箔喫茶に、彼女たちの宿泊するデスティネーションホテルのロビーで合流した虎春花と待葉椎警部補と、せっかくだから徒歩で、金沢の空気をたっぷり味わいながらやってきて、それぞれ注文を終えたところで、待葉椎警部補は、そんな風に挙手をした。

だから、なんで模範囚のノリなんだ。

ちなみに、それぞれが注文したのは、ぼくが金箔くずきり、待葉椎警部補が金箔パフェ、虎春花が、それ以外の金箔スイーツ全部だった。

まさかその代金、ぼくが払うのか？

男性が払うべきという価値観も、もう必ずしも絶対的なものではなく、また、待葉椎警部補が出世した今、この中で一番所得が低いのはぼくであるように思えるが……、表の仕事もフリーランスだし、裏の仕事は出費しかない。

初代邊邉斉齋斎の黄金技術館よりも、終始決算は赤字かもしれない……、が、その赤字は、このふたりの前では、粉飾決算せざるを得ない。遺憾ながら、父からの遺産がたんまりあるので、おごって破滅するわけじゃないのだが……、しかし、特に虎春花を相手に、おごるおごられるの関係になりたくないと思ってしまうな。

ところで、虎春花のポートフォリオはどうなっているんだ？　行きの新幹線で着ていたドレスから、早速着替えているくらいの服持ちであるところを見ると、生活に困窮してはいないことは間違いないけれど、どう考えても、まっとうな稼ぎに繋がりそうな仕事じゃなさそうなのだが……、名探偵《ウルトラ》というのは。

新作のドレスは、あちこちに金刺繍《ししゅう》がほどこされた、加賀百万石仕様だった。佐渡島《さどがしま》で仕立てたのかもしれない……、黄金技術館もそうだったそうだけれど、天井から壁から襖《ふすま》から畳から、なんと障《しょう》子《じ》紙まで、あちこち金箔だらけの、もしかしたら立ち入り禁止の金閣寺の中ってこんな感じなんじゃないかと思わせてくれるこの純和風（？）金箔喫茶で着ても、十分に戦える洋服である。トーテムポールの髪飾りも、きらきら輝きを放っている。

もしかすると金沢市を、涙沢市に改名させようと目論んでいるのかもしれない。

「なんでしょう、待葉椎警部補。なんでも仰ってください」

「ホテルで涙沢どのから、ことの詳細をもう少しうかがったのですが、怪盗フラヌールめは、二十年近く前に盗んだ金箔本を、この喫茶を運営する二代目邊邉斉齋斎に返そうとしているとのことなのですよね？」

「ええ。ぼくの情報源によれば。本来の持ち主、金箔本の製作者である初代は、引退後、とっくに亡くなっているとのことでしたので」

「そこにやや疑問が残ります。具体的には、最低でも半分くらい」

「？　どうしてですか？　具体的に半分というのも、具体的な数字ですね。お宝……、つまり財産の所有権が遺族に引き継がれるというのは、自然な流れのように思いますが。そりゃあ、初代と二代目は、金箔に対する方針は違うようですが」

意匠こそ黄金技術館と似通っていても、この金箔喫茶は、その象徴みたいなものだろう。大昔からこの茶屋街で営業している老舗《しにせ》みたいな外観だったけれど、実際には、創業二十年にも満たない、完全に観光客向けのお店である。

黄金技術館とは違い、ガイドブックにもばっちり載っていた……、スイーツのみならず、メニューに載っている食品には、すべて金箔があしらわれているという徹底ぶりだ。

コーヒーにも金箔が浮いている。

オレンジジュースにさえ。

……『金はほとんど化学変化しないのだから、それで味が変わるわけじゃない』という話はもうしたけれど、しかし、こう徹底されてみると、味変にならないというのは、利点でもあるのだろう。どんなメニューに対しても、素材の味を変えたり、なんなら殺したりすることなく使用できる、『目を楽しませる調味料』になりうる……、環境のために紙ストローを導入したら、飲み味が変わってしまったなんて話とは、金箔ならば無縁なわけだ。

金箔でストローを作ればいいのかな？

ただし、初代邊邉斉齋斎が、『金箔を食べる』という行為を、どう捉えていたかについては、手元に資料がない。

「ではなく。遺産を引き継ぐ権利は、何も息子さんにだけあるわけではないでしょう？」

「あ」

「息子さんがいるということは、初代邊邉斉齋斎どの……、本名籐藤雅蕹どのには、ご伴侶《はんりょ》がいらっしゃったのではありませんか？　遺産を相続する権利は、そのかたにもあると思うのですが」

しまった。

それは確かに、恥じ入るしかない指摘である……、まさしく、ぼくが男性で、長男だからこそ犯してしまった見逃しだった。

いや、みっともなく言い訳をさせてもらえるならば、邊邉斉齋斎が襲名制だったからこそのボーンヘッドである。初代の作品なのだから、どうあれ二代目が継ぐものだと、当たり前みたいにそう考えてしまった。斉齋斎という古風な雅号からして、そこに疑問を持っていなかった。

しかし、今は戦前ではない。

当然ながら伴侶にも遺産は相続されるし、もしも二代目邊邉斉齋斎——ぼくが明日インタビューする予定の籐藤感惑さんに、弟や妹がいたら、その人達にだって、法律上、相続権はある。

なんならぼくは、二代目邊邉斉齋斎が、長男かどうかさえ知らなかった。取材が甘いとしか言いようがない。どこがジャーナリストだ。弟がいるのかもしれないし、兄がいるのかもしれない……、乳母がいたっておかしくない。

遺言書の内容次第では、乳母にだって財産が相続されることがあるのを、ぼくはよく知っているはずじゃないか。盗品の詰まった博物館なんて不良債権を、まるごとひとつ押しつけられた人を、よく知っているはずじゃないか。

にもかかわらず。

「なるほど、その通りね、待葉椎。さすが私の友達は鋭敏《ウルトラ》だわ。私も民法には詳しくないから、見落としていたわ。となると平成の世から正体不明であり続けている怪盗フラヌールは、男性で、しかも長男であるという推理が可能になるわね。あるき野とまったく同じ勘違いをしているというのであれば。ねえ、あるき野？」

「あ、ああ。うん、あくまで可能性としてはね。そういうプロファイリングもできなくはないかもしれない」

歯切れが悪くなってしまった。分《ぶ》が悪くなってしまったとも言える。まだ金箔くずきりも届いていないのに、奥歯にものの挟まったみたいな言いかたになってどうする……、えっと、じゃあどうすればい い？

方針を転換するべきか？

これが現金だったなら、当然、遺族に分割して返却すべきということになるのだろうが、しかし、ものは一冊の本である。まさか裁断して、遺《のこ》された遺族全員に配り歩くわけにもいかない……、上下巻ならばまだしも。どうだろう、正当な後継者は、やはり二代目邊邉斉齋斎ということになるんじゃないのか？

しかし怪盗フラヌールが金箔本を返却することによって、遺された籐藤家が、どろどろの相続争いをおっぱじめるというのも、ぼくの望むところではない。

それこそ金箔本が盗まれたことは、初代邊邉斉齋斎の『夭折《ようせつ》』の遠因になったのではないかとぼくは疑っているけれど、当該お宝を返還したことで、社会派の推理小説さながらに、遺産目当ての殺人事件が勃発《ぼっぱつ》するみたいな事態は避けたい。

殺人事件なんて起きたら、虎春花が元気になっちゃうじゃないか。

「あるいは、ぼくの情報源が勘違いをしているだけで、令和に復活した怪盗フラヌールは、未亡人に返すつもりでいるのかもしれないね」

「えらく頼りない情報源なのね」

言葉もないよ。

未亡人という表現も前時代的だったなと、ぼくは『旦那さま』の死後、喪服を着続けている乳母のことを思い出しながら、反省する。そんなお艶だから、ぼくの勘違いを正してはくれなかったんだろうな……、かつては怪盗の秘書も務めた閨閥艶子ではあるけれど、旧態依然な風習に囚《とら》われているという点では、ぼくの比ではない。

父の跡は長男が継ぐのが当たり前だと、たぶん彼女もそう思っている。ぼくが『ぼっちゃま』で弟が『軍靴さん』なのは、必ずしもぼくが甘えん坊だからではないのだ。かつて、怪盗フラヌールが盗んだ人魚の肉を食したというお艶は、見た目は若やいだ二十代だが、実年齢は……、ぼくも知らない。

「もしかすると、それこそが怪盗フラヌールめが仕掛けたトリックなのかもしれませんな！　注目を二代目邊邉斉齋斎のほうへと集めておいて、警備の緩《ゆる》んだ奥方に返却するというトリックだとは考えられませんか⁉」

買いかぶってくれるぜ、ダム温泉の被害者は。

あれはわざとじゃないんだってば。

今のところ警察庁怪盗対策部は動き出していないから、奥方どころか、二代目邊邉斉齋斎のほうにも警備なんてついてはいないけれど、その深読みに乗っかるのも、なしじゃないか……？　どうあれ、ぼくは明日のインタビューで取材にかこつけて、元々はありし日の初代邊邉斉齋斎の人柄《ひとがら》や、金箔本の来歴などを聞くつもりでいたのだが、しかしそれだと、一方からだけの意見を聞くことになりかねないな……、権利者全員の言い分を聞かねば、滞りのない相続はできない。

「……本の中身次第っていうのは、あるかもしれないな」

「ん？　本の中身ですって？」

ぽつりと呟《つぶや》いてしまったぼくの失言を、名《ウルトラ》探偵は聞き逃さなかった。これがあるから、名探偵を帯同させるのは嫌なんだ。独り言くらい呟くよ、人間なんだから。

「いや、本文使用用紙が金箔とは言え、本文という以上は、そこに何かが書かれているんじゃないかと閃《ひらめ》いてね。本である以上、読めなきゃ意味がないんだから」

「私のパクリじゃない。堂々と怪盗みたいなことをしているんじゃないわよ」

「人類の特異点とも言うべきお前のような存在から影響を受けるなというのは、ぼくのような一般市民にとっては無理な話だよ、虎春花」

「それはその通りね。許しましょう」

寛大である。

大抵は悪影響だが、しかし今回はいい影響だ。

「もしかすると、初代邊邉斉齋斎の遺言は、金箔本の本文にこそ書かれているとか……、わからない。やっぱり『どうせ読めないんだから』という白紙（金紙）なのかもしれないし、あるいは、文字が並んでいればなんでもいいという考えかたで、地元出身である室生犀星や泉鏡花の作品が転載されているだけかもしれない。天才の転載ってわけだ」

「室生犀星は奈良県の出身だと思っておりました！」

独特の勘違いだな。

まあ、犀星が犀川を源流としているというのも、そう一般的な雑学ではないけれど……、いずれにせよ、ふたりの名士の著作権は切れているはずである。

「もしかすると、木々高太郎の『人生の阿呆《あほう》』かも」

「木々高太郎は山梨県《やまなしけん》生まれよ」

「だったら木々先生、頭脳パン自体にはぜんぜん嚙んでなくないか？　よく嚙んで頭がよくなるってことなのかな。……山だから木々なの？」

「梨《なし》の木のことじゃないわ。本名が林だからよ」

「林だから木々なのか。高太郎は、富士山《ふじさん》由来？」

「本名が髞《たかし》なのよ」

「活字のプロでも見たことねえ漢字。虎春花さん、木々高太郎に詳し過ぎない？　いくら名探偵だからって」

「だって、推理小説の生みの親だもの。日本においてはね。名探偵《ウルトラ》としては、敬意を払わずにはいられないのよ、たとえ頭脳パンに噛んでいなくとも」

「それは黒岩涙香や江戸川乱歩では？」

「犯罪小説を推理小説と命名した名付け親が、木々高太郎なのよ。その名付けによってがらりとイメージを一新したわね」

　確かに、その響きもフィクションとしては嫌いじゃないけれど、『犯罪小説』じゃあ、今ほどメジャーな存在にはなれなかったかもしれない……、ただの愉快犯を『怪盗』とポップに名付けたのは、いったい誰なんだろうな？　『快盗』って言っていないだけ、まだマシか。

「ちなみに木々高太郎は、パブロフの弟子よ」

「木々高太郎に関するトリビアが止まらない。パブロフ？　実在するの？」

「するでしょ、それは」

「犬も？　そこまで頭がよくなるのであれば、本当に食べたくなってきたな、頭脳パン」

「更に木々高太郎は、推理小説芸術論も打《ぶ》っているわ」

「その議論はちょっと怖い」

本格とは何かを問われた気分だ。

ただまあ、芸術の都である金沢に、強引に紐付けることができなくはない論旨でもある……、石川県立図書館で読んでみようかな。その道中で、頭脳パンを買ったりして。

金箔本の中身から、文学論（？）に話が飛んだところで、二代目邊邉斉齋斎の金箔喫茶が誇る、金箔メニューが、盆に載って運ばれてきた。当然のようにその盆や、使われている食器は漆器だった……、黄金の器にするのは、さすがにやり過ぎという自制心が働いたのだろうか。

金箔本も、表紙は漆の黒塗りで、箔押しの装飾はされていなかった。初代邊邉斉齋斎の腕なら、表紙も金箔で製本することはできたかもしれないけれど、そこまでデコると芸術ではなくなってしまうと判断したのかもしれない。

あるいは、本でなくなってしまうと。

……その判断ができるのであれば、やっぱり、中身が真っ白（真っ金）ということはないような気がする。

「ごゆっくりお召し上がりください。毒は含まれていませんが」

配膳《はいぜん》を終えた給仕さんは、そんな謎のメッセージを残して、そそくさとテーブルから離れていった――毒？

え、何？　このくずきりには、フグの卵巣が使われているの？

「金箔は食べても無害だという意味で言ったんでしょ、私の推理によると」

ああ、そういう意味？

それも観光客向けのアピールなのか、加賀友禅みたいなのを着た給仕さんだったけれど、なんて紛《まぎ》らわしい物言いを……、それとも、給仕はお客様の毒味係であるという演出なのだろうか？　お客様はお殿様だと？

「確かに、言われてみれば、味変はないにしても、無毒かどうかという視点では考えておりませんでしたな、涙沢どの、あるき野どの！」

ナチュラルに同席者を『どの』呼びをする待葉椎警部補は、そうは言いつつ、金箔のかぶせられた抹茶パフェに、興味津々のようだった。目をきらきらさせている、金箔のように。

「確かに金は消化もできないから、それで健康を害するということはないんだろうけれど、厳密に言うと金箔って、引き延ばすときに、銀とか銅とかを混ぜているんじゃなかったっけ……？」

下調べのときに知った胡乱《うろん》な、今となっては取材がおろそかであることが明らかになった駄目ルポライターの知識ではあるが、そうだったはずだ。わずかな割合とは言え、混ぜ物をしないと、柔らかくなり過ぎるのだとか……、日本刀の鍛造と、そこは同じなのかもしれない。

もっとも、初代邊邉斉齋斎はそこにもこだわっていて、金箔は純金であるべしと、ほとんどの『作品』で、純金製の金箔を製造していたそうだ。延ばす上では不利になるはずなのに、それをものともしなかった。

当然、金箔本も純金だろう。

ただし、商いをベースとする二代目が経営する喫茶で、そんなこだわりが受け継がれているとは思いにくい……、おそらく、卓上に並べられたスイーツ類にまぶされた金箔は、銀や銅が混じった金箔であるに違いない。

大多数がそうしているし、まさしく伝統的な企業努力なのだから、そこで責めるようなことを言ってはならないけれど、芸術論の話をしていたからというわけではないが、やっぱり初代の志と比べてしまうな。

「涙沢どの、銀は有毒ではありませんでしたか？」

「有毒なのは水銀ね。銀も、金ほどではないけれど、そう簡単には変質しない物質よ」

常温で液体である、唯一の元素。

水に溶かした銀ではない。

「ほほう、ためになりますな。では、やはり銅も無毒なのですね？」

「…………」

黙るなよ。お前が。

本当にとんでもない毒みたいじゃないか、これから食べるのに。

「いえ、確かに銅食中毒というのはあるけれど、基本的に銅は生きるために必須《ひっす》の元素でもあるわ。食べ過ぎなければ無毒みたいなものよ」

「みたいなものというボカしかたが怖いが……」

水だって酸素だって、摂取し過ぎれば毒になると言うものの、金属となると、冷静になるとたじろぐよな。

「足尾銅山鉱毒事件という名前の公害、なかったっけ？」

「鉱毒というのは銅がそのまま流出したわけではないわよ。川に流れたのは、いわば工業廃水ね」

こうして同じテーブルで食事をしながら話していると、木々高太郎に限らず、普通に博識だな、この名探偵《ウルトラ》。

「第一、銅がそこまでの毒なら、十円玉に使わないでしょう」

「そりゃそうか」

考えてみれば、毒殺もまた、推理小説のテリトリーではある……、知識が増えたせいで、ちょっと怖くなってしまったけれど、とりあえず一口。

「………」

うん。

美味！　って大袈裟なリアクションを取ったら、金箔は味がしないだけに、嘘をついているみたいになるけれど、普通にくずきりとしておいしいな。観光客向けとしては、お値段と相談しても、これ以上望むべくはないんじゃないだろうか……、待葉椎警部補も、虎春花も、金箔の輝きを目で楽しみながら、手を止めることなく食している。

「そうね。ただ栄養を摂取したいのであれば、サプリだけ飲んでいればいいのだしね。目の保養というのも大切《ウルトラ》だわ」

相変わらず、飲み物もなしで金箔きんつばを、映画館のポップコーンみたいにつまむ虎春花……、こいつなら、本物の金鍔《きんつば》でも臆《おく》せず飲み込んでしまいそうだ。

あるいは金塊でも。

「事前に銀が混入しているとお聞きしましたので、歯が痛くなるのではないかと恐れておりましたが、杞憂《きゆう》でありました！」

混入って言うな。

金箔を噛んで、銀紙を噛んだときと同じにはならないだろう……、そもそも、あれで歯が痛むのは、銀の詰め物をしている場合だけじゃなかったっけ？　ともあれ、金箔喫茶のメニューを食べたことで、明日のインタビューが捗《はかど》ればいい……、現地に到着してみれば、聞きたいことも、次から次に増えていくし。

「立ち入ったことを訊くことになりかねないな、現当主に。初代のお父上が亡くなったあと、遺産はどういう風に分割相続されましたかって」

口に出してみたが、なりかねないどころか、立ち入り過ぎな気がする……、ジャーナリズムを謳うにしては、やや下世話だ。

「黄金技術館は大赤字だったのでしょう？　相続された遺産なんて、ほとんどが借金だったんじゃなくて？」

「それはありうる。ただ、相続放棄はしていないはずだよな。邊邉斉齋斎の名を継いでいる以上は」

「しかしながら、怪盗フラヌールめが、どの遺族が相手であれ、問題の金箔本を返却すると言うのでしたらば、奴めは中身を読み終えたということになるのでしょうか」

パフェを食べながら、核心を突いてくれる。

読んだか読んでないかで言えば、ぼくはまだ読んでいない……、お艶にはあんな風に言ったけれど、初代怪盗フラヌールが読んだというのも、確信があるわけじゃない。お艶の前では、つい確信がある振りをしてしまうのは、ぼくのよくないところだ。結局、本人が交通事故死しているために、断言はできないのだ……、実際にはただのジャケ買いならぬ、ジャケ盗みだったかもしれない。

ただし、だとしても……、先代がなしえていなかったとしても、ぼくは金箔本を、今風に言うなら試し読みしておきたい。

父を超えるという意味合いがあるから、ではない。あんな父は目標でもなければ、倒すべき敵でもない。

ただの障害物だ。

避けられるなら避けていいのだ。

だが、反省がある。

乙姫島海底大学、通称『竜宮城』に、父が盗んだ『玉手箱』を返却するにあたり、ぼくは内容物の確認を怠った。決して開けてはならないという、ぼくの乙姫ことお艶の忠告に従って……、もちろん取材を徹底し、中身の推測はしたけれど、八割方確かだろうという不確かな段階で、お宝を返却してしまった。

結果起こったのが殺人事件だ。

あれに比べたら、温泉を廃ダムに返却したことなど、失敗のうちに入らない。

犯人の性格や動機を思うと、ぼくが自責の念に駆られるのもまた違うのだろうけれど、懲《こ》りずに返却活動を続ける以上、同じ失敗は繰り返せない。高確率で本文があると着想してしまった以上、検閲をおこなわないわけにはいかないのだ。

それで防げる殺人事件もあるかもしれないじゃないか。

目の前で金箔ソフトクリームを舐《な》めているフランス貴族は、『殺人が起こる前に阻止する』ってタイプの名探偵じゃないからな……、むしろ、行く先々で殺人事件が起こるタイプの、古式ゆかしき名探偵だ。

こうして共に旅路を歩んでいるぼくや待葉椎警部補が、むしろ被害に遭いかねない危うさである。

「さっきあるき野が、遺言が書かれているんじゃないかという洞察を見せていたけれど、もしかすると、隠し金山の在処《ありか》が記されているというのも、あるかもしれないわね」

「隠し金山？」

「いわば宝の地図よ。大赤字の技術館を運営しながら、職人仕事を続けられたのは、そういう背景があったからとは考えられない？」

突飛な発想のようでいて、ありえなくはないか。金箔本が盗まれた直後に、初代邊邉斉齋斎が引退していることも照らし合わせて考えれば……。

宝の地図ね。

推理小説が冒険小説みたいになってきたな。

「その仮説を加味しますと、混乱が予想されますな！　怪盗フラヌールめが誰に金箔本を返却したところで、遺族間で取り合いになることは間違いありません！　いえ、もしかすると、『宝の地図』を返却するということは、怪盗フラヌールめは、既に金山を盗み終えたという犯罪事実を示すものでは⁉」

待葉椎警部補の中で、怪盗フラヌール像が、初代よりも悪行の限りを尽くしている……、父を超える気など更々ないが、人間性で下回るつもりも更々ないのに。一方で、初代ならば、金山を盗むくらいの荒業はやってのけそうだ……、まさか、そのために、黄金技術館から金箔本を盗んだ？

……いや、だったら、さすがに盗品博物館の館長である、お艶がそれを把握していないはずがない。温泉だって、堂々と展示してあった博物館だ。盗んだのであれば、金山も誇らしげに展示してあるはずである……、どれだけ甘やかして育てても、三兄妹の養育費で消えるスケールではない。

冒険小説の線はなしだ。

マーク・トウェインも、ぼくの作者ではない。

「今更、相続争いの種を持ち込まれても遺族も迷惑でしょうに、怪盗フラヌールにも困ったものねえ、あるき野」

「あ、ああ。まったくだよ。人の気持ちがまったくわかっていないんだ、あの犯罪者は。生活するためとは言え、そんな奴のルポを書き続けなければならないことに、ぼくの良心は本当に痛む。きりきりとね。胃薬と睡眠薬がかかせないよ。この取材が終わったら、長い休みをとって、セラピーを受けようかと思っている」

救いのない死亡フラグみたいなことを言ってしまったそのとき、
「お楽しみいただけていますか？　毒は含まれていませんが」
と。

給仕の彼女が戻ってきた。

さっきは満漢全席のごとく卓上に並べられた金箔スイーツに目を取られて気付かなかったが、こういう店の従業員としては、かなり若い……、もしかして、加賀友禅で着飾った、女子高生のバイトだろうか？

担当テーブルの様子を気にかけてくれているとは、えらく気が利く。二代目邊邉斉齋斎の従業員教育は、観光客向けに、行き届いているようだ……、それとも、長話をしていないで、さっさと食べて出て行けと、遠回しに言われているのか？

小さなお茶漬けが出されるのだろうか、小京都じゃないのに。

「ええ、とても楽しんでいるわ。今ちょうど、お代わりを頼もうと思っていたところよ」

お変わりないね、虎春花さん。

絶対おごらないからな。

「それはそれは、光栄です。毒は含まれていませんが――あのう、失礼ながら、盛り上がっているお話が聞こえてしまったのですけれど」

え？

盗み聞きなんて、そんな怪盗のお株を奪うようなことを、給仕さんが……？　しまった、一応、周囲のお客さんのことは意識して、それなりに『音もなく』話していたつもりだったけれど、給仕さんは盲点だった。

コックが犯人というのは犯則だと、どなたかが法整備していたはずなのに……、コックじゃなくて給仕だからありなのか？

て言うか、待葉椎警部補の声がわんぱく過ぎるんだよ。

考えてみれば、邊邉斉齋斎の話を邊邉斉齋斎の店でしているのだから、関係者の耳について当然である。敵の総本山で作戦会議をしているようなものじゃないか。

「雉薙おじいちゃんの伴侶である毒苺《どくいちご》おばあちゃんでしたら、おじいちゃんよりも先に殺されていますよ。ですから、その怪盗フラヌールという犯罪者があの本を返却するのであれば、二代目邊邉斉齋斎である父上の感惑に返すのが正当だと思います。父上は養子ですが、他に兄弟姉妹もいませんし、戸籍上も、祖父の唯一の跡取りですので」

「ん？　んんん？」

待って待って、情報量が多い。

読者が混乱するからと言われて没にされる新人の原稿……、ルポライターも混乱する。

「なるほど、そうでありましたか！」

「だったらそれで解決《ウルトラ》ね。面白くなってきたわ」

理解が早いな、女子陣は。

さすが、聴取のプロと名探偵だ。

「給仕さん、もう一回言ってくれます？　それと、あなたのお名前は？」

「雉薙おじいちゃんの伴侶である毒苺おばあちゃんでしたら、おじいちゃんよりも先に殺されていますよ。ですから、その怪盗フラヌールという犯罪者があの本を返却するのであれば、二代目邊邉斉齋斎である父上の感惑に返すのが正当だと思います。父上は養子ですが、他に兄弟姉妹もいませんし、戸籍上も、祖父の唯一の跡取りですので」

初出でなくなった毒苺おばあちゃんのルビがなくなっただけで、あとは一言一句違わずに情報を繰り返してから、

「僕《やつがれ》は籐藤壁璧《とうとうへきぺき》です。初代邊邉斉齋斎の孫で、二代目邊邉斉齋斎の娘で、本店のバイトです。毒は含まれていませんが」

と、給仕さんは名乗ったのだった。

やつがれ？

## 3

総ルビ必須の一人称はさておくとして、足を使った取材旅行から得た市井の情報を、この一流ルポライターが整理すると以下のようになる。

初代邊邉斉齋斎こと籐藤雉薙が亡くなる前に、彼の伴侶である籐藤毒苺刀自《とじ》は亡くなっている――ゆえに、相続問題は発生しないが、しかし彼女は、自然死や病死、はたまた事故死でもなく、殺されたのだという。

それだけではない。

『おじいちゃんよりも先に』という物言いからして、毒苺刀自だけではなく、金箔本を盗まれ、邊邉斉齋斎の名を息子に譲って引退した初代は、金箔師として腕を振るう機会も気力も失った失意の中で、早いとも言える死を迎えたのではない。

彼もまた、殺されたということになる。

自然死でも病死でも事故死でもなく。

ぼくが明日、インタンビューする予定の二代目邊邉斉齋斎こと籐藤感惑は、他に兄弟姉妹のいない一人っ子だというのは、相続関係がわかりやすくなって結構なことだが、しかし、彼が養子だという情報は、ことと次第によっては一悶着《ひともんちゃく》の要因になりかねない。

そして三代目邊邉斉齋斎。

籐藤壁璧ちゃんは、給仕のバイトである。

「あ、僕《やつがれ》、邊邉斉齋斎を継ぐ気はないですよ。これは単なる、お小遣い稼ぎです。ご存知のように、うちの父上、お金に厳しくって。父子家庭なんだからもっと甘やかしてくれてもよさそうなものなのに、甘味みたいに。毒は含まれていませんが」

あっそう。

後継するつもりはない、父子家庭。

それもノートに書いておこう。

つまり、怪盗フラヌールが金箔本を、誰かしらに返却する以前におぞましい殺人事件は、しかも二件も起きてしまっていたわけだけれど、さすがにこれは、ぼくのせいじゃないよねえ？

# 第四頁　土金ポワレ

## 1

当初は虎春花という厄災を金沢中心部から遠ざけるために提案した場所ではあったけれど、しかしあれだけ本についてつらつら語っておいて、そこに参らないわけにはいかない。というわけで、ぼく達は閉館時刻まで一時間を残した石川県立図書館へと滑《すべ》り込《こ》んだ。

交通手段はバスだ。

大人の嗜《たしな》みとしてタクシーを使いたい局面でもあったけれど、残念ながら、虎春花のドレスの膨らみは、一般車輛に乗れる体積ではない……、トーテムポールみたいな髪型だけ取っても、オープンカータイプのタクシーでも見つけない限り、乗車はできないだろう。

茶屋街には古式ゆかしい人力車もあったけれど、さすがにここまでは走ってくれまい。

「なるほど、これは壮観《ウルトラ》ね。あるき野、さすがはルポライターだと、褒めてあげましょう」

バスを降り、まだ真新しい図書館の外観を前に、虎春花はそんな風に、ぼくを評価してくれた……、まあ、ぼくは怪盗フラヌール専属記者であって、浅《あさ》見《み》光彦《みつひこ》のような、『旅と歴史』の執筆者ではないのだが。

内《うち》田《だ》康《やす》夫《お》も、ぼくの作者ではない。

そうだったらよかったのに。

「いえいえ、怪盗フラヌール専属記者としての腕前も、存分に披露してくれたじゃない。三代目邊邉斉齋斎へのフライング的なインタビューの手腕を、まざまざと私達に見せつけておいて、何を言っているのよ」

「だから、三代目じゃないって。ちゃんと聞いておけよ、お前も」

肩書きは金箔喫茶の給仕さんだ。

籐藤壁璧……、初代邊邉斉齋斎の孫で、二代目邊邉斉齋斎の娘で、そして、三代目を継ぐつもりのないアルバイト。

ただし、ぼくが思ったような、女子高生ではないらしい。

高校には通っていないそうだ。

「僕《やつがれ》の父上は金勘定にはうるさいんですけれど、教育熱心なほうではないんです。学校で勉強なんかするよりは、社会に出て実地で学んだほうがよっぽどいいって言ってるんですよ、今時。毒は含まれてないですが」

あっけらかんと言うが、確かにあまり、現代的ではない教育方針である……、『毒は含まれてないですが』というのは、『悪い意味ではないですが』とか『批難するわけではないですが』とか、そういった意味合いだろうか？

含まれているとしても、金箔に対する銀や銅の割合程度と言いたいのか……、ともあれ、そんな大事な仕事中だというのに、籐藤壁璧（十七歳）は、ぼくの『インタビュー』に答えてくれた。

ぼく達が長居したため、ちょうど喫茶が空き気味の時間帯だったのか、それとも、社会勉強中のバイトとは言えオーナーの娘に、他の店員は注意しにくかっただけなのかはわからないが、ここは図々《ずうずう》しくも押しの強いジャーナリストの姿勢を押し通すことにした。

子供相手に配慮に欠けると、マスコミ批判を受けるかもしれないけれど、まずフリーのルポライターであるぼくはマスコミという規模ではないし（ミニコミほどのコミュニティすら築いていない）、たとえ大手テレビ局に勤めていたとしても、殺人事件の存在を、しかも二件も匂《にお》わされて、子供の言うことだからとスルーはできない。

初代邊邉斉齋斎が殺された？

その伴侶も殺されていた？

聞いていないし、知らなかった。

現場感覚を大切にしたいから、取材旅行に来るにあたり、先入観を持ってしまいかねない事前の調査はやり過ぎないように心がけたつもりだけれど、それでも、引退した初代邊邉斉齋斎の死因が殺人だったというのであれば、ぼくの情報網に引っかかってこないはずがない。

その奥さんだってそうだ。

『奥さん』は、今は好ましくないんだった。『奥様』にすればいいというものでもないだろう……、『妻』も、だったら問題がないとは言えない。具体的な人物像が浮かんだ上でそう言うと堅い表現になってしまうが、ここは『伴侶』で通そう。

遺産相続に関して、伴侶の件を失念していたのは手抜かりとしか言いようがないし、籐藤雉薙氏よりも先に亡くなっていたから、その相続争いはクリアされたなんて、エゴイスティックに胸をなで下ろすつもりもないけれど、それにしたって、殺されたというのは穏《おだ》やかではない。

夫婦揃《そろ》って殺されたということになってしまうじゃないか……、連続殺人事件なんて、推理小説では定番だけれど、実際にはほとんど起こらないのだぞ？　連続盗難事件ならばともかく……。

「連続殺人事件ってわけではないんですよ、毒は含まれてないですが。だって、毒苺おばあちゃんが殺されたのは、雉薙おじいちゃんが殺される、ずっと昔のことですし。子供を授かる前に不運にも殺されてしまったから、雉薙おじいちゃんは、僕《やつがれ》の父上を養子に迎えたんです。これも、毒は含まれてないですが」

「質問《ウルトラ》するわ。つまり、養子って言うのは、初代邊邉斉齋斎の娘婿《むすめむこ》になって、いわゆる婿養子になったという意味合いではなく、法的な養子縁組に基づく養子ということね？」

結局、数々のスイーツを追加注文した虎春花が、その点を問いただした……、ぼくも、最初に聞いた段階ではその点を判断しかねたので、ナイスアシストだった。

婿入りのことを婿養子と俗称するのも、すっきりしない表現ではある……、そんな風にうるさく思うのは、ぼくが結婚願望のない独身だからか？

「そうね、あるき野は独身貴族だものね」

フランス貴族に茶化《ちゃか》されたが、ぼくに結婚願望がないのは、貴族だからではなく、父のせいだ。世間的にはひとりの女性を愛し続けた紳士ということになっているけれど、実際には、ぼくと弟と妹は、全員母親が違う……、しかもあのプレイボーイは、乳母にまでその魔手を……。

「はい、婿養子という意味ではありません。雉薙おじいちゃんとしては、跡取りを欲してのことだったんです。毒は含まれてないですが」

婿養子だとか跡取りだとか、言葉としても時代感覚がないと言えそうだが、そもそも初代邊邉斉齋斎が亡くなったのも二十年近く前の話だし（その頃なら、伴侶を『奥さん』と呼ぶこともまかり通っていただろう）、金箔師という、いわば伝統工芸を生業《なりわい》とする名人ならば、それは自然な考えかただったのかもしれない。

今でも伝統と呼ばれる世界じゃあ、否、伝統と呼ばれる世界だからこそ、そういうのは死活問題だろうし。

怪盗を継いだ二代目としては、考えてしまった。

「それにしたって、殺人事件というのは穏やかではないんですが。たとえ連続とは言えないくらいに間隔の空いた、何十年も前の話だとしても……」

ちらりと、このとき、ぼくは待葉椎警部補の様子をうかがった。現役の警察官の前で続けていい話なのかどうかの判断をしかねたからだったが、彼女はどうやら、突如始まったぼくの、未成年に対するインタビューに口を挟むつもりはないようで、虎春花同様に追加注文した金箔スムージーについてきたストローの紙袋をくしゃっとして、水を垂らしていた。

興味がないのか？

いや、どうやら現役の警察官として、割り込んでいい話ではないという判断のようだ……、どれだけ出世しようと、愛媛県警に所属する彼女は、この石川県では権限がないのだ。下手に『殺人事件』に絡むことは、現地警察との軋轢《あつれき》を生みかねない……、生真面目な彼女らしい判断だが、しかし生真面目さが行き過ぎて、ただの不真面目な人みたいになっている。

あるいは給仕さんに対して、自分が警察官であること自体を隠そうとしているのかもしれない……、身分を隠しての事情聴取っていうのは、刑事訴訟法上、許されるのだっけ？　万人に身分を隠している怪盗が心配することではないが。

「毒苺おばあちゃんが殺されたのは、五十年くらい前の話になりますね。毒は含まれてないですが」

高等教育は受けさせてもらっていなくとも、父親からの従業員教育は徹底しているのか、常ににこにこと、笑顔を絶やさない給仕さんである……、観光客向けの笑顔。もっとも、ぼくも街角インタビュー用にへらへらしているという自覚があるので、そこはお互い様である。

「雉薙おじいちゃんが殺されたのは十七年くらい前でしたっけ。ちょうど僕《やつがれ》が生まれる直前なので、こんな風に語っちゃいますが、実は会ったことはないんです。毒は含まれてないですが」

孫娘があっけらかんと祖父母の『殺人』について語っているのは、そういう『他人事感』があるからのようだ。

「十七年前ならもう時効ですしね！」

……法の知識はないようだ。

そりゃ高校以上は義務教育ではないけれど、やっぱり教育って大切じゃないのか？　殺人の公訴時効は、撤廃されてもう久しい。

撤廃前である、祖母のほうの時効は成立しているにせよ……、ん？

「あれ？　っていうことは……、給仕さん」

「遠慮なく壁璧ちゃんと呼んでください。そう呼ばれるのが好きなんです。父上がくれたもので、好きなのはこの名前だけです。毒は含まれてないですが」

笑顔で家庭の闇を感じさせて来たな……、まあぼくも、父が遺したものの中で、好きなのは乳母だけだが。

「壁璧ちゃん。犯人は捕まっていないってことですか？」

「ええ、雉薙おじいちゃんの事件も、毒苺おばあちゃんの件も。いまだ犯人は野放しです。ですから父上は昔、僕《やつがれ》が悪さをしたときには、そんなことをしていたらおじいちゃんやおばあちゃんみたいに殺されるぞと、叱りつけたものです」

「壮絶《ウルトラ》ね」

珍しく、虎春花のコメントが短かった。それがより、ことの壮絶さを表している……、商い上手な二代目は、子育ては得意ではないのかもしれない。

「いやー、ふたりみたいに殺されたくはないですねー。酷《ひど》い殺されかただったそうなんですよ、ふたりとも。毒苺おばあちゃんは、フグ毒で殺されたんです。なんて言うんでしたっけ、テトラポッド？」

「テトロドトキシン……、ですね」

「そうそう、それです。毒は含まれてないですが」

猛毒だ。

毒苺だけに、というわけでもないだろうし、金沢だけに、ということでもないだろう……、フグと言うなら、むしろ下関《しものせき》だったりのほうが有名だ。しかし、虎春花と、先んじて伏線みたいに話したように、フグの卵巣漬けは、石川県だけの珍味である。

「ふむ。海外のミステリーでは、日本の毒物代表みたいに登場するわよね、テトロドトキシンって」

トラフグ、もとい、虎春花はそう言ったが、まあ生魚を食べるっていうだけでも珍しいのに、即死級の毒物をあの手この手でわざわざ食するっていうのは、インパクトの強い食文化なんだろうな。が、実際にそれで亡くなったとなると、日本人にとっても話は別である。

「おじいさま……、初代邊邉斉齋斎も、同じように、フグの毒で？」

「雉薙おじいちゃんは漆です」

「漆？」

「漆にかぶれさせられて殺されました。毒は入ってないですが」

言って、壁璧ちゃんは、テーブル上の漆器を指さした……、それもまた、石川県の特産品ではある。

そして、ぼくのカメラバッグの中にある金箔本の外装でもある……、その話も、北陸新幹線の中で、虎春花とした。

かぶれるのは漆だけでいい、とかなんとか……。

「漆の毒はウルシオールね」

それは初出だったが、毒というのはちょっと違うはずだ……、触れるとかぶれるから気をつけようというのは、登山の心得みたいなのでも聞くけれど、それとも、致死性の植物毒なのか？　トリカブトみたいな？

「全身に漆を塗りたくられて、呼吸困難になって死んだそうです。家庭を顧みなかった頑固職人としては本望だったかもしれませんね。毒は含まれてないですが」

含まれまくっている気がした。

ウルシオールが毒かどうかという点はさておいても……、そんな死にかたをしていい人間がいていいはずがないとさえ思わされた。

全身に漆を塗りたくられる？

想像するだけで総毛立つと言うか、身体《からだ》中が痒《かゆ》くなってしまうみたいな死に際だ……、あんな稀覯本を製本した名人が、そんな最期を迎えていたというのか？

人生の最高傑作を盗まれ、生涯の集大成である技術館も、跡を継がせた息子に閉館させられ、失意の中、ひっそりと亡くなっただなんてそんな寂しい死にかたがあっていいのかと、怪盗フラヌールの息子として、罪悪感と共に思っていたけれど、むしろその死にかたのほうが救いがあると思わせてくれる悲惨さである。

五十年前の件ならともかく、どうしてそんな殺人事件が記録に残っていないのかと思ったが、そんな死因だったからこそ、記録されなかったのかもしれない……、死者の名誉を、そして職人の名誉を守るために。

インタビューアー失格なことに、ぼくは黙り込んでしまったけれど、そういう人間らしい感情から切り離された存在であるところの名探偵は、

「フグの毒にせよ、漆の毒にせよ、しかしそれだけでは殺人事件の要件は満たさないわね。むしろ、事故死の疑いが強まるんじゃなくって？　半世紀前なら調理ミスも今よりはあったでしょうし、その頃には引退していたとは言え、職人だもの。うっかり肌に漆が付着し、パニックになっているうちに、取り返しのつかないことになったというのはありえるわ」

と、飄々《ひょうひょう》と持論を展開した。

遺族に対し配慮に欠けるんじゃないかと危惧《きぐ》したけれど、

「ええ、警察も、事件性はないんじゃないかと考えて、結局、捜査は途中で打ち切られたそうです。特に雉薙おじいちゃんは、認知が怪しかったからじゃないかって。毒は含まれてないですが」

と、壁璧ちゃんは気にした様子もなかった——十七年前なら、ちょうど、認知症という言葉が成立したあたりか。

警察という単語が出てきたので、待葉椎警部補がここで何か反応するかと思ったが、彼女はポーカーフェイスを貫いていた。たまたま相席した人みたいな顔をしている——こんな聞き捨てならない物騒《ぶっそう》な話をしているのにそのすまし顔は、逆にプロ以外ありえないとバレそうだが。

なるほど、犯人が見つからなかったのみならず、最終的に立件されていないから、ぼくの下調べでは、その情報に行き当たらなかったというわけか。もっとゴシップ的なものを調査すれば、あるいは知り得た裏情報なのかもしれないが、ふん、怪盗に育てられたにしては、ぼくは育ちがお上品だから。

乳母がいいんだな。

恩人が警察庁勤めだからそう思うわけじゃないけれど、まあ実際、警察がそう判断したというのなら

ば、事故死である公算は普通に大きいのだろう……、夫婦共にというのは確かに引っかかる要素ではあるけれど、三十年も間が空いているなら、やはり連続しているとは捉えにくい。

言うことを聞かないとしたらおじいちゃんやおばあちゃんみたいに殺されるぞと脅されて育った壁璧ちゃんが、『殺人事件』として認識するのはわからなくはないけれど、こうして最後まで聞いてみると、それはいささか、場を盛り上げるためのセンセーショナルな話題作りという印象だった。あるいは観光客向けのリップサービスだったのかもしれない……、確かに、夫婦共に『毒殺』されたというのは、戦《せん》慄《りつ》のエピソードではあった。

それだけに、現実的には、どちらも事故死だろうという結論には、いささか拍子《ひょうし》抜《ぬ》けしたところもあったが、そんな風にひと安心したところに、

「ところで、壁璧。あなた、父子家庭だと言っていたけど、そうなるとあなたの母も殺されたの？」

と、タブーなき名探偵は切り込んだ。

こいつ、殺人事件を欲しがり過ぎだろ。

「あー、そうですね、母上は死産です。だから、僕《やつがれ》が殺したようなものですね」

毒は含まれてないですが。

2

死産は、胎児の出産時死亡のことを言うのであって母親のほうの死を意味はしないのだが、言葉のプロとしてそんな揚げ足取りをおこなうには、高等教育を受けていない彼女の言葉は重かった。

殺したようなもの。

どこまで本気で言っているのか、その笑顔からは測りかねる籐藤家の事情を、嗅《か》ぎ取《と》らずにはいられない。

明日、二代目邊邉斉齋斎こと壁璧ちゃんの父親、籐藤感惑氏にお会いする身としては、掘り下げたい箇所でも、同時に触れたくない箇所でもあったけれど、話がその辺りに至ったところで、修学旅行の一団みたいな、それこそ給仕の彼女と同年代の、制服姿の高校生達が金箔喫茶に入店してきたので、インタビューはお開きとなった。

下世話な好奇心をかき立てられただけで、到底すっきりはしなかったが、しかし仕事の邪魔をするわけにはいかない……、ぼくは名刺を渡し、丁寧に礼を言うにとどめた。ぼくがまだまだ本物のジャーナリストではない証《あかし》だが、未成年の女の子に、これ以上食らいつけない。

というわけで、修学旅行生達に席を譲る意味でも、ぼく達取材班は金箔喫茶からおいとまして、その後バスに乗り、興奮冷めやらぬうちに、石川県立図書館に辿《たど》り着《つ》いたという旅程である。迂闊《うかつ》に他人の家庭を覗《のぞ》き込《こ》んで、すっきりしないコンディションに落ちていただけに、リニューアルされたばかりの図書館という施設に、救われたみたいな気持ちになった。

いや実際、心奪われる図書館だ。素晴らしい。

仕事柄、公立も私立も含め、色んな図書館に立ち寄る機会が多いが、こういうモダンな造りの場所に来るのは、実は初めてだった。

「モダンという言いかたが、既に現代的ではないわ、あるき野」

「近代フランス貴族に言われたくはないよ」

カフェや研修室が併設されているというのがもうモダンだが、図書館自体、吹き抜け構造の円形四階建てである。ビブリオバウムとはよく言ったものである。上から見たら本当にバウムクーヘンみたいな建物かもしれない。自動ドアをくぐった瞬間に大量の本を一望できる構造に、まず圧倒された。それでいて圧迫感はまるでないし、いわゆる図書館の、お堅い雰囲気は皆無だった。

天井を見上げれば、空中回廊みたいなのもびゅんびゅんに走っていた……、エリアの区分表記もテーマごとにわかれていてわかりやすいし、表紙を向けて陳列してある本が多いのもポイントが高い。本を並べているだけでなく、展示してあるという印象がある。

図書館と言うより博物館みたいだ。

「そうね。大英図書館を思い出すわ。木々高太郎の本も、ここならすぐに見つかるでしょう。検索システムも優れているみたいだし」

「本官は、本はまったく読まないのですが、なるほど、確かにこれは素敵な空間ですな」

元気溌剌《はつらつ》な待葉椎警部補も、さすがに、図書館で大声を出してはいけないというマナーを優先したのか、小声でそんなことを言った――待って、本を読まないの？　まったく？　にもかかわらず、ここまで、ぼくや虎春花のトークについてきてくれていたの？

「もちろん、警察資料などは読みます。字が読めないわけではありません」

「そこまでは思ってないですけれど……、電子書籍しか読まないとか、そういう感じですか？」

「電子書籍とはなんでしょう」

「愛媛県出身なら夏目《なつめ》漱石《そうせき》とか……、教科書で読む程度だったってことですか？」

「教科書も読みませんでした。先生の話を聞きながら黒板を見ていれば、だいたいわかりましたので」

優等生なのかそうでないのか判断しかねるエピソードだ……、でも、今は教科書も、タブレットだったりするんだっけ？　待葉椎警部補とは、そんなに世代が違わないつもりでいたのだが……、タブレットで読む教科書は、『本』って感じにはならないとも思われる。

資料か。

そもそも電子書籍を『書籍』と捉えるのも、本好きの発想でしかない。

「活字離れもこれ極まれりね。そうなると、図書館のありようも複雑化するわ。実際のところ、あるき野。出版人としては、図書館ってどうなの？」

デリケートな話題に踏み込んできよるな、タブーなき名探偵は。厳密に言うと、ぼくはネットメディアに記事を掲載してもらうことのほうが多いので、出版人を大っぴらに名乗ることには抵抗があるし、そういう意味では必ずしも活字側の人間でもないのだが、とは言え、本や書籍、雑誌という旧来の出版事業と、まるっきり無縁というわけでもない。

図書館や古本屋、はたまた書籍の定額サブスクサービスというテーマに関して、意見も持たないことは許されていない。

「だが実際、図書館がなかったら、まず作家が立ちゆかなくなるという現実はあるからね。電子書籍も、そういうアーカイブとしての役割が今後大きくなっていくんだろうけれど……」

事実上絶版がないというのは素晴らしいことだが、電子化されない専門書などは、やはり図書館に保管してもらうしかなく……、縮刷版の新聞などもしかり。

便利なネット検索にも（今のところ）限界はある。

「かと言って、本屋さんに全部の本は所蔵できないし。程度問題はあるんだろうけれど、こういう空間はなきゃいけないと思うよ。作家の資料調べに限らず、お金のない子供でも、あるいはお金のない大人でも、自由に本を読める空間は」

「教養ってこと？」

独特の教育方針を持つ籐藤家のことを揶揄《やゆ》しているのか、虎春花はそんなことを言った——毒のある台詞《せりふ》だ。

そういえば、キッズエリアもあるんだったな、この図書館……、まあ、さすがにそこに、木々高太郎の本はないだろうけれど。

「教養でも娯楽でも、どっちでもいいんだけれど、本屋さんも図書館も、どっちもないとまずいのさ。作家的にも、読者的にも」

サブスクも、その意味じゃ、アルゴリズム上どうしたって、売れてる側に偏っちゃうからなあ。売れている本しか売れなくなるのは好ましくないと思うのは、売れないルポライターの僻《ひが》みかね。ただまあ、こういう考えかた……僻みかた自体、裕福な環境で育てられた人間の理想論だともわかっている。商売人である二代目邊邉斉齋斎には聞かせられない。

芸術と商い。

両立しないものでもないはずだが。

初代邊邉斉齋斎と、二代目邊邉斉齋斎の対立——

「ふん。日和った両論併記もこれ極まりだけれど、そんなところでしょうね。富裕層の税金が、こういう場所に使われるのであれば、それは一種の革命とも言えるわ。では、閉館時間まで間もないことだし、あるき野、待葉椎。館内を回ってみましょうか。雰囲気を楽しむのも乙《おつ》だけれど、打ち眺《なが》めているだけでは、本とも図書館とも言えないわ」

名探偵に仕切られるのは、ぼくが怪盗でなくっとも抵抗があるが、閉館時間が近いのは間違いなかった。

遊びに来たわけではない。

明日のインタビューに向けての準備を、そして最終的には金箔本返却の準備を、着々と進めなければ

……、本を読んだことがないというのであれば、おそらく図書館に来るのも初めてなのだろう、待葉椎警部補も、

「本官はあの辺りを見てみたいです」

と、ガラス張りの企画展示みたいなエリアへと向かって、エスカレーターに……、エスカレーターがあるっていうのが、モダンというより、もう未来だよな。

虎春花は当然のように、推理小説が置かれているであろう、エンターテインメントコーナーへと、優雅に歩を進める……、木々高太郎の、頭脳粉製粉秘話でも探すのだろうか？　ふむ、なんとなくだが、別行動のムードだな。

解放してもらえるわけだ。

ぼくはそっと気配を消し――『目を盗み』――足音もなく、ふたりの女子から距離を取る。

限られた時間の中で、この図書館で調べられることがあるとすれば、まあ、まずは地元紙の検索といったところか――事件であれ事故であれ、名士が全身が漆にかぶれて死亡するなんて凄惨《せいさん》な出来事があったのであれば、いくら隠蔽《いんぺい》しようとしても、新聞に載らないはずがない。

何が起こったのかはもちろんとして、そのとき、どう報道されたかも重要だ。これは殺人事件に限ったことではなく、何事につけても……。

できれば五十年前の新聞にも当たりたいが、こちらは壁璧ちゃんの話からだけだと、時期が曖昧で、特定は難しいかもしれない――ちなみに、怪盗フラヌールが金箔本を盗んだというニュースは、全国紙でも、当時のネットニュースでも追いかけられたけれど、やはり現地での生きた情報というのは、東京からでは集めきれなかった。

いっそこの図書館の石川県コーナーに、初代邊邉斉齋斎の自伝でもあれば、それに越したことはない

のだが……、またぼくがいい加減な軽口を叩いていると思われるかもしれないけれど、地域の図書館にはさらっとそんな本が置いてあることもあるので侮れない。

個人的な好みを言えば、ネット書店ならまだしも、現実の本屋さんや図書館で、設置してあるコンピューターで、探している書籍の所在や在庫を検索するというのは肌に合わないところもあるのだが——己の足で探したいのだ——閉館時間が間近なのだ、本棚と本棚の間をうろうろしたいなんて贅沢《ぜいたく》は言うまい。

館内のそこかしこにある検索システムを、おとなしく利用させてもらうとしよう——と、全体が同心円状になっている廊下を、本ではなくコンピューターのタッチパネルを求めて歩いていると、自動ドアの扉が開いた。

いや、違う。

自動ドアじゃない、エレベーターの扉だった。

なんと、エスカレーターだけじゃなく、エレベーターもあるのか——と驚いたが、しかし、リニューアルされた県立の施設であることを考えれば、これはむしろ、あって当然とも言えた。ガラス張りの函《はこ》の中から、車椅子《くるまいす》に乗ったお嬢さんがひとり出てきたことで、ぼくはそれに気付く。

バリアフリーである。

「失礼」

と、ぼくは扉の前からすぐに退く。

車椅子のお嬢さんは小さく会釈をして、軽く微笑《ほほえ》み、

「ありがとう、お兄さん。ハッピーゴーラッキー、お構いなく」

と言った。

構わないわけないだろ?

## 3

キッズエリアを舐めていた。

正直、見取り図を見たときには、子供が騒いでも他の利用客の迷惑にならないように、パーテーションで区切られているような感じなのだろうと思っていたけれど、しかしそれこそ自動ドアで完全にゾーニングされていて、しかも、そこ自体が独立した『児童図書館』だった。

正式名称はこどもエリアというらしい。

他の利用客のために作られたエリアではなく、しっかり子供向けに設計された空間である。ぼくが（まだ幸せだった）子供だったら大喜びしたであろう、ツリーハウスみたいな遊具（？）まであるのだから驚かされる。

そんな安全と安らぎ、この世のいいものが全部担保されたキッズエリアに、ぼくは車椅子を押して、犯罪者を連行した――犯罪者とは、言うまでもなく本館のエレベーターから現れた少女、ハッピーゴーラッキーな土金《つちがね》ポワレ嬢である。

ネタバレになってしまうけれど、これを明かさないと話を進められないので言っておくと、土金ポワレは殺人犯である。

前作の犯人役だ。

まあ、真に優れたミステリーは犯人がわかっていても面白いと、木々高太郎なら言うだろう。推理小説芸術論の中でそう語っていてもおかしくないくらいである。

とは言え一応、乙姫島海底大学で起きた殺人事件は、この子が殺人犯であること自体がトリックみたいなものだったから、致命的なネタバレではないはずだとフォローしておこう……、要するにこの構図は、犯罪者が犯罪者を、キッズエリアに連れてきたというシチュエーションなのである。

　地上波ではドラマ化不可能だ。

「……よくもまあ、抜け抜けと、ぼくの前に顔を出せたものだね、ポワレちゃん。殺人犯であるばかりか、脱獄犯でもあるきみが」

「ハッピーゴーラッキー」

　つんと澄ました顔からは、どういう感情かわからない返答だが、たぶん、嬉しいのだろう……、『殺人犯』扱いされることを、至上の喜びとする少女だ。

　その点でもキッズエリアに相応《ふさわ》しくない人材ではあるけれど、改正された成人年齢を超える十八歳であるポワレちゃんは——もしかしたらあれから誕生日を迎えて十九歳になっているかもしれない——、父親から猫かわいがりされていたこともあって、見た目は幼《おさな》いので、『子供』で通らないこともない。

　キッズエリアの司書さんも、車椅子の女の子を、さすがに年齢制限で追い返したりはしないだろう——成人立ち入り禁止ではないはずだ。

　不審者立ち入り禁止でこそあれ。

「お兄さん、名探偵や巡査さんに見つからないよう、私を本館からここに引き離してくれたんでしょう？　ありがとう」

「いや、まあ、礼を言われるようなことじゃ……」

「それに、車椅子を押すのがとても上手なのね、ハッピーゴーラッキー。リニアモーターカーに乗っている気分だわ。さすが二代目怪盗フラヌール」

最後の言葉だけは小声だった。

……うん、そりゃあ聞いているよね。

ネタバレされているはずだ、『あいつ』から。

ぼくの『音もなく』を、車椅子を押すことに利用するというのは、まるで火薬を花火に使うかのような平和利用だけれど、元々これはぼくの役割ではない。

ぼくの弟。

あるき野軍靴の役割だ。

怪人デスマーチを名乗るあの大馬鹿者は、あろうことか『偉大なる父』を超えると嘯《うそぶ》き、盗みに限らない犯罪行為に手を染めている——殺人犯である土金ポワレを脱獄させたのも、怪人の仕業だ。名《ウルトラ》探偵・涙沢虎春花によって犯行を暴《あば》かれ——『あなたが犯人《ウルトラ》よ』——、待葉椎巡査（当時）に確保された時点では、ポワレちゃんはぼくの正体を知らなかったけれど、刑務所から愚弟に救われたのちに、それを教えられていないはずがない。

「ふふ。それならそうと言ってくれたらよかったのに。やっぱり同胞だったんじゃない、お兄さん」

「……ちなみに、待葉椎巡査は、その後、待葉椎警部補に出世したから」

「そうなの？　それは知らなかったわ。私を逮捕した手柄で？」

「いや、名探偵を逮捕した手柄で」

当たり前だがあの愚弟も、警察側の動きを逐一《ちくいち》把握しているわけではないようだ……、それはそうだ。ルポライターという表の顔を持つぼくと違って、怪人である愚弟には、世を忍ぶ仮の姿がない。だから、東尋坊警部を訪ねて、警察庁に出入り自由というわけにはいかないのだ……、あるき野軍靴は、父が死んで以来、行方不明の失踪《しっそう》中である。どのツラ下げておじさんに挨拶するってんだい。

その代わり……、奴には困った特技がある。

「ハッピーゴーラッキー。名探偵のお姉さんにも、あのときのお礼を言いたいわ。紆余《うよ》曲折《きょくせつ》はあったけれど、私を殺人犯だって言ってくれたんだもの」

「待葉椎警部補じゃなくて虎春花に捕まったら、今度は刑務所じゃなくてギロチン台に送られることになるよ」

「構わないわ。また怪人さまが助けてくれるもの」

怪人さまって。

崇《あが》めてるな、あんなろくでなしを。

好ましくない。

成人年齢が二十歳だった時代を生きていたぼくなので、出会ったときに十八歳だったこの子のことは、ぼくには子供にしか見えない。だから真面目な話、ポワレちゃんが、あの乙姫島海底大学で置かれていた境遇に、同情する気持ちがないわけがないのだけれど、それはそれとして——キッズエリアのようにゾーニングして、脱獄犯を、警部補や名探偵に差し出しても、別によかった。

後ろめたさはあるが、良心の呵責《かしゃく》はない——が、それでポワレちゃんが腹いせに、出来の悪い弟から聞いているに決まっているぼくの正体をバラすという仕返しに出ないとも限らなかった。そんなわけですたこらさっさと、否、『音もなく』、こちらに避難してきたというわけだ。

それには成功したし、エリアの性格上、ここにいる限りは安全なようではあるけれど……、さて、どうしたものか。

虎春花みたいに『探りを入れてくる』なんて段階じゃない……、確実にぼくの正体を知っているポワレちゃんの口を、どう封じたらいい？　平成の大怪盗だった父ならキスで黙らせるところだろうが、令和にはコンプライアンスというニューノーマルな概念がある。

　どうなんだろう、犯罪者が取調室で破れかぶれでした発言なんて信用できないと、東尋坊おじさんは思ってくれるんだろうか。それとも司法取引が成立するのだろうか……、ぼくを売るということは、同時に、情報源である弟を売るということに繋がるのだが。

「お兄さん。心配しなくとも、拷問されても喋《しゃべ》らないわよ、あなたの正体なんて。同胞を売るような真似はしないわ。私はあなたに対しても感謝しているんだから。名探偵さんや怪人さまほどじゃないけれど、ハッピーゴーラッキー」

「……拷問されたら、さすがに喋っていいよ」

　と、ぼくは言ってから、

「感謝？　身に覚えがないね」

　と、発言の真意を問いただした。

「あなたが私を、お父さまから解放してくれたんだもの。こうしてひとりで出歩ける日が来るなんて、海底で暮らしていた頃には、思いもしなかったわ」

『歩いて』はないけれどね、と、ポワレちゃんは際どいジョークを言った……、それも父親——土金土《つち》塊《くれ》教授から『解放』されたからなのか、性格もちょっと明るくなったな。

　海底でお会いした才女、『土金助教』という感じじゃない。父親に文字通りべったり完全に依存していた、天才少女とは——父親の代わりに、新たなる依存先として、ぼくの弟を選んだというわけでもなさそうだった。

「そうよ。私は自立したの。座っているけれど」

「際どいジョークはそれくらいにしておいてもらって——ただし、だからと言って、大人の女のレディなひとり旅ってわけじゃないよね、ポワレちゃん？」

「ん？　おかしい？」

　と、微笑む。

　さすがに海底大学で着ていたような……、着させられていたような、手足まで覆うロンパース姿ではないけれど、刺繍のあしらわれた真っ白いワンピースに、あったかそうなカーディガンを羽織《はお》って車椅子に乗る彼女は、まるで近くの病院から外出許可をもらって図書館にやってきた入院中の女の子みたいだったが、そんなわけがない。

　刑務所からの外出許可すらもらっていない彼女は、入院中の患者どころか、医師免許の持ち主である——いや、さすがに収監されたときに、剝奪《はくだつ》されているかな？

　ともかく、ひとりなわけがない。

「来ているんだろう？　ろくでなしが」

「ろくでなしというのが誰のことだかさっぱりわからないわ、ハッピーゴーラッキー」

　お艶と同じ返しをされても、相手が子供じゃときめかないな。ぼくは端的に、「怪人デスマーチくんだよ」と言った。

「怪人コアラのマーチくんだったかな？」

「殺すわよ」

　こわっ。

　初代怪盗フラヌールはぼくに言わせればただのこそ泥だが、そのこそ泥のせいで間接的に人が死ぬことだってある——なんて話じゃない。

　マジの殺人犯を相手にしていることを忘れかけていた。

ぼくなどにこうして『音もなく』押されるまでもなく、自分で車椅子を操作する腕力を駆使すれば、この子は華奢《きゃしゃ》に見えて、素手で人を殺せるのだ。

ここは態度を改めることにした。

まあ、一般論として、身内の悪口ばっかり言っている奴の印象がいいわけがないよな。独自の教育方針を持つ父親に対する壁璧ちゃんを見習って、ここは毒を含まずにいこう。

「ぼくの愛する弟、元人気アイドルのあるき野軍靴だよ。団扇《うちわ》を作って応援したこともある、内輪だけに。来ているんだろう、最低でも石川県に。もしかしたら金沢市内に、あるいは」

この図書館の中に。

怪人は潜んでいる——まさか偶然、金沢女子旅を満喫中のポワレちゃんと、接近遭遇したとは思えない。

そんな偶然は許されない。

犯罪現場に偶然居合わせていいのは、名探偵だけなのだ。幅を広げても、その同行者までだ——涙沢虎春花と、待葉椎警部補のように。

思い切ってここは『我々』と言ってしまうが、我々のような犯罪者側は、絶対に、計画的に犯罪現場を訪《おとな》わねばならないし、犯罪をおこなわねばならない。

故意に、計画を立てて。

犯行を実行すべきなのだ。

偶然に偶然が重なって不可能犯罪になったとか、たまたま空模様の都合で驚天動地の大トリックが決まったとか、こんなことになるなんて犯人にとっても計算外だったとか、そんな言い訳は、決してあってはならないのだ。

ゆえに、前作の犯人、土金ポワレと、石川県立図書館でばったりと出会ったことには、犯罪的な意味がある。

重要なのは図書館という点だ。

「質問に答えるわ、お兄さん。……お義兄《にい》さんと呼んでもいいかしら？」

「聞く分には同じだから構わないと言ってあげたいところだけれど、まだ早いかな。ぼくはまだ、きみを可愛い弟のパートナーとして認めたわけじゃない」

「さすがに図書館の中にはいないわよ。お父さまと違って、怪人さまはそこまで私に、過保護じゃないの」

「と言うことは？」

「石川県には来ている。金沢市内にも……、怪人さまは今、鈴木大拙館にいるわ」

絶対いないだろ。

金沢市内で一番縁遠い場所だ、怪人と。

「……つまり、またしてもぼくの邪魔をしに来たってことか、あのろくでな——あのロシナンテは」

「ロシナンテも別に褒め言葉じゃないでしょう。ハッピーゴーラッキー、痩《や》せ馬《うま》でしょう」

よくわかったな、ロシナンテがドン・キホーテの馬だってことが……、あの本ならジュブナイル版も出ていそうだが、このキッズエリアのどこかにあるかな？

「邪魔をしに来たかどうかは見方によるわ、お兄さん。怪人さまから見れば、お兄さんが、怪人さまの邪魔をしているのよ。こともあろうに、偉大なるお父上のコレクションを、次々に手放すような真似をして」

「ふん。偉大なるお父上というのが誰のことか、ぼくにはさっぱりわからないな。きみのお父さんのことかな？」

壁璧ちゃんも父親のことを父上と呼んでいたが、ぼくからは生涯出てこない台詞だ。父下と呼びたいところである。

「お父上にとっても大きな仕事のひとつだった松山の秘湯を、あんな風な返しかたをするなんて」

「ダムの話はするな」

彗星《すいせい》のように尾を引くぜ、松山温泉。

それだって本を正せば父のせいだ。父下のせいだ。

「大きな仕事のひとつ、ね。確かにあれは大きかった」

「サイズ感のことを言っているんじゃないわ、お兄さん。お兄さんがこのたび返そうとしている一冊の本もまた、お父上にとっては、大仕事のひとつよ」

初代邊邉斉齋斎にとってもそうであるように、と、ポワレちゃんは言った。

覚悟はしていたけれど、そこまでバレているとはね。

さすがのポワレちゃんも、今、ぼくが肩から下げているカメラバッグの中に、その金箔本が入っているとは思うまいが……、ばれないようにしないと、力ずくでひったくられたら、ぼくにはなすすべもない。

海底では、ぼくはこの子に絞め殺されかけたのだ……、ついでに言うと、弟にも溺死《できし》させられかけている。

父を超えると嘯いているだけあって、暴力を用いないという怪盗フラヌールの主義を、怪人デスマーチはまったく踏襲していないのだ。

そんな奴が、今、同じ町にいる……。

持ち歩くのも決して賢明とは言えないが、ホテルに置きっぱなしにしなかったことは、こうなると英断だった。

「またぞろ、ぼくが苦労して返却したお宝を、横からかっさらおうと言うのかい、あいつは。いや、きみ達は」

「そうだとしても、まさかそれが悪いとは言わないでしょう、お兄さん？　犯罪者としては、むしろ私達のほうに正当性があるわ」

返却怪盗なんてネーミングが、既に矛盾しているじゃない――と言われてしまうと、返す言葉がない。

返却怪盗なのに。

権力者から盗みを働き、貧しき民に所得を再分配する、ねずみ小僧のような義賊とも言えない。盗んだものをただ返しているだけで、当然のことをしているだけでもない……、マッチポンプもいいところだ。

ダム温泉の件もあり、世間は怪盗フラヌールの復活を、面白がってくれちゃあいるけれど、中にはやっぱり、厳しい意見もある……、令和らしい意見で、それに関しても、ぐうの音も出ない。

ぼく自身、同じ気持ちだ。

好ましくないと思っている。

初代怪盗フラヌールも。二代目怪盗フラヌールも。好ましくない。

「……正直な気持ちを言えば、今回はやめてもらえると助かるんだけどね。もしも本当に、ポワレちゃんがぼくに感謝しているっていうんであれば」

「あら？　何よ、拍子抜けの反応ね、お兄さん。叱りつけてくれるんじゃないかと思ったのに」

「叱られるのが好きなのかい？」

「嫌いじゃないわね。甘やかされるのにも、甘えるのにも、うんざりだから。ハッピーゴーラッキー、そういう意味では、そんな風に甘えられるのは悪くないんだけれど、新鮮で」

「既にイレギュラーが起こりまくっていて、旅のしおりを何度放棄したか、わかったものじゃないんだ。ここは、会わなかったことにするのがお互いのためなんじゃないだろうか」

何も、二度とぼくの返却したお宝を横取りするなと言っているわけじゃない。ぼくは兄だ、弟の怪人ごっこに付き合ってやるのもやぶさかじゃない。また、ドライなことを言わせてもらえれば、ぼくの返却活動ののちに、そのお宝がどうなるかまで、無限責任を負うつもりはない。

目的は盗品博物館を空っぽにすることであって、償いでもなければ、持ち主を幸せにすることでもないのだ……、返したものが、別の泥棒——怪盗でも怪人でも——に盗まれたとしても、それに関してぼくは、善意の第三者ならぬ、悪意の第三者みたいなものである。

「法律上の善意とは、そういう意味ではないでしょう。『何も知らない』という意味よ——無知であることが善意であるって、なんだか滑稽《こっけい》だけど、皮肉よね」

「さすが、お利口さんだね、ポワレちゃん」

「褒めても無駄。でも、言っていることはわかるし、その通りだと思うわ。でも、だったら、どうして今回を特別扱いするの？　初代邊邉斉齋斎のゴールド・ペーパー・ブックを、お兄さんのドライさの例外にする理由はないでしょう」

「あるよ。無限責任を負うつもりはないけれど、さすがに返却したことで、殺人事件レベルの殺人事件が起こるとなると、話は別だ」

「ちょっとちょっと。いくら私でも、やたらめったらに人を殺したりはしないわよ。なーんて、キッズエリアでなんて会話をさせるのよ」

いや、今日一で笑えないジョークだな。

なーんて、じゃない。

「私は、人を殺さないことが、できるわ」

「そりゃ結構。誤解を招いたんなら謝る。何も弟やきみがかかわれば、必ず人が殺されると思っているわけじゃないけれど、この件では、既に二名、人が亡くなっているからね」

親の教育の結果、孫がそう受け止めているだけで、殺人事件と決まったわけじゃない……、が、その疑いがあるというだけでも、ぼくなんかは気後れしてしまう。

「これ以上の悲劇は起きてほしくないというのは、ぼくのわがままかな？」

「わがままでしょう。まるで法を犯していいのは自分だけと思っているみたい。結局のところ、お兄さん。あなたは私と同じ、承認欲求の強い犯罪者なのよ」

「………」

「怪人さまとも、偉大なるお父上とも同じ。怪盗フラヌールの犯罪歴を台無しにするべく、お宝を返却したいというのであれば、国庫に委託するという手もあるのに、わざわざ不法侵入や業務妨害を選ぶのは、腕自慢がしたいからじゃないの？」

腕自慢。技術の誇示。

初代邊邉斉齋斎が、採算も利益も度外視で、金箔本を作り上げたように……、ぼくは返却活動に勤《いそ》しんでいるだけだとでも指摘するのか？

父にできることなど、ぼくにもできると……、言いたいがために。

……まあ、否定はしないが、しかしその発言から察するに、怪人さまことぼくの愚弟も、刑務所から攫《さら》った殺人犯に、すべてを話しているわけではないようだ。ぼくの動機の最優先は、盗品博物館の館長である閨閥艶子の喪服を脱がせることと、告げていない……、あの悪ガキも、どうやら乳母への遠慮くらいはあるらしい。

父親が犯罪者であることが発覚し、己のアイドル活動の資金が犯罪マネーだったことが明らかとなったときに、お艶に酷い悪態《あくたい》をついて出奔した弟だったが、それでも、お艶に気遣《きづか》いができるくらいには成長したのだろうか。

単に、実の兄が乳母にぞっこんで、そのために人の道を踏み外したことを、ポワレちゃんに言いにくかっただけかもしれないけれど……、弟が黙っていることを、兄であるぼくがわざわざ自白する必要はないな。特にこの件では。そして他の件でも。

「大方、私というモンスターを生んでしまったことを悔いているんでしょうけれど、お兄さん。それこそ、そんなことで責任を負われるのは迷惑だわ。仮に、お兄さんがあのとき、海底大学に現れて、『玉手箱』を返却していなかったとしても、いずれ私は、人を殺していたでしょう」

「それには同意しかねるね。怪人さまに対しても同じことが言えるのかい？」

「言えるわね。脱獄させてくれたことには感謝しているけれど、それとこれとは別……、心酔はしているけれど、依存はしていないつもりよ。ハッピーゴーラッキー、あくまで自分の意思でのインターンだわ」

だったらいいんだが。

インターンね……、若き助教が、えらく一から出直しているものだ。そのがんばりは評価しよう。一方ぼくと来たら、十八歳の女の子の同情を誘い、仕事をやりやすくしようとしたのだから。

「我ながら情けないことを言ってしまったよ。なるほど、確かに、今回を例外とする理由はなさそうだ。それに、さっきは悟ったようなことを言ったけれど、ぼくが返したお宝を、直後にこそこそ盗まれるのは、客観的にはマナー違反だとは思う。気分で言えば、ハイエナに尾行されているライオンになった気分だ」

「怪人さまを悪く言うし、自分をよく言うじゃない。客観的になったときほど自分をよく言っている。ハッピーゴーラッキー、そういうところよ、お兄さん」

「ハイエナっていうのは実は狩りがうまいらしいぜ。腐った肉が好きなだけで」

「ハイエナのイメージをよくしようとして失敗しているじゃない」

「人間だって腐った肉は好きじゃないか。ドライエイジングだっけ」

「熟成肉は腐っているわけじゃないわ」

「海底大学じゃ、姑息《こそく》にも逃げられてしまったからね。あの鬱陶《うっとう》しい弟と、つけられるときに決着をつけておくというのも悪くないだろう」

と言っても、あるき野軍靴や土金ポワレを、警察に突き出すというのは違う……、ぼくを売られるかもしれないというのを差し引いても、やはり、このふたりを自分の手で刑務所送りにするのには抵抗がある。

好ましくないが、ぼくも人の子だ。

あ、いや、人でなしの子ではあるが、まあ、海のように広い意味では、弟だって、怪盗フラヌールの被害者みたいなものなのだ。もちろん初代怪盗フラヌールの。あの大犯罪者の大犯罪を、なかったことにするのがぼくの目的であるのなら、怪人や天才少女の救済も、ぼくの職掌の範囲内だということになる。

ミッションとしては、これを機に、怪人デスマーチを、引退に追い込むということになるだろうか……、怪人デスマーチを退転させる。

具体的には実家に帰らせる。

お艶にお尻ぺんぺんでもしてもらおう。そんなお仕置きを羨ましいと思うほど、ぼくも歪《ゆが》んではいない。

あのろくでなしはそれでいいとして、ポワレちゃんに関しては、どう決着させるのが好ましいんだろうな……、ぼくの手で刑務所送りにするのは忍びないが、さりとて、弟からも引き離して野に解き放つのは、倫理的にもどうかと思うし、普通にハイリスクである。

「私のことなんて心配してくれなくていいのよ、お兄さん」

と、彼女は見透かしたように言った。

「私の人生なんて、私がなんとでもできるわ。それよりお兄さんは、怪人さまとの勝負に勝つ方法に、頭を捻《ひね》らなきゃいけないんじゃないの？」

「確かにね」

勝利条件は、返却したお宝を、その後盗まれないようにすることか……、なにせ、お宝も事態も、ぼくの手を離れたあとのことだから、口で言うほど簡単なことじゃないのは確かだ。木々高太郎の時代にあったトリックかどうかは知らないが、ミステリーで言うところの、遠隔殺人トリックみたいなのをおこなうことになる。

まあ、こういう時代だ。

リモートワークの普及を進める一助となるために、知恵を絞ろう。

「ところで、ポワレちゃん。瀬戸内海の底で天才と呼ばれたきみの、知恵を貸してほしいんだけど」

「いきなり敵に塩を求めるじゃない」

「瀬戸内海は塩の産地だろ？」

「別に私、瀬戸内海でお仕事に従事していただけであって、瀬戸内海出身ではないんだけれど。何？」

「金箔本……、きみが言うところのゴールド・ペーパー・ブックをぼくはそう呼んでるんだけど、初代邊邊斉齋斎の遺作とも言うべき一冊には、何が書かれていると思う？　何かが書かれているとして、どう読めばいいと思う？」

　兄弟対決もいいが、とりあえず、そこがはっきりしないことには、ぼくは金箔本を返すことすらできないのだ。本を正せば、ぼくはそのために、この図書館を訪れたのである。邊邊斉齋斎の自伝を探すつもりが、何の因果か、キッズエリアで、怪しまれない程度にうろちょろしているが。

「……お兄さんが何を返そうとしているのかは、怪人さまから聞いているけれど、その中身がどうかというのは、考えてなかったわね」

「ポワレちゃんが考えてないんじゃ、ロシナンテも考えてないだろうな。あいつは昔から、考えることが苦手だった」

「でもまあ……、普通に考えれば、虎《とら》の巻《まき》なんじゃないかしら？」

「虎の巻？」

　一瞬、ぴんと来なかったが、つまり秘伝書みたいなものだと？　いや、それは結構、しっくり来る仮説だった……、ぼくや虎春花、待葉椎警部補からは出てこなかったアイディアだけれど、言われてみればいかにも、伝統工芸の職人が、記しそうな内容である。

　ひとかけらの金塊を、ボールパークに敷き詰められるほどの金箔に引き延ばせる伝説の男……、誰にも真似できないそんな技術の秘密を、書物の形にしていたのでは？

　あるいは。

　それが盗まれてしまったからこそ、二代目邊邊斉齋斎は、金箔師としては初代を継承できず、商売人になるしかなかったのではないか。怪盗フラヌールが盗んだのは、ただのきんきらきんの展示品じゃなく、文字通り、職人の魂だった……、だからこそ、それが盗まれたのちに、魂が抜けたみたいに、引退することになったんじゃ。

ありそうな話だ。

もっとも、だとしても、籐藤雉薙が、その後に、漆を全身に塗りたくられて殺された件の説明にはならないが……、まさか秘伝書というマニュアルを失ったから、工芸品の作りかたがわからなくなって漆の扱いを間違ったってわけでもないだろう。

認知……。

「……きみなら金箔に、どう文字を刻む？　インクを乗せられるとも思えないんだけれど」

「どんなに薄くても金属なんだから、文字を刻むことはできるんじゃない？　つまり、そのくらいの厚みを残せば。要は、本の形をした石板ってことね」

「なるほど。それなら、米粒に筆で字を書くよりは簡単そうだ……、が、結局、読むのは難しそうだよね。文字を刻んだりしたなら、尚更脆くなっているだろうし」

「そりゃ秘伝書だから、そう簡単に読まれたら困るでしょう。いわばセキュリティよ。ハッピーゴーラッキー、海底大学の金庫室みたいなものね」

あれは最新鋭のコンピューター式セキュリティだったが、だとすると金箔本は、アナログの極みである。

それじゃあ妹の出番はなさそうだ。

あるいは『娘』の。

結構なことだが……、初代邊暹斉齋斎の奥義が記されているのだとしたら、返却とか怪盗とか度外視

INVITATION

Mephisto

Kodansha

Kodansha

Readers Club

KODANSHA

しても、いち観光客として、読んでみたいという気持ちは否定できない。そういうミーハーな気持ちをこそ、初代邊邉斉齋斎は嫌ったのだろうけれど……、そしてすとんと胸に落ちる。

　劇場型愉快犯の父なら、そういう虎の巻を読みたいと思うのみならず、盗みたいと思うだろう。

　金箔師を目指しているわけでもなかろうに、ただ物珍しいというだけの好奇心で、その一冊を手に入れたいと……。

「それで、お兄さん。どう読むかに関していえば、確かに難しいけれど、まったく不可能ってことはないと思うわ」

「そうかい？」

「非破壊検査は医療の理想でもあるからね。私の専門分野ではなかったけれど、限られた試料を、できる限り消耗せずに分析するというのは、研究者にとっては日常茶飯事だったわ」

「Ｘ線とかＭＲＩとかはなしでお願いしたいんだけど……、人体を手術する感覚で、そっとページをめくれば大丈夫だろうってこと？」

「人体は結構丈夫だし、修復も縫合も利くから、金箔のほうがデリケートね。だけど、たとえば宇宙空間でなら、その本の可読性は大きく上がると思うわ」

「宇宙空間？　ああ……、真空状態って意味？」

　そう言えば盗品博物館でも、この金箔本は、ガラスケース内に収められていた。館長の采配《さいはい》だ。

「空気がなければ、風でバラバラにならないから？」

「風がなければ風化することなく、それ以前に空気抵抗もないから、摩耗することもない。そして重さもなくなる。自重で崩壊することもなくなる」

「ははあ、なるほど。その線か」

そういう考えかたもあるよねみたいな、大人の態度で取《と》り繕《つくろ》ったぼくだったが、立て続けにまったくない発想が手拍子で出てきたことに、内心は驚きまくっていた。

そんなことすぐ思いつく?

やっぱ天才っているんだな。

液体の水ですらバラバラにならない宇宙空間ならば、金箔もその形を保ち続けられるというのは、説得力のある仮説だった……、重力さえ考慮している点では、盗品博物館すら凌駕《りょうが》している。しかも天才は、自分の才能に酔ったりせず、アイディアの問題点も公平に開示するのだった。

「瑕疵《かし》があるとすれば、宇宙空間では、その本そのものはともかく、人間のほうが形態を維持できないという点ね」

「宇宙空間に出たら、人間って、血液が沸騰して爆発するんだっけ?」

「それは映画的な演出……、死ぬことには違いないけれど。宇宙服を着ていれば、死は回避できるとしても、ページをめくる作業が飛躍的に難しくなるでしょうね」

「ふむ。スキーウェアを着て本を読むようなものかな」

「スキーウェアを二重三重に着てって感じかしら。ただし、その点はハイテクで解決できるわ、ハッピーゴーラッキー。マニピュレーターを使えばいいの」

それを読書と読んでいいものかどうか疑問は残るが、機械の腕を操作して脆いページをめくること自体は、プログラムを精緻《せいち》にくみ上げれば、できないことじゃない。実際、そういう形でおこなわれるロボット手術もある。

ハイテクか。じゃあ妹の出番になる。あるいは『娘』の。

電子書籍だったり、AIによる小説筆記だったり、作り手側の機械化が謳われて久しいが、いよいよ読者にも機械化の波が押し寄せるということか。

レビューまで書いてくれたらめっけものだ。

「宇宙空間とかマニピュレーターとか、莫大《ばくだい》な予算がかかりそうだね。ぼくならそこを問題点とする。金箔本の価格さえ超えかねないよ」

「ただのこそ泥ならまだしも、怪盗が予算なんて気にしてどうするの。百万円盗むために一億円かけるのが、怪盗の醍醐味《だいごみ》でしょう？　ハッピーゴーラッキー、それとも美学かしら」

「耳が痛いね、リアリストとしては。ともかく、ありがとう。その通りのことができるとはさすがに思わないけれど、いいヒントをもらったよ」

「礼には及ばないわ、ハッピーゴーラッキー。ところで、お兄さんから怪人さまへ、何か伝言はないの？　ただのメッセンジャーなら御免被《こうむ》るし、怪人さまを止めることはできないけれど、兄弟の仲立ち役なら、この殺人犯が引き受けてあげなくもないわよ」

「んー？　伝言？」

ぼくは少し考えて、

「ないな」

と答えた。

伝える言葉はない。伝えられる想《おも》いも。

軍靴とぼくは、別の人間だ。

# 第五頁　東尋坊警部

## 1

「こんな時間に失礼します、東尋坊おじさん。今、お電話よろしかったでしょうか？」

「遠慮せずにいつでも電話してくれていいんだよ、きみと俺との仲じゃあないか。ちょっと待ってくれ、気兼ねなく喋れる場所まで移動するから。……待たせたね。今や怪盗対策部も大所帯だから」

「ええ、存じています。ぼくもすっかり、顔を出しづらくなってしまいました」

「今更何を言っているんだい。元々、一時通行証もなく、警察庁に出入りしていたのに」

「いやしかし、あの頃はまだ、おじさんに会いに行くという名目がありましたから。今、それをすると、さすがに示しがつかないでしょう。あんなに居心地のよかった怪盗対策部も、正直、ぼくのようなお気楽な人間から見たら、ぴりぴりしていますし」

「俺も、新聞を読むのが仕事だった頃が懐かしいよ。しかしまあ、部下達の熱意を削《そ》ぐわけにもいかない。怪盗フラヌールを逮捕し、法の裁きを食らわそうと、みんなやる気がみなぎっている」

「ははは……、なんて頼もしい。しかし怪盗フラヌール専属記者のぼくが言うのもなんですけれど、そこまで徒党を組んで本気にならなくてもいいのにって思っちゃいますね。若い頃からずっと単身ライバルだった、東尋坊おじさんというベテランに任せておけばいいのにって」

「おだてるね、道足くん。まあその俺は、現在の怪盗フラヌールはニセモノだと思っているわけだから、部下達は過熱なくらいでちょうどいいバランスなんだろう。盗んだものを今更返して、罪を帳消しにしようなんて輩《やから》は許せないという正義感に満ちあふれていて、俺も学ばされるよ」

「……やっぱり、東尋坊おじさんは、復活した怪盗フラヌールはニセモノだとお思いですか」

「本物と思う根拠がないからね。まあ、本物の関係者であることは間違いないだろうが……、後継者としても不出来だよ」

「不出来ですか」

「特に、松山の廃ダムに温泉水を流し込んだ件などは、顕著だね。本物の怪盗フラヌールなら、あんなしくじりはするまい」

「しくじりとは限らないんじゃないですか？　面白がって、ああいうことをしたのかもしれませんよ。あるいは深い意図があって」

「現地で陣頭指揮を執っていた待葉椎警部補の話を聞く限りは、深い意図など何もない、その場しのぎのアドリブと解釈するのが自然だろう。つまりニセモノの証明だ」

「手厳しいですね。ニセモノだとしても、もう少し評価に手心を加えてあげてもいいんじゃないかと思っちゃいますよ」

「？　どうしてだい？　俺がニセモノに、優しくしなきゃいけない理由なんてないぞ。むしろライバルの名を盗まれたことに、怒ってさえいるくらいだ」

「もちろんそれで当然です、名警部であるおじさんを怒らせるだなんて、怪盗フラヌールのニセモノに同情を禁じ得ないという意味ですよ。奴めが捕まるまで、もう指折りまったなしですね」

「奴め、か。待葉椎警部補も、そんな風に怒り心頭だったな」

「ええ。実は、ぼくも彼女にお会いしまして……、警察庁でおじさんのフラヌール会議に参加したというお話は聞いています」

「ほほう。それで電話をくれたのかい？」

「それもありますが、ちょっとおじさんのお力を借りたいことが。そしてお耳に入れておきたいことが……、確信が得られるまではいい加減な情報を、尊敬する東尋坊おじさんに流すわけにはいきませんでしたから、現地に飛んで、綿密な調査を続けていたのですが、いよいよ報告する段階に来たと思いましたので、そうなると一秒でも早くお伝えしたいと、おじさんへの忠誠心が働きまして」

「調子がいいね、相変わらず。現地に飛んで？　どこか、東京じゃない場所で、愛媛でもない場所で、待葉椎警部補と会ったということかい？」

「はい。彼女のほうはプライベートのようですが、実はぼくは今、金沢市内のホテルから電話をかけています」

「金沢」

「さすが。もうピンと来たようですね、警部」

「いや、さすがに特定はできていないよ。怪盗フラヌールがその地で働いた盗みは、一件や二件では済まないからね……、ただ、こうして道足くんが報・連・相してくれる題材と言えば、まああれだろうなというアテはあるよ」

「さすが怪盗フラヌールの専門家。予想された通り、邊邉斉齋斎が腕を振るった、金箔本の件でお電話差し上げました」

「金箔本。そんな風に呼んでいるのかね。まあわかりやすいか。本質を言い表している」

「ありがとうございます、お褒めにあずかり光栄です。怪盗フラヌールがその金箔本を、邊邉斉齋斎——の遺族に返却しようと目論んでいるとのたれ込みがあったんです。東尋坊おじさんにはとても紹介できない怪しい情報源でしたが、確かめてみる価値はあると判断し、金沢入りして、取材を続けていました」

「予告状は出ていないな」

「はい。ただ、返却活動に関しては、予告状のないケースも多いようですので」

「その辺りのいい加減さがニセモノのニセモノたる所以《ゆえん》だよ。本物の怪盗フラヌールなら、いついかなるときも、俺に予告することを忘れなかった」

「いい加減さ……、ぼくはランダム性だと思っていましたが。しかし、『俺に』……、ですか」

「俺はそう思っているがね。金箔本にしてもしかりだ。厳重な警備をかいくぐって、怪盗フラヌールは黄金技術館から、目玉展示を盗んでみせた……、捕まえられなかったことは不出来だが、そういう意味では、怪盗フラヌールのいつもの仕事という形だな」

「左様ですか。しかし、それにしてはおじさんにとっても、印象深い事件のようでしたが？　金沢と聞いて、すぐに連想されたようですし」

「鋭いね。ルポライターとしての感覚は、お父さんの域に近づいてきたんじゃないかい？」

「とんでもない、父には一生敵《かな》いませんよ。死してなお、ぼくは父の影を踏むことすらできません。いえ、東尋坊おじさんに隠し事はできませんね。種を明かしますと、怪盗フラヌールの盗難被害に遭ったのちに、初代邊邉斉齋斎の身を悲劇が襲ったことは、既に把握しているんです。ルポライターとしては非常に横着ですが、情報を提供するのと引き換えに、おじさんに、その詳細を教えていただきたかったんです」

「交換条件ということか。お父さんがよく持ちかけてきたものだよ。きみは謙遜《けんそん》したが、俺から見ると、血は争えないね」

「まったくです」

「勘もいい。実際、俺がすぐに思い出せたのは、怪盗フラヌールの被害者が事件解決前に、非業の死を遂げたからだというきみの読みは当たっている……、いや、もちろん、一般論として、盗難に限らず、犯罪被害に遭った人間の、その後の人生が狂ってしまうというのは、悲しいことに珍しくはないのだが、それでも、あんな死にかたをするというのは」

「全身に漆を塗りたくられて、ですよね？」

「塗りたくられたのか、事故で付着したのか、それとも自分で塗りたくったのかは、わからない」

「自殺の可能性もあるとお考えですか？」

「ん……、さて、どうだろう。怪盗対策部の俺は、そっちの捜査にはかかわっていないが、結局、打ち切られたはずだよ。そのくらいは道足くんなら、簡単に調べがついただろう？」

「それがそうでもありませんでして。不審死があったことさえ、偶然知りました。図書館で当時の新聞を調べてみようと思ったんですが、核心に迫る前に閉館時間になってしまって」

「らしくない不手際だね。何かトラブルでもあったかな？」

「いいえ、ぜんぜん。虎もブルドッグも出てきてません。如何《いかん》せん、新築の図書館が素晴らし過ぎて、つい探検をしているうちに、時間になってしまっただけのことです」

「童心を失わないね、道足くんは」

「え？　キッズエリアになんて行ってませんよ？　ぼくはもう大人ですから」

「わかっているよ、きみを子供扱いしたわけじゃない。……新聞を遡《さかのぼ》れなくとも、初代邊邉斉齋斎が、妻を失っていることは把握しているんだね？」

「ええ、一応、知識として。そちらも事件性はないと判断されたと聞いています。ただ、夫婦のどちらも、似たような死にかたをしているというのは、穏やかではありません」

「似たような死にかた？　だったかな？」

「どちらも石川の特産品で死んでいます。フグと漆。テトロドトキシンと、ウルシオール」

「そういう見方もできるか。しかし、現場が石川県であるならば、それはむしろ自然と言えるかもしれないね」

「もちろんです。ただ、これをあるあると見過ごしていいのかどうかは、ぼくには判断できません。実は明日、二代目邊邉斉齋斎にインタビューすることになっていまして、その際に、無知ゆえの配慮に欠けた発言がないようにしたいというのもありまして、おじさんが知っている限りのことを教えていただければ、非常に助かるんです」

「いくら道足くんが相手でも、教えられることと教えられないことがあるが……、それに関しては、秘匿するような捜査情報ではないな。閉館時間がなければ、図書館でわかったことだよ」

「では」

「手間を省いてあげよう、道足くん。……ところで、待葉椎警部補とは、まだ連絡が取れるかい？　俺としちゃあ是非、あの人材には怪盗対策部に出向してもらいたいんだが、地元愛が強いのか、首を縦に振ってくれなくてね。交換条件と言うなら、彼女の説得に力を貸してくれよ」

「おじさんの頼みをぼくが断るはずがないでしょう。幸い、まだどうにか連絡はつきますから、そう伝えておきます」

「てっきり愛媛に戻ったのだと思っていたけれど、まさか金沢に行っていたとはね。そっちに友達でもいたのかな？」

「いえ、おひとりでしたよ」

# 2

「五十年前の事件のほうは、さすがに知らないんだが——まだ警察官どころか、小学校にも入っていない——、初代邊遙斉齋斎……、籐藤雉薙氏の死は、よく憶えているよ。絶対に盗まれた本を取り返すと約束したのに、不出来にも果たすことができなかったからな」

「憎きは怪盗フラヌールですね」

「ただ、怪盗フラヌールが邊遙斉齋斎を殺したわけじゃない。あいつは盗みに暴力を用いないし、他人を傷つけたりはしない——間接的にはともかく、少なくとも、直接的には。積極的にも。そもそも、殺されたのかどうかも不確かなんだ」

「事件化されていないということは、そういうことですよね」

「いや、そういう意味じゃなくてな……、これを言うと、警察組織全体の敵を連想させてしまうから、あまりよろしくないんだが、きみが相手だから言ってしまおう」

「なんですか、気を持たせますね」

「現場が密室だったんだ」

「密室？」

「誤解しないでくれよ、道足くん。密室と言っても、ちゃんと戸締まりがされていた、という程度のニュアンスだ。間違ってもきみのお友達の、あの名探偵を呼んだりはしないでくれ」

「ぼくがそんなことをするはずがないじゃないですか。何度も釈明させてもらったようにあのパリジェンヌはぼくのパートナーじゃありませんし、あんな無法者、呼ぶまでもありません」

「呼ぶまでもありません？　妙な言い回しだね」

「呼んだりしませんの言い間違いでした。つまり、不可能犯罪的な意味合いではない密室ということですか？」

「普通はそういう文脈で使う言葉だよ。俺なんかは怪盗フラヌールを追い続けてきたから、トリックめいた犯罪は人よりは目にしてきたほうだが、出入りできない室内で人が死んでいたら、普通は自然死か事故死、あとは自殺と考えるのが当たり前だよ」

「ぼくも同じ意見です。トリックなんて使う奴は自己顕示欲の塊ですよ。つまり、初代邊邉斉齋斎は、戸締まりを終えた自宅で、ひとりで亡くなっていたという理解であってますでしょうか？」

「自宅じゃない。黄金技術館だ」

「あれ？　その館《やかた》は――館というと、これまたミステリーっぽいニュアンスになってしまいますが――、怪盗フラヌールに金箔本を盗まれ、引退した直後に、二代目邊邉斉齋斎によって、閉館させられたんじゃありませんでしたっけ？　ぼくの取材がぬるかったでしょうか」

「そうだが、閉館した瞬間、建物自体がぱっと消えてなくなるわけじゃないからな。ハコモノを解体するのもただじゃない」

「なるほど。地方にありがちな空き家問題ということですね。空き家ならぬ空き館ですか」

「空き館と言っていいものかどうか。なにせ元々が黄金技術館だから、展示物もほとんど、置きっぱなしだ。盗まれた目玉展示以外は」

「赤字を補塡《ほてん》するために、売り捌《うさば》けなかったんですか？　商売上手な二代目邊邉斉齋斎の手腕なら」

「どれだけ価値があっても、売れないものというのはある。どんなアートも、買い手がつかなきゃガラクタということだろう。かと言って、二束三文で買い叩かれるのも、商売人としては避けたいところだろうしな。見識を疑われる」

「そんな抜け殻みたいになった初代邊邉斉齋斎は死んでいた、と？　中身が残っていたのなら、確かに、ドアが開けっぱなしになっていたとか、窓が割れていたとか、そういうことはなさそうですが」

「証拠もないのに自殺を疑うようなことを言ったのは、そういうことだよ。厳密に言うと、俺が疑ったと言うより、当時、捜査班を指揮した、石川県警の老者舞《おしゃまっぷ》という警部が、そんな勘を働かせていた」

「老者舞。北海道《ほっかいどう》の地名ですね」

「よくわかるね。本人も、石川県なのに老者舞だと、警察手帳を見せるときの持ちネタにしていたよ」

「ぼくにも、北海道の地名みたいな妹がいるもので」

「ふらのちゃんか。元気なのかい？」

「もちろんです。いくつになってもおてんばで手を焼いていますよ。で、話を戻しますが、石川県警の老者舞警部がそう疑ったのは、やはり、怪盗フラヌールによって丹精を込めた金箔本を盗まれたという、自殺の動機があったからですか？」

「そう……、老者舞警部には、怪盗フラヌールが黄金技術館に押し入ったときに、捜査を手伝ってもらっていたから、その辺りの事情は知っていたんだ。初代邊邉斉齋斎が、どれだけその展示品を大切にしていたかを知っていた……、怪盗フラヌールから本を守り切れなかったことを、非常に悔《くや》しがっていたよ」

「…………」

「タイミング的にも符合する。目玉展示を盗まれて、引退し、名を譲った跡取りには、黄金技術館を閉鎖され……、自分にはもう価値はないんだと、自暴自棄になってしまっても致し方ない。俺も他人事じやないよ」

「何を仰いますか、東尋坊おじさん。あまりに的外れなことを言うから、一瞬、聞き違いかと思いました。いったい今何人、あなたの指示を待っている部下がいると思ってらっしゃるんです」

「ニセモノのお陰で不出来にも今はそうだが、ついこないだまで不遇を託《かこ》っていた身としては、どうしたって考えてしまうさ。初代邊邉斉齋斎にしたって、盗難被害から数年が経過し、これはもう返ってくることはないんだなと、諦めてしまっても仕方ない……、俺達は一応、どの盗難品も追い続けているつもりだったが、限界はあったし、被害者達の期待に応《こた》えられていたとは言いにくい」

「だからって何も、自ら死を選ぶことはないでしょう。金沢なんて楽しいことだらけなのに」

「観光客の言い分だね、それは。しかも、北陸新幹線が通って以降の、観光客の言い分だ」

「まあ、ぼくが県外に出かけるようになる頃には、当たり前に通ってましたから。……でも、結局、籐藤雉薙氏の死は、自殺ではないと判断されたんでしょう？」

「その通り。老者舞警部も、最終的には自説を引っ込めた。どんな憂鬱《ゆううつ》な状態にあっても、あるいはどんなパニック状態になっても、自分の背中にまで漆を塗るような真似はしないんじゃないかという結論になった」

「全身に漆が塗りたくられたというのは、本当に全身くまなくという意味なんですね。しかし、背中となると、第三者の関与も疑われます」

「そうでもない。何かの間違いで液状の漆を頭から浴びれば、刷毛《はけ》を使うまでもなく、全身に漆はまとわりつくだろう。あとは痒さにもがいているうちに、爪先《つまさき》まで行き届くさ」

「そういう事故が起こったと？　しかし、同じことは、覚悟の自殺でもできませんか？　かけ湯のように、水に溶かした漆を意図的に浴びれば」

「当然検討されたが、しかし希死念慮にかられておこなう荒行にしては、確実性に欠けるだろう？　単に、身体中がかぶれて、痛くて苦しい思いをするだけというのが、大抵は関の山だ」

「確かに、自殺未遂に終わった場合、地獄ですね。狂言自殺と言うか、生を実感するための自殺未遂が目的だとしても、過激過ぎます。……更に同じことは、殺人に対しても言えますね。殺しが目的にしては、不確実性が高い、と」

「いや、道足くん。その場合は、『できる限り苦しめたい』という動機が成り立つんだ。『殺すつもりはなく、苦しめるだけのつもりだった』という、いわば暴行致死罪だ」

「ああ、そうですね。ごめんなさい、怪盗フラヌールの記事ばかり書いているせいで、殺人事件への見識が浅かったです」

「それは俺も同じだよ。もっとも、老者舞警部は、その説を押してはいなかった。第三者の関与を疑うには、やはり、戸締まりのされた室内での事件という壁は高かった」

「密室ですね」

「そう、密室だ。関係者が鍵を持っている程度の密室だが、誰かと争った形跡もない……、あったら大変だろう？　もみ合いになったりしたら、犯人のほうも、相当漆にかぶれることになる」

「それはそうです。想像しただけでぞっとします……、じゃあ、東尋坊警部も、その件に関しては、なんらかのトラブル、不幸な事故という見立てに異論はないということになるのでしょうか」

「うむ。五十年前の、籐藤毒苺の死には違和感が残るがね。しかしそちらは、どう考えても時効だ。探りを入れることは、法の精神に反する」

「ですね。ジャーナリズムはその限りではありませんが、犯人にも人権はあります。お忙しい中ありがとうございました。これで、明日のインタビューは、二代目邊邉斉齋斎こと籐藤感惑氏に対し、失礼のないよう振る舞えると思います」

「そう願うよ。それより、すまなかったね。せっかく、怪盗フラヌールが金箔本？　を、返却せんとしているらしいという情報を、こうしてもらったのだから、俺としてはすぐにでも金沢に駆けつけたいところなんだが、タイミングの悪いことに、予告状が出たんだ」

「えっ⁉　予告状⁉　予告状って、怪盗フラヌールの予告状ですか⁉」

「ああ。横着したのか、それともニセモノが何本目になるかわからない馬脚を現したのか、電子メールでだが、どうやら悪戯《いたずら》ではないようだ。道足くんだから言ってしまうが、まだ記事にはしてくれるなよ。沖縄県の美《ちゅ》ら海《うみ》水族館に、かつて盗んだジンベエザメを返却すると、怪盗フラヌールは予告してきた……、だからお察しの通り、今バタバタしている。これから、俺は最終便で、那覇空港《なはくうこう》に飛ばなきゃならないんだ」

「そうだったんですか、そうと知っていたらこんなお邪魔は決してしなかったのに。じゃあぼくのほうの情報はガセでしたね。きっと、東尋坊警部を真の犯罪現場から遠方に引き離そうという、姑息なフェイクだったのでしょう。なんて卑怯《ひきょう》な手を使う奴なんだ、怪盗フラヌールは。危うく大恩あるおじさんを、悪気なく騙してしまうところでした。でもこれは、怪盗フラヌールが心底、怪盗対策部の部長である東尋坊警部にビビっているという証明でもあるのですから、ぼくは誇らしい気持ちです。どうぞ、そんな卑劣な手には引っかからずに、ゆめゆめ北陸新幹線に乗ったりせずに、飛行機で美ら海水族館に向かってください。こちらのほうは、ぼくがひとりで、間違いなくひとりで対応しておきますから。まあどうせ空振りで何の成果もないでしょうけれど、この際ですから、せめてルポライターとして、教養を高めておきますよ」

「うんうん。少しでもお父さんに近づこうという姿勢は立派だね」

「ええ」

## 3

「ところで道足くん。さっき、妹さんの話が出たけれど、弟くんのほうは元気かね？　随分長いこと会っていないな」

「ぼくもですよ。でも心配は無用です。便りがないのは元気な証拠ですから。あ、証拠って言っても、犯罪の証拠っていう意味じゃありませんよ？」

# 第六頁　篠藤感惑／篠藤契尖

## 1

「ややあ、待たせてしまったかね？　きみがあるき野記者でよかったかね。はるばる、未来都市東京から金沢へようこそと言ったところかね。しかしその甲斐はあったと思わないかね？　特にこの兼六園を前にしては……、いかがかね？」

　約束の時間よりも少し遅れて、漆塗りのように黒塗りの自動車で現れた二代目邊邉斉齋斎こと篠藤感惑は、年齢を感じさせない豪快さで、ぼくに握手を求めてきた。ボディーガードっぽいお供の人達の視線が痛かったが、しかし握手を求められて断るのも失礼だろうと、ぼくはその手を握り、

「初めまして。お初にお目にかかります、あるき野道足です」

　と自己紹介をした。

「お忙しい中、時間を割いてくださってありがとうございます。今日は勉強させていただきますので、どうぞよろしくお願いします」

「はっはっは、なかなかの好青年ではないかね。しかしまあ、こっちは勉強できないがね」

「？」

　ウイットの意味を少し判じかねたが、『勉強する』＝『代金をおまけする』という、商人用語らしい……、こちらに緊張を強《し》いることのない砕《くだ》けた態度はありがたいが、しかし、その分威厳《いげん》はなくなって

いるな。

名こそ先代から継いでいるとはいえ、事実上、一代で法人としての邊邉斉齋斎を、金沢有数の金箔会社に成長させた手腕は、なんだかんだ言いつつ敬《うやま》うべきだと思っていたのだが……、例の虎春花のドレス以上に金の刺繍で飾られた袴《はかま》姿は、お世辞にも上品であるとは言いにくい。

サングラスをかけていることもあって、社長と言うよりイメージキャラクターみたいだ。白髪交じりの長髪を後ろで結んでいて、和服よりアロハ服のほうが似合いそうである。娘の壁璧ちゃんも、バイトで加賀友禅を着ていて、たぶん店の方針での、観光客向けのアピールだと思っていたのだが、感惑氏の格好は、地元の変人というイメージである。

名物社長というくくりで言えば、まさしくとも思えるが……、ビジネスパーソンに成功の秘訣《ひけつ》を教えてもらうという、建前の企画の趣旨からは、早くも外れつつあった……。

このコーディネートを目指せとは言いにくい。

ぼくも一応、富裕層への取材にあたって、失礼にならないくらいの服装をしてきたつもりだったが、これならTシャツに短パンで来ても、問題なかったかもしれない。元々、二代目邊邉斉齋斎への取材は別の場所でおこなう予定だったのだが――プライバシーが確保できる、開店前の寿司《すし》屋の個室を借りて、おこなう予定だった――、急遽《きゅうきょ》あちら側から、

「写真撮影があるのなら、兼六園がいいんじゃないのかね？」

という提案があった。断れない提案が直前に入るなどよくあることなので、そこは承諾させてもらった。

ぼくも、兼六園に来られるものなら来たかったし……、ただし、ドタキャンは寿司屋の店主に申し訳が立たないので、そちらの個室には、名探偵と警部補に行ってもらった。ぼくからの、待葉椎警部補へ

の昇進祝いだ……、フランス貴族にも、是非、日本文化のＳＵＳＨＩを楽しんでいただきたい。

ノドグロでもフグでも、お気に召すまま。

まさかあいつも、寿司屋でスイーツを注文しまくるというような振る舞いはすまい。信用してるぞ。

元々、さすがに取材にまで同行しようという気は、横暴極まる名探偵にもなかったようだけれど、しかしこうして確実に距離を取れたという保証があれば、ぼくも少しは取材に集中できる。

と言うか、仮に取材がなくとも、あるいはぼくが二代目怪盗フラヌールでなくとも、今は虎春花や警部補に、腹を探られたくない。

痛くもない腹と言いたいところだが、はっきり言って、かつてない胃痛にぼくは見舞われている……、きりきりどころかぎりぎりだ。昨夜、東尋坊おじさんについた嘘の数を思うと、金塊の角で頭を打って死にたいくらいである。

好ましくない。

まあ美ら海水族館のジンベエザメはいずれ返すつもりだったから、メールの予告状に書いたことはまるっきりの嘘というわけじゃないのだが……、それにしたって、殺人犯・土金ポワレがこの地にいることを秘匿するのはつらかった。

犯人隠避罪である。

結局、閉館時間を前に、彼女が希望したブックリウムという空間に『音もなく』送ってから本館に戻ったので、その後のポワレちゃんの動向は知らない……、鈴木大拙館で、怪人デスマーチと合流したのかもしれないが、たぶん、合流地点は別の場所だろう。

あの弟は、21美に行くかどうかも怪しいくらいだ。

当然ながら、東尋坊おじさんに言わなかったことを、虎春花や待葉椎警部補に言うわけもなく。

父や自分の正体を隠すことだけでもいっぱいいっぱいだというのに、どうして弟や殺人犯まで庇《かば》わねばならないのか……、犯罪とはとかく、割に合わないものである。

嘘が嘘を呼ぶ。

だが、今更計画の変更もできない……、と、そんなわけで、金沢小旅行の二日目は、こうして兼六園から始まるのだった。

「いやそれにしても、某《それがし》を驚かせてくれるではないかね。あるき野記者。まさか某《それがし》の娘と、昨日、きみが会っておったとは」

「ああ、いえ、会ったというほどではないんですが。お店で丁寧に接客していただいただけで」

某《それがし》？　変わった一人称の一族か？

初代邊邉斉齋斎の一人称はなんだったのだろう……、おじさんに訊いておけばよかったかな。

「そうかね、そうかね。親馬鹿で失敬、娘が褒められるのは、いつまでたっても嬉しいものだがね。某《それがし》の育てかたは、間違っていなかったかね」

自慢げだったが、その育てかたというのは、娘に、最低限以上の学校教育を与えないというものだっけ？

まあ、学校教育が絶対善という考えかたも、ぼくのような、のほほんとした大卒の意見でしかない。

それで結局、犯罪者になっちゃってるんだから。

「それでは兼六園の中に這入ろうかね。かねてより見たかったのではないかね？　ああ、彼らのことは気にせず。インタビューや撮影のときは、遠ざけておくから安心だがね。某《それがし》のような金持ちになると、ひとりで外出することもままならないのだがね」

「はあ」

やはり運転手を含めて、数人のお供はボディーガードらしく、一定の距離を取りつつも、ぱりっとした背広姿の彼らは、ぼく達ふたりについてくるのだった。

はらはらするね、怪盗としては。

逆に言うと、寿司屋の個室には収容し切れない人数なので、場所を兼六園に変えてもらったのはよかったかもしれない……、まさか、直前で場所の変更の申し出があったのは、クライアントをガードしやすいように？

いくら二代目邊邉斉齋斎が富裕層でも、兼六園の中でどうこうしようなんて輩はいないだろう。名物社長のただの気まぐれを穿ち過ぎかもしれないけれど、一方で、初代が怪盗の被害に遭い、その後、非業の死を遂げているとなると、当然の配慮という気もするのだった。

感惑氏にしてみれば、母親の死にだって、殺人の疑いがあるのだから——いや、養子の感惑氏にとっては、籐藤毒苺刀自は、会ったこともない人間か？

刀自というのも間違いだ。

五十年前なら、おそらく二十代くらいで亡くなっている——テトロドトキシンで。

「…………」

さっきの物言いからして、ぼくが壁璧ちゃんから、彼女のおじいちゃんとおばあちゃん——つまり、感惑氏の、形式上の父親と母親がどんな風に死んだかを教えてもらったことを、もちろん、二代目邊邉斉齋斎は、娘から聞いているだろう。

父子家庭で、聞いているだろう。

だからそこは取り繕わなくていいし、逆に言うと、話が早いことに恐らく壁璧ちゃんは、怪盗フラヌールが金箔本を籐藤家に返そうとしているという情報があるとぼくが話していたことを、父親に黙っておく理由がない。

金沢のビジネスパーソンを広く世間に紹介するという企画は本人を前に崩壊したが、しかしぼくの真意は、もう伝わっているわけだ……、真の真意までは伝わっていないまでも。

「きみのことは調べさせてもらったがね、あるき野記者」

兼六園に入って、しばらく散歩したところで、そう切り出してきた。このあたりのタイミングは、生き馬の目を抜く観光業界を生き抜いてきた、立志伝中の人物という感じで、どきりとした。

「と言っても、ネットで検索した程度だがね。きみも某《それがし》のことを、そうやって知ったのかね？」

「いやあ、生きている人間の名前は、ネットで検索しないことにしています。取材はやっぱり、指よりも足でするものだと心がけていまして。そう父から教えられました」

「きみの名前で検索すると、怪盗フラヌール専属記者と出てきたがね」

そりゃそうだろう。

ネット検索を軽んじるようなことを言ったものの、そのネットで記事を書いているのが、あるき野道足だ。嘘をつかなくていいのは罪悪感がなくて楽だが、企《たくら》みを見抜かれるのは、無能の気分を味わわされてしんどいな。

「どうかね？」

「え？」

「兼六園は。この風景、別世界に迷い込んだかのように、素晴らしくはないかね？」

まるで兼六園を自分の庭みたいに語る感惑氏だった……、まあ、それは地元愛の強さゆえと捉えるべきか。

さっき感惑氏は東京を未来都市と称したけれど、なんだかんだ言っても都会である金沢中心部にありながら、その喧噪から切り離されたような、静謐《せいひつ》な空間であることは間違いなかった。豪快な金持ちと下心のあるルポライターが、散策するのに相応しい場所とは言いにくいが、観光で来ていれば、さぞかし楽しめたことだろう。真意はともかく、惑惑氏は撮影のためにインタビューを受ける場所をここに変更したと言うが、確かに、カメラバッグから機材を取り出したくもなる――金箔本ではなく。

「いいですね。数々の作家が愛した土地柄の象徴のようでもあります」

昨日の石川県立図書館訪問の思い出に引きずられて、ぼくはそんなことを言った――結局、ポワレちゃんとの遭遇もあって、初代邊邉斉齋斎について閲覧するみたいなことはできなかったが。ちなみに、虎春花は木々高太郎に関する文献に当たった結果、木々高太郎自身は、推理小説という言葉の発案者みたいに言われるのを苦々しく思っていたらしいという情報を入手していた。

ためになるね、図書館は。

「北大路魯山人《きたおおじろさんじん》や竹久夢二《たけひさゆめじ》も、石川県にまつわる作家なんですよね？」

これは待葉椎警部補が、企画展示コーナーから仕入れてきてくれた情報である。なんだろう、ぼくの仕事をやりにくくする二人組だと思っていたけれど、意外と活《い》きた情報を拾ってきてくれる。

惑惑氏は「詳しいじゃないかね」と、ご機嫌だった。

「もっとも、某《それがし》の一押しは永井豪《ながいごう》先生だがね」

「永井先生、石川県出身なんですか？」

「輪島に記念館があるがね。朝市のコースだから、帰りに寄ってみるといいがね」

帰りに寄れる位置関係じゃないでしょう、輪島は。

「花嫁のれんに乗って行くといいがね」

グランクラスを超える有名な金箔列車の名前を出してまで、永井豪記念館を勧めてくる……、しかし、花嫁のれんは輪島までは運行していないはずだ。それはネット検索した。それで知ったが、花嫁のれんとは、加賀の嫁入り時の、加賀友禅を用いた伝統文化だそうだ。図書館と同様、やはりネットも学びの場である。思わぬ知識が身につく。

「創作者という観点で見るなら永井豪先生は、魯山人や夢二にもまったく引けは取らないと言っても過言ではないがね。四大週刊誌に同時連載したことのある、唯一の作家だがね」

親戚《しんせき》みたいに語るな、永井豪先生を。

四大週刊誌って……、週刊少年ジャンプ、週刊少年サンデー、週刊少年マガジン、週刊少年チャンピオンのこと？

マジで？

「正確には、もう一誌加えて、五つの週刊連載を並行しておこなっていたのだがね。かくありたいとは思わないかね？」

「……アニメ『デビルマン』は配信で見ましたよ。漫画で読んだのは、『マジンガーＺ』ですね」

マジンガーＺは父の本棚にあった。

石川県立図書館には漫画も置いてあったが、永井豪コーナーがあったかどうかは見逃したな。

「何を格好つけているのかね、若者が。某《それがし》は『ハレンチ学園』が、今も愛読書だがね」

格好つけませんね、お父さん。

もうテープ回ってるんですけど……、記事になっちゃいますよ？

「結構だがね」

きっと『けっこう仮面』も愛読書なのだろう、そう頷く感惑氏だった。その傾向の書籍は、ぼくの父の本棚にはなかったな……、ぼくのそちら方面の教養は、『キューティーハニー』までである。まあたぶん、お艶が、子供の目の届かないところに隠していたに違いない。

少年誌での連載も多かったとは言え、だからと言って、全体的には、キッズエリアにコーナーを設けられるような作風ではない。

しかし、朝市のコース内に記念館があるっていうのはすごいな。

「あるき野記者。きみはさっき、お父上からの影響を語ったがね、某《それがし》は父である初代邊邉斉齋斎の堅苦しい芸術論を否定するところから、株式会社・邊邉斉齋斎を設立したのだがね」

お。インタビューっぽくなったな。

それを期待して、ぼくも父の教え云々《うんぬん》を語ったのだが、効果はあったようだ。まああれも嘘ではない。今回使用しているテープレコーダーも、父の遺品だ……、スマホに標準装備されているボイスレコーダーのほうが絶対に便利だが、しかし、今時カセットテープを使う記者に、好感を持ってくれる年配者は多い。

十代の若者も珍しがってくれる。

伝統を大事にしていると言うより、ルポライターのインタビューイに対する媚《こ》びである。父の遺品など、その程度の使い道しかない。

「父は間違っていたとは思わないかね？　あの男は、金をどこまで薄く延ばせるかにしか興味がなかったのだがね。薄さを競ってどうするのかね？　肝心なのは、それがどれだけ、お客様に行き届くかだがね」

職人と商人の、決定的な対立である。

実際に感惑氏が成功を、それも大成功を収めている以上、ただの反抗期とは言えないな……、どちらにも言い分はあるだろう。

「伝説の金箔師だとかもてはやされていたがね、某《それがし》から見れば、ろくに子育てもしない父親だったがね。跡取り欲しさに某《それがし》を養子に迎えたようだが、いい迷惑だったがね」

やや感情的に、歯をむき出しにして、感惑氏は言う……、ぎりぎりと軋《きし》らせる歯は、ぎらぎらした総金歯だった。

それこそ漫画のキャラみたいだ。

「……雉薙氏の養子に入られたのは、おいくつのときだったのですか？」

やや突っ込んだ質問だったが、別に隠してもいないようだし、ぼくは訊いた。

「また十にもなっていなかったがね。幼いうちから仕込まねばならないと思っていたようだが、幼心にも、父の教育方針は異常だったから、あまり真面目にはやらなかったがね」

「教育方針……、ですか」

璧璧ちゃんのことを、どうしても思い出さざるを得ない……、感惑氏のほうも含めて、他人の家の教育に口を挟むつもりはないのだが、しかし、あんまりそんな父親を、この人は反面教師にはできていない気もする。

社会勉強だと言って娘を金箔喫茶で働かせているけれど、バイトなら高校に行きながらでもできるだろうと考えてしまうのは、常識の押しつけか？　真の社会勉強なら、自身がオーナーの店じゃなく、他で働かせるべきだろうし……。

父親を反面教師にすることにかけては人後に落ちないこのぼくとしては、どうしてもそんな風に考えてしまうな。あんまり好きじゃないんだが——人間は自分が親から育てられたようにしか子供を育てられないみたいな考えかたは……。

虐待の連鎖を運命みたいに語りたくない。

「では、初代邊邉斉齋斎の黄金技術館も、閉めるべくして閉めたということですね？」

「むしろあれを閉めることが、二代目邊邉斉齋斎としての、某《それがし》の最初の仕事だったがね。あれこそ、まさに象徴だとは思わないかね？　芸術家気取りの人間国宝の、SNSのなかった時代の承認欲求の」

　永井豪記念館や松井秀喜ベースボールミュージアムとは天地の差だがね——と、首を振る感惑氏だった。確かに天地の差ではあるだろうけれど、それは兼六園と21美を比べるようなものではないだろうか？　どちらがどちらということではなく。

「……念のためですが、雉薙氏は、人間国宝には指定されていませんよね？」

「本人はその気概だったがね。実際、長生きしていれば、紫綬褒章《しじゅほうしょう》くらいはもらえていただろうとは思うがね」

　その辺は公平らしく、父親の腕を認めるようなことを言う感惑氏。他人の振り見てちょっと反省だな。ぼくは父を、全否定しがちだ。

「しかし逆に、長生きできなかったところが初代の限界でもあるがね」

「と、言いますと？」

「殺されてなくとも、どうせ長生きはできなかったろうという意味だとわからないかね？　養子を引き取っておきながら育児放棄をするような親だったから、セルフケアなんてできるわけがなかったがね。殺される頃には、不摂生で身体はボロボロだったがね」

　盗難被害に遭って引退に追い込まれたゆえに、ボロボロだったのは精神だったと思っていたが、身体もまたボロボロだったのか。職人と言えば聞こえはいいけれど、しかし金箔を引き延ばす作業は、圧倒的に肉体労働である。

　しかも二刀流だ。

「いやいや、だからでもあるんだろうがね、初代は酒飲みだったんだがね。煙草《たばこ》もぷかぷか吹かしていた」

令和じゃ死語みたいな擬音だな。

電子煙草じゃ、『ぷかぷか』は無理だろう……、感惑氏は、風貌《ふうぼう》からすると葉巻でもふかしそうだけれど、そういう言いかたからすると、非喫煙者らしい。恰幅《かっぷく》はいいが、健康面に関しては、父親を反面教師にすることに成功しているのかもしれない……、百まで生きそうだ。

「そうだがね。年に一回の人間ドックはかかしていないがね」

見習いたい。フリーライターの犯罪者は、なかなか健康診断を受ける機会に恵まれないのだ……、この点は、お艶から厳しく言われている。厳しく言われるのも心配されている感じがして好きなのだが、乳母の心労になるのも本意ではないので、いつかいかないと。

「本格的に身体を壊す前に殺されたのは、プライドの高い本人にとっては尊厳死のようなものだったかもしれんがね。もちろんあれでも父親だから、某《それがし》は、介護の準備は進めていたのだがね。都会の施設を見《み》繕《つくろ》っていたがね」

高齢の親を老人ホームに送り込むことを、親不孝のように言うのも旧時代のドラマツルギーだが、この場合、発言の真実味からしていかがかな。

本人が亡くなって十七年が経った今、なんとでも言えるものな。

「そう言えば……、先代が『殺された』のと、奥様が亡くなられたのは、時期がほとんど同じなのですよね」

「ほほう、よく調べているがね」

「いいえ、娘さんに聞いただけです。これこそネットでは出てこない知識でしょう」

「そうでもないがね。糟糠《そうこう》の妻の『美談』として、公表していた時期があるがね。もうそんな風潮ではないので、なんとなくやめてしまったが、某《それがし》が亡き妻に感謝しているのは、今も変わらないがね」

糟糠の妻、か。

確かに今風じゃないな……、それに、ぼくがこのタイミングで連想したのは、やはり、それが壁壁ちゃんから得た知識だったからである。

彼女は言った。

自分が殺したようなものだと。

「細かい時系列を確認させていただくと、雉薙氏が非業の死を遂げたのが先ですよね？」

「対外的にはそうだがね」

「違うんですか？」

妻の死が先なのかと思ったが、そういう意味ではなく、「非業の死ではなく、天罰覿面の死だがね」と感惑氏は、表現の部分を訂正した。死者に対してそれはないんじゃないかと思ったが、よく考えたら、これはぼくも言っていた。

「順序はあっているがね。だからあの頃は大変だったがね。父と妻を同時に失って……、生まれたばかりの乳飲み子を抱え。まだシングルファーザーに理解のある時代でもなかったがね」

「それは令和でもそうです」

「そうかね？　某《それがし》の場合は、そんな逆境を、運良く、すべて商売道具に変えることができたがね」

商才というものなのだろう。

万人にできることではない。

とは言えそのために、平均的な苦労の、比ではない苦労をしたことは間違いないだろうが……、その結果が、壁璧ちゃんのホームスクールになったんだと思うと、ただ感心はできない。感心ならぬ、惑う心もある。

「……ちなみに、奥様のお名前を、伺ってもよろしいでしょうか？」

「娘から聞いておらんのかね？」

「ええ。訊きにくくて……」

あっけらかんと父子家庭と言っていて、本人にとっては、生まれたときからいない母親どころか、自分が殺したとさえ思い込んでいる相手なので、突っ込んでいいところかどうか、判断しかねた。ぼくも母親を亡くしているけれど、天使のような乳母がいたから、特にそこを気にしたことはなかった……、あるいは壁璧ちゃんも、まったく気にしていないから、あんな風に初対面のぼく達に、自分のところの家庭の事情をあけっぴろげにしたのかもしれないが。

「契尖《けいせん》だがね」

「けいせん？」

「籐藤契尖。それとも聞きたいのは戒名《かいみょう》のほうだったかね？」

いや、一瞬字面がわからなかっただけだ。

戒名を知ってもどうにもできない。

「なれそめなどを伺ってもよろしいでしょうか？」

「話してもいいが、つまらないんじゃないかね？　政略結婚とまでは言わないが、先代の決めた見合い結婚だったからね。その分、結婚披露宴は派手だったがね」

さぞかし金ぴかだったことだろう。

料理にはくまなく金箔が施されていたかもしれない……、ただ、花嫁のれんがおこなわれたかどうかは、そう聞くと、疑問だな。その際に使われた加賀友禅が実は今、壁璧ちゃんが着ている従業員制服なんです、なんて『美談』は期待できない。

「今の若者は知らないんじゃないかね？　見合い結婚なんて風習は」

「なくなっちゃいないでしょうけれど、今は、マッチングアプリだったりのほうが一般的ですね」

「アプリかね。ポイントアプリなら、邊邉斉齋斎グループでも採用しているがね。まあ先代から、名を受け継ぐ際の条件だったようなものなのだがね」

「条件？　ですか？」

お見合いが？

よくわからないな……、孫の顔が見たいなんて人間的な感情が、初代邊邉斉齋斎にもあったということか？

「若いがね、あるき野記者。先代は人間ではなかった。職人だがね」

「………」

「要するに、引き取った養子は後継者として落第だったから、さっさと結婚して、次の後継者作りに励《はげ》めという『親心』だったのだがね。某《それがし》は結婚願望とは無縁だったし、元がみなしごで、引き取られた先ではネグレクトだったからね。子供をもうけるつもりはなかったのだがね、しかし邊邉斉齋斎の名を受け継いだのちのビジネス・ビジョンが見えていただけに、その縁談をにべもなく断るわけにはいかなかったのだがね」

ここはそこまでおかしな話をしているつもりはないのか、飄々と語る感惑氏……、伝統工芸の世界では、そう珍しい問題ではないのだろうか？

後継者問題。

そのための結婚であり、そのための子作り……、結果として生まれたのが籐藤璧璧であり、結果として死んだのが籐藤契尖だと？　確かにぼくのような若い世代にしてみれば、下手をすれば殺人事件よりもおぞましい家族関係である……、そうなると、亡き妻・籐藤契尖にしても、庶民ではないというわけか。

「ああ。だから死後は少しだけ、親権で揉《も》めたがね。どうせ男親に子育てなどできまいと決めてかかって、娘を某《それがし》から奪おうとしたのだがね。まだ生まれたばかりの娘の顔を見ないうちに、妻の葬式に大挙して押しかけてきたんだがね」

「それは……、酷いです」

「札束《さつたば》で頬をぶっ叩いて、追い返したがね」

それも酷いな。

ぜんぜん美談が聞けない。

「そこからは男鰥《おとこやもめ》でも、娘を育てることくらい余裕だということを示すための戦いだったがね。亡き妻に対する愛情は、はっきり言ってなかったがね、こんな某《それがし》でも、生まれた娘に対しては、愛おしいと思う気持ちが生まれたのだがね」

それもあるいは、先代に対する敵愾心《てきがいしん》だったのかもしれない……、男鰥で、ろくに子育てのできなかった初代邊邉斉齋斎と違って、自分には子供を育てることができるぞという。

しかし、その結果は……。

「世間の常識に縛られることなく、立派に育ったのだがね。今はまだバイトだが、いずれはあの喫茶を、まずは任せてみようと思っているのだがね」

ん？

あれ、ちょっと話が違うな……、それじゃあまるで、将来的には邊邉斉齋斎の名を、壁璧ちゃんに継がせようとしているようである。しかし本人は、三代目邊邉斉齋斎を襲名するつもりはないと断言していた……、認識の齟齬《そご》が生じている？

昨日の壁璧ちゃんとの会話は、父子家庭で完全に共有されているとここまでぼくは思い込んでいたが、しかし、考えてみればティーンエージャーの娘が、父親とすべてを共有するはずがない。反抗期のない子のほうが危険だと言われるほどだ。まあぼくは生前の父に対しても、また乳母に対しても反抗期のない長男だったので、これがガバガバの理論であることは間違いないけれど、しかし十七歳で異性の父に隠しごとがないというのは、ええと……。

そう。

毒が含まれている。

世間の常識に縛られることなくというのは、学校教育を否定したことを言っているんだろうけれど、基本的に感惑氏の教育方針は、『商売人を育てる』ことにあるように思う……、つまり、社会勉強だなんだと言いつつ、しっかり後継者を育成しているのか？だとすれば、外の世界で働かせるのではなく、あくまで自分が経営権を持つ店で『お手伝い』をさせていることにも説明がつく……、なんのことはない、あれは将来のための修業か。花嫁修業でないだけ、いいのかもしれないけれど……、後継者を育てようとしている時点で、自身の父親とほぼ変わらない。後継者側に、後継する意思がないことまで含めて……、なんと言うか、うまくいかないものだな。

歯車がうまくかみ合っていないと言うより、最初から種類の違う歯車を、無理矢理かみ合わせているような家庭環境だ。それで言うとぼくなんて、あれこれ言いつつもしっかり父の跡を継ぎ、二代目怪盗フラヌールを襲名しているのだから、思《おも》う壺《つぼ》なのかもしれない。

　父の。

　あるいは……、お艶の。

「気が向いたら、娘のことも記事にしてやってくれないかね、あるき野記者？　未来の経営者の姿を記録しておくのも、後世のためになるかもしれないとは思わないかね？」

「ええ……、そうですね、将来のことなんて、誰にもわかりませんからね。ところで、感惑さん。そろそろ、本題に入ってもよろしいでしょうか？」

「おや、そうかね？　某《それがし》は、ずっと本題のつもりだったがね？」

　確かに、すべてが本題である。しかしまだ中核に触れてはいない……、本格的な商談に入る前の探り合いだ。それはそれで有意義でもあったが、このままでは籐藤家の二世代に亘《わた》る子育て談義を聞いているだけで、兼六園を一周してしまう。

　昨日の石川県立図書館キッズエリアでの会話もそうだったけれど、つくづく、場に相応しくない会話をしていると思う……、この静謐な雰囲気の中、自撮り棒のスマホでかしゃかしゃ写真を撮りまくっている観光客のほうが、まだしも空気になじんでいるくらいだ。

「わかっているとも、あるき野記者。確かにそちらが本題だ、本だけにだがね。さんざん一族の内情みたいなものを語ってしまったけれど、所詮、あの伝統親父《おやじ》が子供のように思っていたのは、己の作品だけだがね。中でも怪盗フラヌールに盗まれた金箔本は、もっとも出来のいい息子だったのだがね」

　作品が盗まれたと言うよりも。

　実の息子が誘拐されたようなものだったのだがね——と、養子の息子は金色の歯をむき出しにした笑みを浮かべて言うのだった。

「先代の嘆きよう、取り乱しようと言ったらなかったがね。好感度を気にせずに言わせてもらえれば、胸の空くような思いだったがね。それに、もしかしたらという期待もあったがね」

「期待？」

「これで父も目を覚ますんじゃないかという期待だがね。どんなに心血を注ぎ、どれほど魂を込めた作品であれ、所詮は物体である以上、盗まれたり壊されたりしたらおしまいだがね。それに比べれば、家族の絆《きずな》は――」

いったん言葉を区切り、

「――そちらも、殺されたり壊されたりしたら、おしまいだがね。でもまあ、万が一の確率で、子供の頃には望むべくもなかった親子関係みたいなものをもしかしたら取り戻せるんじゃないかと、そう期待したんだがね」

と、感惑氏は更に金歯をきらめかせた。

「とんだ期待外れだったがね。金箔本を盗まれた父は、結局、精神的に回復することもなく、結婚と子作りという条件をつけたとは言え、あれほどこだわっていた金箔師・邊邉斉齋斎の名を某《それがし》に禅譲したがね。某《それがし》に、金箔を作る才能も技術もないことを承知の上で……、ぞっとするがね。もしもあのモンスターペアレントならぬモンスターシングルファーザーが、孫である壁壁の教育に携わっていたならと思うと」

「そうですね」

現状と大差ないんじゃないかという気もしたが、ぼくは、ここは黙って聞き流すことにした。

教育方針に話題が戻るのは好ましくない。今となってはそうではなく。

「怪盗フラヌール専属記者であるというぼくの肩書きをご存知であるなら、既にお嬢さんからお聞き及びだとは思いますが、その金箔本を、怪盗フラヌールは返却しようとしているようです。筋合いから考えると、二代目邊邉斉齋斎であるあなたに返す可能性が高いと思われるのですが」

「そうかね？　そうだろうかね。その繋がりのお陰でビジネス上の大成功を収めたことは否定できないけれど、災《わざわ》い転じて福と成すことばかり考えていただけで、感謝したことはなかったがね。ただし、金箔本の受け取りを拒否するほど淡白ではないがね」

「返却を受け入れるんですか」

「意外かね？」

「いえ、一般的に、拒否するかたも多いということです。昔盗まれたお宝を、改心したのか悔い改めたのか知りませんけれど、のうのうと返してくる大犯罪者の態度が鼻持ちならないと感じるようです」

自分で言っていて、返す言葉もない。

ぼくも同じように感じるかもしれない。物質的なものではないが、たとえば、父が怪盗だったと知ったときの喪失感が、なんらかの形で埋め合わされたとしても——実は父にも事情があって、やむにやまれず怪盗仕事に手を染めていたのだと知らされても——今更そんなのどうでもいいと思うだろう。

聞きたくないとさえ思う。

犯罪被害にあった事実に、時を経てなんとか折り合いをつけたというのに、向こうの反省とか、情状酌量《しゃくりょう》とか、そんなので古傷を開かれるような手術をされるなんて、損得じゃなく、抵抗が生じるというのは、むしろまっとうな感性である。

「損得でしか某《それがし》は考えないがね。先代に対しては、今となっては、何の感情もないからかね。先代とは違う道を歩み、成功を収めた。二十年前ならまだしも、某《それがし》の先代に対する復讐は、もう終わっているのでだがね。むしろ、怪盗フラヌールが邊邉斉齋斎の最高傑作である金箔本を美品状態で返してくれるのであれば、それを元手にもう一儲《ひともう》けできるのだから、墓前に線香くらいは立ててやってもいいと思うがね」

「すぐに売るということですか？」

「転売にはあたるまいがね、元々、籐藤家の持ち物なのだから。もっとも、すぐにオークションにかけるほど、某《それがし》も即物的ではないがね。俗物であっても、即物ではないがね」

「………」

「むしろ、法人としての邊邉斉齋斎の名がここまで大きくなった今こそ、再開すべきかもしれないがね。黄金技術館……、否、邊邉斉齋斎技術館を」

「あなたが潰した技術館を、あなたが再建しようと言うんですか？」

「わだかまりがなくなった証拠だがね。いちから建てるというのであれば御免被りたいところだが、館自体を破壊したわけではないのだがね」

「ええ……、それは存じてます」

昨日、おじさんから教えてもらうまで知らなかったが。

虎春花が言うように、跡形もなくなっているとまでは思っていなかったけれど……、今から言っても仕方がないが、あらかじめ知っていればその空き家に、金箔本をこっそり返しておくという横着も、選択肢には入ったかもしれない。

「怪盗フラヌールからの返却があったとなれば、観光客もどっと押し寄せること間違いなしだがね。きみも記事にしていたがね、水深美術館だったり、松山のダムだったりは、土地土地の新しい名所扱いだがね」

いじってきますか、そこを。

まあ、秘境ダムツアーなんて組まれてしまっては、道後温泉好きの逆鱗《げきりん》に触れてしまっても文句は言えない。

「当然、先代と同じ方針で、館を運営するつもりはないということだがね。内に閉じこもったりせず、観光客の誘致に全力を尽くすつもりだがね。そのときは是非、きみにも協力してもらいたいものだがね、あるき野記者。金箔は輝いてこそ価値があるとは思わないかね？」

「ええ……、そうですね。読めない本に、価値がないように」

ぼくは言った。ここを先途と。

「それでお訊《たず》ねしたいんですけれど、感惑さんは、先代邊暹斉齋斎の金箔本の中身を、把握していますか？」

「ん？　どういう意味かね？」

「いえ、あなたが金箔本の正当なる後継者であると、お嬢さんがそう仰っていたように、ぼくもそう思うんですけれど、しかし怪盗フラヌールは、所有権の証明を求めてくるんじゃないかと思いまして。なにせ神経質な怪盗のようですから」

「怪盗なのに神経質なのかね？」

「侵入するときに、鍵がかかっているかどうか、何度も確認するようですよ。本人確認じゃあありませんが……、あなたが現・邊暹斉齋斎であるなら、それを証明するためには、本の中身を当ててみろなんて、そんなクイズを出題してくる可能性があるのです」

「呆《あき》れるがね。まるで役所ではないかね」

と、感惑氏。

「十七年前、父と妻を亡くしたときも、そうだったがね。銀行の口座を開くとか、各種契約を打ち切るとか、大変だったがね。暗証番号やパスワード、必要書類を、家中引っかき回して探したがね。それこそ、潰れた館の相続は、一苦労だったがね。あの苦労を繰り返すことになるのかと思うと、なるほど、受け取り拒否をしたくもなるがね」

「ええ、盗人猛々《ぬすっとたけだけ》しいとはこのことです。ぼくも怪盗フラヌール専属記者として怒りを禁じ得ません。でも、中身を知っているなら、それを言ってやればいいだけのことですよ」

「知らないからうんざりするのだがね。あの父が某《それがし》を、自身の最高傑作に近づけたりするわけがないんだがね」

苦々しい顔を作る感惑氏だった。

わだかまりが解けているようには見えない。

「非常に個人的なぼくの予想を述べさせていただきますと、虎の巻みたいに、中には金箔作りの秘伝が記されているんじゃないかと推理しているんですが、どう思いますか？」

「秘伝……かね」

「宝の地図とか、遺言書とかって予想もあります。可能性は低いですけれど、地元ゆかりの小説家の、写本っていう線も」

「ふん。さしずめ永井豪作品の愛蔵版なんじゃないかね？　中身が金箔に刻印された『ドロロンえん魔くん』だったら、いつかあの世で和解してやってもよいのだがね」

考えもしなかったが、そういう線も、ありえないわけじゃないのか？　『読めない本』をセキュリティだと、ポワレちゃんは表現したけれど（そう、出典を明記しておくと、虎の巻というのはあの殺人犯のアイディアである）、他人に読まれたくない本、あるいは読んでいることを知られたくない本というのは、誰にだってあるわけだ。『ドロロンえん魔くん』は、まだ児童向けと言っていい印象だが、それが『けっこう仮面』ならどうだろう？

あるいは、だからこそ、怪盗フラヌールが、その金箔本を盗んだという発想は？　お艶がどう思うかは定かではないが、江戸時代の絵師が描いた春画だって、今はアートとして捉えられている。ゆえに、そうだったとしても、金箔本の値打ちが著《いちじる》しく暴落するということはない……、どころか、アート市場では急騰する可能性さえある。永井豪作品に限定せず、広く、そちら方面に思索を巡らせるべきかもしれない。

　読んだ本や持っている本を恥ずかしいなんて、本来、思うべきじゃないのだが、それでも、恥じらいは必要だ。

　どうも本の中身を、お堅い頑固職人の作品だからと、ここまで縛り過ぎていたように思う。秘伝にしろ、遺言書にしろ……、何かの写しだとしても、つい、室生犀星や泉鏡花に囚われていた。職人もまた、生きた人間であるということを思い出すべきだ……、たとえばぼくが、すさまじい乳母好きであるように（自覚はある）、初代邊邉斉齋斎の秘めるべきプライバシーが……、だとしたら、たとえ息子であれ、その内容を把握しているはずがないとしか言えない。

　社会勉強中の孫娘など尚更だ。

　まして……。

「ビニールでラッピングしたり、成人指定したりするよりも、よっぽど効果的なゾーニングだがね。触れたら壊れる本を自作するなんてのは。もしもそんな内容だったら、それこそ展示に値するがね。伝説の金箔師の、そういうスキャンダラスな一面を、観光客は見たがるとは思わないかね？」

「……確執があるのはわかりますが、死者の名誉を汚すようなことをするのは、よくないと思いますよ。冒瀆《ぼうとく》にあたります」

「そうかね？　本当にそう思うかね？　偉人の極めて個人的な手紙を、博物館は展示しがちではないかね？」

「父親に恥をかかせたいのかもしれませんが、息子であるあなたも、そのときは恥ずかしい思いをすることになるんじゃありませんか？」

「構わないがね。それが銭になるのであれば――金になるのであれば」

なるほど。

それが、現邊邉斉齋斎の意見か。

あるいは――籐藤感惑の意見か。

じゃあそろそろ、別の視点からの意見も聞かせてもらうことにしよう……、兼六園も、これで半周した。本題にも入ったし――深入りしたし、残り半周は、モードを変える。ルポライターとしての、あるき野道足の皮を脱ぐ。

ここからはテープを回さない。

「では、感惑さん。これがぼくからあなたへの、最後の質問になりますが、よろしいでしょうか」

「ほほう、何かね？」

「その猿芝居をいつまで続けるつもりだ、軍靴？」

# 第七頁　あるき野軍靴

## 1

「猿芝居は酷いな、兄さん。遠巻きに見ているあのお供達は、全員おれが二代目邊邉斉齋斎であると信じているっていうのに」

　籐藤感惑の姿をした弟は、不満そうにそう言って、後ろを振り返り、軽く手を挙げたりしてみせる——その堂々とした立ち居振る舞いは、確かに、周囲の観光客のみならず、部下すら、完全に騙しきっている。

　総金歯でロマンスグレーの豪快な金持ちが、実はまだ二十歳前後の若者だとは、思いもしていない。恰幅のいい体格も、あり過ぎるくらいの貫禄《かんろく》も、あるいは外見年齢相応の体臭さえ、すべて見せかけのそれであることに、思いもよらない。

「ふん。確かに失礼だったかな。猿に」

　ぼくは肩を竦《すく》め、そのまま歩を進める。別に、のこのことインタビューの現場に現れた二代目邊邉斉齋斎の正体を見抜いて、いい気になるつもりもない。

　こんなのは当然だ。

　家族なのだから。

「兼六園に場所を変えたのは、本物の籐藤感惑と遭遇しないようにかい？　だとするとまずいな。ぼくはルポライターでありながら、取材対象との約束をすっぽかしたことになる。信頼にかかわるぜ」

「そこは心配しなくていいよ。兄さんの仕事を邪魔しようってわけじゃないんだ。表のほうの分は」

ゆったりとした歩調で、軍靴はぼくに並ぶ。こんな変装は看破できて当然みたいなことを言ったけれど、いや、全然わからないな。

正直、見た目じゃ判別できない。

エンターテインメント精神に富むお偉いさんが、ぼくのジョークに合わせてくれているんじゃないかとさえ思う。

「これでも評価しているんだよ。兄さんの、記者としての才能は」

「弟に評価されてもね。お前に記事の何がわかるんだよ」

「じゃあ、兄さんに変装の何がわかるかって話さ。一応、確認させてもらってもいいかい？　どうしてバレた？」

声色も滕藤感惑のままだ。おそらく、さっき止めたテープを声紋分析にかけても、本人と寸分違わぬ結果が出ることだろう。

反則級の演技力である。

幼い頃から小規模ながらも事務所に所属し、芸能の世界で揉まれてきたというだけでは説明がつかない――と言うより、ここまで『自分』を消して、老若男女にかかわらず、他の誰かに成りきれる、成りきれてしまう人間は、むしろ役者としては大成できまい。

弟のレッスン料を惜しみなく出資していた父が交通事故死して、更にそのレッスン料が実は犯罪で得た収益だったと判明したことで、大手事務所への移籍が内定していた弟は、演技の道を放棄し、失踪した――はずなのに。

今はこうして、怪人として。

怪人デスマーチとして。

「昨日、ポワレとお喋りしたからってだけの、山勘かい？　それとも記者の勘なのかな、父さん譲りの。まさか家族の絆なんて言わないでくれよ、兄さんが」

「ポワレ？　あの子をそんな風に呼び捨てにしているのか？　なんだか気持ち悪いな、弟」

「大学の教員まで務めていた彼女のことをポワレちゃんなんて呼んでいる兄さんのほうがよっぽど気持ち悪いよ。殺人犯だろうとなんだろうと十代の女の子だと、庇護《ひご》対象だと思っている証拠だ」

「それに比べてお前はあの殺人犯を対等なパートナーだと思っているって？　怪人さまとか呼ばせておいて、何をほざいているんだ」

「あれはポワレが勝手に呼んでいるんだ。からかわれてるようなものさ。おれも恥ずかしいよ」

恥ずかしいなら名乗るなよ、怪人デスマーチだなんて……、そもそも。怪盗フラヌールも大概なのだが、お前はそれを、自分で考えたんだろう？

「で、なんでわかったんだい？」

飄々と、二代目邊邉斉齋斎を演じ続けつつも、やはり己の中核である変装術を見破られた理由は確認しなければ気が済まないようで、そこにこだわってくる軍靴……、まあ、こういう名探偵みたいなことは、本当はしたくないのだが。

虎春花なら、もっと早く見抜いていたかな？

「怪盗フラヌールが盗んだ、初代邊邉斉齋斎の最高傑作」

「うん。父さんの盗んだ金箔本がどうしたの？」

「怪盗フラヌールのことを、父と思うかどうかというのは、お前とは見解の相違があるよな。お前はあの犯罪者を崇拝しているが、ぼくはあんなクズは父でも何でもないと言いたい」

「兄さん」

「同じように、初代邊邉斉齋斎の最高傑作を、金箔本と呼ぶかどうかは、人による……、と言うか、本来は『無題』であるあの本をそう呼んだのは、名探偵涙沢虎春花が初めてだ」

昨日の北陸新幹線の中で、さらっと思いついたみたいに、東京ばな奈を食べながら、そんな本質を突いた、それでいてシンプルなネーミングを、虎春花はおこなった。盗品博物館の館長であるお艶は、勝手にタイトルをつけたことを快《こころよ》く思っていなかったようだが、名前がないというのはやりにくかったので、ぼくはそれを採用した。

もっとも、ぼくと虎春花の間でだけ成立した符号みたいなものだったので、外部の人間に対してはいちいち、説明が必要だった。待葉椎警部補に対しても、壁璧ちゃんに対しても、東尋坊警部に対しても、ポワレちゃんに対しても。

逆に言うと、決定的におかしいのだ。

感惑氏のほうから、盗難被害に遭った作品に『金箔本』なんて言葉が出てくることは——

「なんだよ、それ。そんなの、単純に、娘の籐藤壁璧から聞いたんだと判断するべきだろう」

「しかし、どうやらこうしてインタビューを進めていると、感惑氏は娘との意思疎通が、そんなツーカーと言えるほどじゃないみたいだったしな。特に将来のヴィジョンに関する行き違いは顕著だった。そこへ行くと、ポワレちゃんとお前は、情報を完全に共有しているようだった」

二代目怪盗フラヌールの正体どころか、初代怪盗フラヌールの正体まで——家族の恥をシェアしていた。

お艶のこと以外は。

ぼくからすればたまったものじゃない。やめてくれと言いたくなるほどの一心同体ぶりだ。

対等なパートナー。

あるいは――同胞。

「だから、惑惑氏が壁璧ちゃんから伝え聞いた可能性よりも、愚弟が殺人犯から伝え聞いた可能性のほうが高いと踏んだ。軍靴だけに」

「結局、ほぼ勘じゃないか。だったら潔く認めたりせず、とぼけたほうがよかったかな。次からはそうしよう」

まあ、ぼくに言わせれば、反省点はそこではなく、演技プランが徹底し過ぎていたことのほうにあると思う。

なりきりが過ぎるのも善《よ》し悪《あ》しだ。

娘とのすれ違いを、あのレベルで再現する必要はなかった……、『娘の気持ちをちゃんと理解している父親』を演じればよかったのだ。しかし、軍靴にはそれができなかった。

前回の変装時もそうだったが。

モデル通りの演技しかできないというのが、あるき野軍靴の演技力――怪人デスマーチの変装の神髄でもあり、また弱点でもあるのだった。

育児放棄の父親を演じるときは。

育児放棄の父親にしかなれない。

金箔本について口を滑らせたのは、ミスと言えばミスだが……、そこにはミスをするだけの理由があった。裏付けと表現してもいいけれど……、必然性か。

「はまり役ではあったがね。あて書きかと思ったよ。家族間の軋みを、とてもよく表現できていた。将来、そういう男になるんじゃないのか？　お前は」

「兄さんのほうこそでしょ。父親に対するコンプレックスは、もう慼惑氏がモデルと言うより、あるき野道足がモデルだったよ——いい下敷きだった。いや、兄さんのファザコンっぷりを演じることは、おれでも無理だろうね。お墨付きだよ」

「ぼくとお前の、どちらのほうがファザコンか。その判断は、のちの歴史家に委《ゆだ》ねようじゃないか」

そんな不毛な議論をするために、テープを止めたわけじゃない。わざわざこうしてマウンティングするために取材を中断するほど、弟に対する感情もない。

少年時代ならまだしも、お互い、もう大人だ。

まだ十七歳の——あるいは五歳の——妹に対してならともかく、独立した成人である軍靴の生きかたに、あーだこーだと口出しする気もないし、正しい道に導いてやろうとも思わない。たまにはお艶に顔を見せてやれと思う程度だが、見せる気がないのなら、それはそれでいい。乳母をぼくに独占させてくれるなら、文句はない。

感謝したっていいくらいだ。

だから極端な話、ぼくはあのまま、『二代目邊邉斉齋斎こと籐藤慼惑』に対するインタビューを続けてもよかった。それで証言を引き出す方法もあった。軍靴はさっき、記者としてのぼくを褒めたが、それを言ったら、この弟の役作りに関しては、厳しい目を持つぼくも、認めざるを得ない。

本人よりも本人らしく完コピする。

おそらく、永井豪作品に耽溺《たんでき》しているという、人間性の根源みたいな部分まで含めて、慼惑氏の慼惑氏たる所以を、調べ尽くしているはずだ。記者の下調べを凌駕する。四六時中ぴったり張り付いているボディーガードのお供達の目を欺いていることは、はっきり言って、実の兄であるぼくを騙すよりも難しかろう。

　だから、ぼくが感惑氏から聞き出したいと思うようなことは、全部、軍靴が答えてくれる。感惑氏を演じている間なら……、逆に言うと、その正体を見抜いてしまった今、もう軍靴からは、滕藤感惑絡みの情報は聞き出せないということでもある。

　それで構わない。

　本の中身を知らなかったという時点で、もう感惑氏へのインタビューは、終了したも同然だった——二代目邊邉斉齋斎の、ビジネスパーソンとしての経営方針を聞き続けても仕方がない。ぼくに起業する予定はない。

　それよりも、弟との会話が必要だった。

　あるいは、怪人デスマーチとの。

　真の姿なき犯罪者との。

「そうやって、感惑氏の姿をまとってぼくの前に現れることで、あわよくば金箔本を楽に受け取ろうとしたんだろうけれど、その横着精神のせいで口が滑ったな。それがなければ、ぼくはうっかり、お前にお宝を渡してしまっていたかもしれないぜ」

「楽をするつもりはないよ。実際、楽じゃないよ。雰囲気で誤魔化しているけれど、この体形にするために、がっつり太ったからね。このあとのダイエットを思うと憂鬱だ」

「いやいや、こないだのより似合っているくらいだよ。怪人デスマーチの公式イラストは、その総金歯おじさんでいいと思うな」

「他人事だと思って」

「身内ごとだよ。犯罪は割に合わないな」

「じゃあ兄さん、何なら割に合うんだい？　初代の祖父も二代目の養子も、知らないところで三代目にされそうだった孫娘も、割に合わない人生だと思わないかい？」

「深いっぽいことを言うなよ、弟。お前は浅いんだから。父親の正体を知って、嫌になってすべてを投げ出して逃げ出しておいて、兄が不良債権の処理を始めた途端に手のひらを返して、自分にも分け前を寄越せと絡んできた弟。それがお前だろう？」

「キャラ付けしてくれてありがとう、兄さん。雑だけどね。人間の感情を、そんな風にわかりやすく表現できると思っているところが、兄さんの兄さんたる所以だね」

　うーん。

　やっぱり、こうして会って話すと、普通に口喧嘩《くちげんか》になってしまうな。マイクロアグレッションの応酬だ。前回は、命のかかっている状況だったから、不要にぴりぴりしてしまったという反省があったのだが……。今回は見た目が二回り以上年上の豪商みたいなおじさんなので、認知的不協和を起こしているというのもあるか。

　なかなか成立しないな、男兄弟の腹を割った会話が。

「単刀直入に言うと、軍靴。お前の意見を聞いてやっていいと思っている」

「へえ？　生まれて初めて、おれの意見を聞く気になったんだ、兄さん。ものすごい進歩だね」

「お前はどう考えているんだ？　怪盗フラヌールは、なぜ邊邉斉齋斎の金箔本を盗んだんだと思うか？」

　ぼくは訊いた。これを訊くために、感感氏に化けた弟の正体を見抜いたようなものである。

　理解しがたいことに、ぼくとは違う感性で父の怪盗行為を見ていたらしい弟は、その犯行動機に関して、独特の持論を形成している……、たぶん、失踪の末に身につけた自己防衛と言うか、そうやってメンタルを保っているのだと思う。

盗みなんかに身を窶《やつ》していたけれど、それには何か理由があって、自分の父親は本当はいい人なんだと思い込みたいのだろう。なんとかこじつけて、怪盗フラヌールを義賊だと信じたいようである。被害者のことをまったく考えない偽善的な解釈と切って捨てるのは簡単だが、その考えかたができなくて精神が崩壊し、ワシントンで入院中の妹のことを思うと、あながち、馬鹿馬鹿しい逃避だとも言えない。

それに、そんな妄想が、すべて的外れだとも言えない。先程『籐藤感惑』がコメントした、本の中身は永井豪作品なんじゃないかというアイディアは、実際、瞠目《どうもく》に値した。さすが一流の商人は、人心の機微を理解していると思わされた。

では怪人は？

怪人は何を想う？

「今回、父親の犯罪行為を、お前はどう擁護するんだ？　職人が人生を賭《と》して作った芸術品を盗むことで、怪盗フラヌールは、何から世界を救ったんだ？」

「父さんも、そういつもいつも、世界を救っていたわけじゃないだろうさ。ふう……、前の再会から時間も経ったし、兄さんもいろいろ経験したみたいだから、少しは成長したかと思ったけれど、相変わらず、人の心の機微がわかっていないままなんだね。石川県じゃなくて岡山県《おかやまけん》に行って、黍《きび》団子でも食べればいいのに」

弟から人間的な成長を測られたくはなかったが、ここで苛《いら》ついても仕方がない。その挑発は聞き流しておいてやろう。お艶に関する発言以外なら、大体は聞き流してやるさ。桃のように。

「お前よりは父のことはわかっているつもりだけどな。お前も一度、盗品博物館を観覧してみろよ。あの男の犯罪履歴を目の当たりにしたら、庇おうって気なんてまるっきりなくなるさ」

「父さんが怪盗であることまで否定しようとは思っちゃいないよ。犯罪者であることも、そりゃあね。しかし、怪盗であるからと言って、また犯罪者であるからと言って、父さんを全否定するのは違うと言っているんだ。今の兄さんがあるのは、どうあれ、父さんのお陰だろう？」

「それを言うなら、ぼくがこうなってしまったのは、そしてお前がそうなってしまったのは、父のせいだと言うべきだ。ふらのがああなってしまったのも」

「ふらのの現状には、言及しないでおこうじゃないか、兄さん。それがお互いのためだろう」

　都合のいい申し出だが、しかしそれはその通りである。

　紳士協定を結んでおこう。怪盗紳士協定を。

「犯罪で稼いだ金でぬくぬくと育てられたことに罪悪感をお持ちのようだけれど、しかし兄さん、冷静になってくれよ。自分でやってみてわかっただろう？　怪盗業なんて、赤字の極みだ。採算なんて取れない……、初代邊邉斉齋斎の芸術活動がそうであったように、美学としての盗みで、大儲けすることなんてできない」

「総金歯で言われると、説得力があるね。どうせなら語尾を『かね』にした金持ちキャラのまま、持論を展開したらどうだ？　アーティストの社会不適合性を認めろって？」

「違うよ。おれが言いたいのは、採算度外視の怪盗行為で、子供を三人育てることなんてできないってことさ」

「…………」

「おれ達を育てたのは……、兄さんの学費や、おれのレッスン料や、ふらのの育成代は、結局、ルポライター・あるき野散歩の稼ぎから出ていたんじゃないのかい？」

「たわけた言い訳をほざくぜ」

と言いつつ、意外と痛いところを突かれた気分になった……、確かに、ポワレちゃんが言うところの、『百万円盗むために一億円かける』怪盗の美学は、仕事としてはまるで成り立っていない。

採算度外視だ。

ロマンはあってもヴィジョンがない。

となると、犯罪資金でぼく達を育てたという見方は、一方的なのかもしれない……、軍靴もそれは、怪人としての、損得を超えた活動をしているうちに、気付いた事実ではあるのだろう。殺人犯を脱獄させるなんて犯罪行為を、どうこねくり回したところで、折り合いがつくはずがないのだから。

「……ルポライターに言わせれば、ルポライターとしての稼ぎだけで、三兄妹を裕福に育てられるわけがないだろう。乳母を雇うことだって難しいぜ。怪盗としてのめざましい活動以外にも、あちこちで銀行でも襲っていたに違いない。でないと、辻褄《つじつま》が合わない」

「怪盗行為をおこなうための資金集めとしては、そういうこともあっただろうね。だけど子供を、盗んだ金では育てなかったんじゃないのかな」

「そう思いたいんだろうけれど、一度口座に入ってしまえば、金に区別はつかないさ。そんな偽善は、家庭を利用したマネーロンダリングみたいなものだ。前に言っていた、ぼく達を育てるために父は盗みに手を染めていたって感動的な仮説のほうが、まだしも説得力があったよ」

「それもあると思う。両論併記だ」

「だとすると、結局、怪盗フラヌールは面白半分の興味半分で、黄金技術館から金箔本を盗み、籐藤家を破滅に導いたってことになるな」

「父さんが破滅に導いたわけじゃないだろう。そもそもあの家は破滅していたようなものだし、だから、むしろおれは、破滅も同然の籐藤家を救うために、父さんは職人の金箔本を盗んだんじゃないかと予想するよ」

　ほほう、思いのほかユーモラスな案を出してきたな、弟よ。叩き台にするつもりだったのだが、お前の案を、真面目に聞いてみたくなったよ。

　籐藤家の破滅を防ぎたかった？

「さっき、二代目邊﨤斉齋斎である感惑さんが、言った台詞を憶えているかい？」

「お前の口を借りて言った台詞のことか？　つまり、金箔本が盗まれることで、やっと本当の家族になれると思った、みたいな、情緒的な台詞のことか？」

「そう、それだよ。すぐに思い当たるくらいには、刺さる台詞だったわけだ。兄さんのような男の心にも」

「…………」

「言っておくけれど、あれは感惑さんの本音だよ。おれのオリジナルな役作りでもなければ、おれの口が滑ったのでもない……、金箔本が盗まれたことを、感惑さんは本当に喜んでいたんだよ。その意味じゃ、怪盗フラヌールに感謝さえしていただろうね」

　それは育児放棄をした父親が宝物を理不尽に失ったという不幸を、心から喜んだだけじゃないのか？　と感じてしまうけれど、しかしこれは弟の『役作り』の分野だ。取材やインタビューでは探りきれない部分まで掘り下げて、本人であることを体感しての結論だと言うのなら、傾聴すべきである。

　肯定できるかどうかはともかく。

「だから感惑さんは、口ではああは言いつつ、縁談に対しても、そう後ろ向きだったわけじゃないんだよ。跡継ぎを作るためって条件はあったにしても、妻子という家族を持つことに、そこまで抵抗があったわけじゃない」

「結婚願望はないんじゃなかったのか？　愛情もないと言っていた」

「それも本音なんだけれど、背中を押してもらえないと結婚できない人っていうのもいるからね。お見合いっていう強制力は、まあ国家戦略的には、よくできたシステムだったってことさ」

「ローカルアイドルだったお前が、国家を語るのか？」

「タレントが国家を語ってはならないって考えかたかい、兄さん？　有名人が政治的な立場を表明するなんて、海外じゃ当たり前だぜ」

「表明すればいいよ、有名人でも怪人でも。ただ、結果としてそんな婚姻は、ほとんど破綻《はたん》したようなものだったじゃないか。最大の自己表現を盗まれたことで、伝説の職人はますます偏屈になったし、息子は引き継いだ名前をビジネスに利用しただけだし、政略結婚の妻は出産時に死亡して、その娘は学校教育を与えられることなく育てられている」

「学校教育なんてろくなもんじゃない、私もそういう風に育てられたかった、ハッピーゴーラッキー――と、ポワレは言っていたよ」

　ハッピーゴーラッキーまで再現しなくていいよ……、声色を使ってまで。別にそれが悪いというわけじゃないのだが、袴おじさんの外見でそんな陽気に振る舞われても挨拶に困る。

　ただ、ポワレちゃんならそう言うだろうな。

　ぼく自身、過不足ない教育を受けて、大学まで出してもらったけれど、結局就いた職業が怪盗であるように、ポワレちゃんも、図抜けた天才少女であり、軍靴の言うように、十代で大学の助教まで務めた才媛《さいえん》だが、もしもあの子が天才でなければ、殺人犯にはならずに済んだんじゃないのか？

　しかし、言わせてもらえるなら、ぼくやポワレちゃんはレアケースのはずだ。学校教育は、子育ての基本である。それこそ、国家戦略と言っていい。

「うん、そうだね。おれも別に、今の籐藤家の姿が、理想的な家族像だとは言わないよ。父さんはこんなことを望んでいたわけじゃないだろう……、だけど、こうなったのは、父さんの責任じゃない」

「何か言ったか？」

「もらったチャンスを活かせなかったのは、初代邊邉斉齋斎であり、二代目邊邉斉齋斎さ。それに、なんでもかんでも父さんのせいにしたがる兄さんも、籐藤雉薙の死や籐藤契尖の出産時死亡に、怪盗フラヌールが絡んでいるとは、まさか思わないだろう？」

「それはそうだな」

付け加えるならば、五十年前の籐藤毒苺の死に関しても、言うまでもなく父は無関係だろう。怪盗フラヌールは暴力を用いない云々とか、怪盗の美学とかロマンとか以前に、五十年前なら、父はまだ生まれていない。

どんな奇想天外な遠隔トリックを用いても、タイムスリップをするのは不可能である。

「これはポワレにも言えることだけれど、要するに訪れたチャンスを活かせるかどうかは、本人次第なんだよ」

「受ける」

要しないよ、検討を。

もしかして、ぼくのフォローをしてくれているつもりなのか？　二代目怪盗フラヌールが竜宮城に『玉手箱』を返却したことで、ポワレちゃんは殺人を犯したわけだが……、それを気に病む必要はないとでも？

「いやいや、おれは、ポワレが殺人犯になったのは、基本的には兄さんのせいだと思っている」

「…………」

「たとえ『玉手箱』の返却がなくとも、いつかポワレは人を殺していただろうというのには賛成だけれど、しかし、そのチャンスを与えたのは、間違いなく兄さんだ。おれが東尋坊おじさんだったら、兄さんを殺人幇助《ほうじょ》で逮捕するよ」

お前の口から聞きたくないな、東尋坊おじさんという言葉は。

お前がいったいどれだけの不義理を、おじさんに対して働いていると思っている……、おじさんに言わせれば不出来もいいところだ、おじさんはそんなことを言ってはいないけれど。それでも、お前に比べれば、おじさんを無意味に沖縄に誘導したぼくなんて、無罪もいいところである。

「チャンスを活かすのか、それとも逃がすのか。あるいは殺すのか……、決めるのは自分だ、そうだろう？　おれ達だってそうだよ、兄さん。たとえ父親が世紀の大犯罪者だったからと言って、怪盗や怪人にならないことだってできた」

「ふん。ふらのみたいに入院しないこともできたって言うのかい？」

「妹の話はしない約束だろう」

「そうだった。『娘』の話もね」

つまるところ、ぼく達は父親の罪を言い訳にして、自由きままな犯罪者ライフを謳歌《おうか》しているというわけか？　たとえ父が交通事故に遭うことなく、今もその正体を隠し続けたまま、ぼく達のよき父親であり続けていたとしても……、ぼく達は、何らかのきっかけで、犯罪者になったかもしれないし、ならなかったかもしれない。

将来のことなんて誰にもわからない。

父はその死によって、ぼくと軍靴に、犯罪者になるチャンスを与えただけだった……、そういう教育方針だった。

「話が逸《そ》れたね。どうも兄さんと話すと、双方説教くさくなって困る。断っておくけれど、おれはポワレに対してこんな態度は取っていないよ」

「ああ、取っていたら精神的DVだ。ぼくだから我慢しているけれど……、結論としては、お前は怪盗フラヌールが二十年前に金箔本を盗んだのは、頑固職人を一人息子に向き合わせるためだったと言うんだな？」

「ちょうど父さんも、兄さんやおれという子供を授かった頃だからね。そういう気持ちになったんじゃないかい？」

「職人技による本の値打ちや、まして読めない中身は関係ないと？」

「もちろん怪盗は怪盗なんだから、宝じゃないものは盗まないだろうさ。だけど盗むことに、どういう意味があったかだよ。兄さんと違って、人間には共感という感情がある」

「へえ、知らなかったよ。そういうのがあるんだ、人間って種族には。で、金箔本の中身は何だと思う？感惑氏の発想くらい、オリジナリティに富んだ予想を頼むぜ、性格俳優」

「虎の巻だというポワレの意見を丸パクリした兄さんに、おれのオリジナリティをやいのやいの言われたくないな……、あれは、きっと感惑さんならこう言うだろうって返しではあったんだけれど、真実は違うところにあると、おれは思っているよ」

「……じゃあ、仮にぼくが、お前に邪魔されることなく金箔本を返却したとしても、それを二代目邊邉斉齋斎のビジネスユースで、初代の秘密が晒し者にされるってことはないと考えていいんだな？」

「その心配はまったくない」

軍靴は妙に強く断言した。

怪訝に思っていると、

「他人の父親に関しては、そんな思い入れができるんだね。それが共感に繋がらないのが本当に残念だよ、兄さん。自分は父さんの名誉を、台無しにするような返却活動を続けている癖に」

と、責めるようなことを言ってきた。

「父さんなら、ダムを温泉にしたりはしなかったよ」

「ミスは誰にだってある」

「ミスじゃ済まないことだってある……、それで言うと、初代邊邉斉齋斎のミスは、金箔本なんてものを製本してしまったことにあるんだろうね。だから父さんは、盗まなければならなかった。それが少なくとも、職人を引退に追い込むことを承知していながら。その点については、確信的だっただろう」

「どういう意味だ？　まだ、お前が中身をどう予想しているのかを聞いていないぞ。ぼくを煙《けむ》に巻《ま》いて誤魔化そうとしているのか？」

「読めない本に意味があるのか、意味がないのか。そこは議論の分かれるところだろう。たとえ読めなくとも、撮影の小道具として、ハードカバーの洋書を持たされたことがあったよ、ローカルアイドル時代には」

「いろいろやらされてるな」

「やらされていると思ったことはないよ。楽しい仕事だった。中身よりも装丁が格好いい本もあるし、タイトルが一番面白いって本もある。だから、作品の妨げにならないように、邊邉斉齋斎は金箔本にタイトルをつけなかったんだろうね」

お艶も展示にあたり、タイトルをつけなかった……、商品として世に出すにはそうはいかないだろうが、技術館や博物館に展示するだけならば、そのほうがいいと、両者ともに判断したのだ。

「下手な本文なら白紙のほうが美しいってのもわかるよ。おれなんて、まさにそういう存在だからね。

中身は空っぽだからこそ、どんな風にでも着飾れる」

「中身が空っぽとまでは言っていないよ、可愛い弟のことを」

「だけどさ、それって全部、読者側からの発想だよね。あるいは、鑑賞者側からの発想だよね」

「ん？」

「作り手の気持ちにならなきゃ、兄さん。読めない本を作る意味は、どこにあると思う？」

クイズみたいに言ってくるのは腹が立つが、それはもう、考慮済みの案件じゃないのか？　虎の巻のような秘伝にせよ、あるいは春画にせよ、他人に読まれたり見られたりするのに抵抗があるから、セキュリティを高くするという発想だ。

何を読んでいるのか、外からじゃわからないようにするためのブックカバーと、大枠ではそう変わらない。

「違う違う、それでも結局、読者を想定しているじゃないか、兄さん。そうじゃなく……、作った本人ですら読めない本を作るとするなら、どういう意味があるかって、そう言っているんだよ」

「そういうアートだからっていう答が反則だとしてって話だよな？」

「そうだよ。21美に展示しようって話じゃない。哲学書じゃない、実用書なのにだ。ルーブル美術館で、ガラスケースに閉じ込められているのに、それでもふんわりと微笑んでいるモナリザは、いったい何を笑っているのか？　そういう質問だよ」

それっぽいことを言いやがる。

初代邊遷斉齋斎は芸術家ではなく職人だ。宇宙空間で宇宙服を着て、マニピュレーターで読むというポワレちゃんの発想は、ロケットのようにぶっ飛んでいたけれど、そこまでしなくても、実用的に、読めるようにしているんじゃないかという予想はあった。

中身があって、だからこそ父はその展示品に手をかけたのだと……、逆に、どう引っ繰り返しても読めないような本に本文を記すとすれば、人は何を記す？

読者ならぬ、作者なら。

ぼくは自覚的な怪盗であるがゆえに、読めない本があると、どうやって読むかばかり、そんなトリッキーな視点からばかり見てしまうけれど……、しかし、なぜ読めなくしたのか？　そんな心情に思いを馳《は》せることはなかったが、しかし、父はそうではなかった？

まるで国語のテストみたいに、作者の気持ちを考えろと……、そんな教育めいたことを言うのか？

「……さすがだな、軍靴」

「うん？　何が？」

「それっぽいことを仄《ほの》めかして誤魔化すのがうまいって褒めたんだよ。結局お前も、中身がわからないまま、ぼくの仕事を邪魔しようとしているんだろう？　せっかくぼくが返却したお宝を、何も考えずに盗み直すことを生き甲斐としているんだろう？」

「悲しい誤解があるね、兄さん」

中年男性の外見のままで、弟は本当に悲しそうに、首を振って見せた。大きなお芝居だが、意味は不明である。今のぼくの発言に、どんな誤解があった？

「そしてそれは傲慢でもある。どうせ弟は、兄の後ろをそうやってつきまとってくるに決まっているという自信があるんだろうね。長男だから父を継がなきゃいけないという気負いと表裏一体なんだろうけれど、時代遅れだよ、兄さん。令和の怪盗を気取っていても、結局、前時代的なんだ。昔ながらの乳母であるお艶に心酔しているから、仕方ないとは言え」

「おい、ぼくのことはなんと言おうと構わないけれど、お艶の悪口だけは許さないぞ」

「そういうところだよ。お艶を守らなきゃいけない相手だと思っている。あのレベルで自立した女性を、それでもまだ、庇護対象だと思っている。長男で、男で、あるき野家の跡取りだから？」

「…………」

くっ。

お艶の名を出されていきってしまったが、しかし逆に黙らされてしまった、弟に……、この『弟に』って部分も、逆手《さかて》に取られてしまう部分かよ？

しかし、言われてみればその通りだ。

お艶の喪服を脱がせて、盗品博物館の館長という職を御役御免《おやくごめん》にすることに命をかけているぼくだが、そんなこと、彼女からは一言も頼まれていない。服装にしろ役職にしろ、閨閥艶子という強い女性が、自分で選んでいることだ。それをぼくが、責任感を持ってどうこう言うこと自体、支配的な男性性の発露だと言われれば、反論は難しい。

ふらのみたいに、精神を病んで入院しているというのなら、その扶養義務はぼくに、そして弟にあるわけだが……、待て待て、今はお艶の話でも、ふらのの話でもない。

怪人デスマーチの動機の話だ。

「実際、つきまとっているじゃないか。怪人デスマーチは怪盗フラヌールに……、お前はぼくの背中を追っているようなものだろう。海底大学で、ぼくの返却した『玉手箱』を横取りしたことを、もう忘れたのか？」

「あのときは、そうする必要があったというだけのことだよ。けれど、常にそうしようとは思っていない……、怪盗フラヌールの遺産の、少なくとも三分の一は、兄さんに相続権があるわけだしね。返したければ返せばいい」

「また言ってることがころころ変わってるぞ。そういう適当なところがだな……」

とは言え、言っていることはわかる。『玉手箱』に関しては、あれを乙姫島海底大学に返却することは、筋合いではあったが、危険でもあった……、横からかっさらうという怪人デスマーチの判断は、客観的に見れば、大袈裟でなく、世界の安全のためでもあった。だが……。

「てっきり、ぼくが返すお宝を、端《はし》から盗み直すつもりなんだと思っていたぜ」

「そうやって、いつも自分が中心だと思っている。大黒柱のつもりかもしれないけれど、たとえば、おれが正直に喋っている証拠に、怪人デスマーチは温泉を盗み直していないだろう？　兄さんが最初に返却した『ダ・ヴィンチの浮世絵』だって、盗み直そうとは思っていない」

「実力がないからだと思っていたけれど、選択の結果だと言うのかい？」

「そうだ。兄さんは何も考えずに、何でもかんでも見境なく返そうとするけれど、おれは父さんの意図を考える——その意図に則《のっと》って言うなら」

と、軍靴はぼくのカメラバッグを指さした——畜生、カメラバッグに金箔本を入れていることに、気付いてやがったのか。

「その金箔本は、返していい」

「…………」

本気で言っているのか？

この性格俳優は、すべてが嘘みたいなものだから、弟であるということを差し引いても信用できたものじゃないけれど、しかし、問題のお宝がカメラバッグの中にあると察していながら、それをひったくろうとしていないのは確かだった。

ぼくも怪盗仕事をするようになってから身体は鍛《きた》えているつもりだけれど、幼少期からステージ向けのトレーニングやダンスを日常的におこなっていた弟と、肉弾戦で勝負になるわけがない。役作りの恰幅のよさの下には、筋肉がある。そもそも怪盗は暴力を用いない縛りだ。その限りでない怪人に、敵うものか。

「わかってもらえたようだね、兄さん」

「……じゃあ、何をしに来たんだよ。わざわざ金沢まで、ポワレちゃんに図書館を見せてあげに来たのかい？　それとも、ひょっとして忍者寺？」

「そういうところもだよ、だから。ちゃん付けの呼びかたもそうなんだけれど。対等なパートナーだって何度も言っているのに、おれがポワレを、金沢に連れてきたんだと思っている。主導権がポワレのほうにあるなんて、考えもしていない」

「………？」

　そりゃ、考えもしていなかったけれど……、でも、それはそうだろう？　あの子は軍靴のことを『怪人さま』なんて呼んでいたわけだし……、口ぶりからしても、怪人デスマーチの手下感、よく言っても側近感を醸し出していた。

　サポートやフォローの役目に徹していたような……、つまり、ぼくに対するお艶のポジションをキープしているように見えた。

「そうかい？　車椅子に乗った、やむにやまれぬ事情で殺人を犯してしまった少女だから、主導権を握ったりはできないはずだと決めつけたんじゃないのかい？」

「そう考えることで、海底ではしくじったんだ。同じミスは繰り返さない」

「同じミスを繰り返すというミスを犯しているんだよ、兄さんは。結局、ポワレが人を殺したことも、ミスで殺したと思ってる。そこにある強い意志を、認めようともしていない。女の子が人を殺すなんて、何かの間違いだと思っている」

「……何が言いたい？」

煙に巻くようなことを言って、自分の考えなどないことを誤魔化そうとしているのだと思っていたが……、これは違う。そろそろ兼六園を一周しそうになったあたりで、遅まきながらぼくも気付いた。こいつは、誤魔化そうとしているのでも、思わせぶりなことを言って、大物ぶろうとしているのでもない。兄相手にマウントを取ろうと……、しているつもりは、少しはあるのかもしれないが。

だが、違った。

この弟……、だらだらと話を長引かせることで、時間稼ぎをしている。だが、これはいったい何のための時間稼ぎだ？　金箔本を盗むつもりもないのに、ぼくを兼六園に引き留めることに、どういう意味がある？

「………」

虎春花と待葉椎警部補を、午前中から寿司屋に誘導することで、イレギュラーな登場人物であるあのふたりを、ぼくの仕事から遠ざけることに成功した。同じように……、インタビューの場所を変更することで、この、拓《ひら》けているように見えて、実は四方を塀に囲まれた、『密室』的環境である兼六園にぼくを閉じ込め……、遠ざけようとしている？

土金ポワレの『仕事』から？

「怪盗と違って、怪人は散歩者《フラヌール》じゃない。おれ達は行軍《デスマーチ》だ……、ひとりじゃないんだよ、兄さん。兄さんにはポワレが、おれの前座にしか見えていなかったのかもしれないけれど」

「……何をさせている？　ぼくを兼六園に引き留めて、ポワレちゃんに、いったい、どこで、誰に、何を？」

「させている、という言いかたは直らないのかな。まあ、兄さんが金箔本を返却しようとしていることと、完全に無関係ってわけでもないさ。そこに便乗するのに、いいタイミングだったことは事実だ。ポワレの歩みを、前に進めるための」

「……どこで、誰に、何を」

　ぼくは繰り返した。いや、訂正した。

「どこで、誰に、何を、している？」

「籐藤家で、籐藤壁璧に、選択するきっかけを与えている……、チャンスを与えている。半分はもう兄さんが終わらせてくれていたようなものだけれど、それでも娘の気持ちは、娘にしかわからないよ。息子達の出る幕じゃない」

　チャンスを与えている？　学校教育を与えられていない彼女に？　何のチャンスを？

「まさか……、ぼくが、ポワレちゃんに与えてしまったようなチャンスを、じゃないよな？」

「それ以外何があるんだ、何もかもを奪われたポワレが他人に、与えたいと思うようなものが。それとも兄さん、どうしておれが、籐藤感惑に変装してここに現れたのか、まだわかっていないのかい？　時間稼ぎがしたいだけなら、最初から素顔で現れてもよかったのに」

　インタビューイとの約束をすっぽかしたという心配はしなくていいと、軍靴はそう断言していた。どうして断言できた？　約束の時間に、ぼくが本人に会えなかったことに違いはないのに。怪人デスマーチの計画が滞りなく進んでいれば、どのみちぼくは、二代目邊邉斉齋斎本人にインタビューすることなど叶わなかったから——だと？

「父殺し」

　軍靴は言った。父親の顔で。

「娘なら誰でも、通る道だよ」

2

その日の午後一番、現地ローカルテレビ局の速報で、法人としての邊邉斉齋斎籐藤感惑（47）が、自宅で殺害されたというニュースが流れた。未成年ゆえに氏名は報道されなかったが、現場で逮捕された犯人は、被害者の実の娘だという。

現場に第三者がいた痕跡はなく。

顔面に薄い金箔をかぶせられての、窒息死だった。

# 第八頁　老者舞警視／あるき野ふらの

## 1

「いやまったく、東尋坊くんにきみを紹介してもらえて救われたよ、あるき野記者。あの天災のごとき名探偵が乗り込んできたときには、石川県警はもうおしまいかと思ったが、きみが食い止めてくれて助かった。ただでさえ、地元の名士が、その娘に殺されたなんて事件が勃発してしまって、こっちはてんやわんやだってのに。こんな凶悪犯罪、是非劇場の大きな画面でご覧いただきたいよ」

二十年前怪盗フラヌールが、初代邊邉斉齋斎が館長を務める黄金技術館から、彼の最高傑作である目玉展示を盗んだとき、そしてその数年後、彼が死亡したときにも捜査を担当したという石川県警の幹部、老者舞警視はそんな風に事件を総括した。

確かに怪盗フラヌールは劇場型の犯罪者ではあるし、ぼくもその資質を受け継いで犯行に及んでいることは否定しないけれど、しかし今年の事件に関しては、かかわっていないと神に誓う。

愉快犯による劇場型の犯罪と言うより。

激情型の犯罪だ——少年犯による。

「いえ、とんでもない。ぼくにだって止められませんよ、虎春花は。今回もあいつを止めたのは、愛媛県警の待葉椎警部補です。どうかお礼でしたら、彼女のほうに」

これでまた（不本意にも）出世してしまうかもしれないけれど、しかし事実は事実である。市内で殺人事件が起きたという情報を、名探偵の勘でキャッチした虎春花は（実際には、寿司屋で流れていた地元ローカルラジオのブレーキングニュースで知った）、迷うことなく、壁璧ちゃんが勾留されているという警察署に突貫した――のだが、またも待葉椎警部補に、手錠をかけられた。

休暇中の観光旅行ゆえに、拳銃や警棒は持ってきていなかった彼女だが、手錠だけは持ってきていたようだ……、名探偵と旅をする者の、最低限の心得と言ったところか。本来ならば一章分ページを割《さ》いて、そんなスラップスティックコメディを描写してもいい見せ場だが、しかしそれをするには局面がシリアス過ぎた。

昨日会ったばかりの未成年の娘が、父親殺しの罪で逮捕されたときに、さしものぼくでも、茶化してはいられない。いくら彼女が喫茶店の給仕係であってもだ。

そんなわけで名探偵の警察署襲撃事件は大幅に割愛させてもらってダイジェスト版をお届けすると、この緊急事態に、現地で合流するつもりだった虎春花と待葉椎警部補も、ペアで留置場送りになってしまったので、どうやって捜査責任者に会い、いかに事件の詳細を把握しようかと頭を捻っていたぼくは、名探偵の身元引受人としてあっさり、捜査責任者どころか石川県警の幹部と、警察署の応接室で、一対一で話すことになったのだった。

考え得る限り最高の取材ソースではあるけれど、この建物の地下で、壁璧ちゃんが拘束されていると思うと、喜んでばかりもいられない……、虎春花のほうは、まあどうでもいい。留置場にぶち込まれたくらいで反省するキャラでもない。

「それより、老者舞警視。いったい何があったんですか？　ニュースを見る限りじゃ、混乱するばかりでして……、実を言いますと、容疑者であるそのお嬢さんとは、ぼくは昨日、会っているんです。バイト先……、と言うか、感惑さんがオーナーを務める茶屋街の金箔喫茶で、すっかり意気投合してしまいまして」

ちょっとだけ盛って話したが、こうでもしないと、ぼくが壁璧ちゃんの現状に拘泥している理由を説明できない。つまり、どうあれ二代目邊邉斉齋斎が亡くなった以上、怪盗フラヌールは金箔本を、その後継者に返却せねばならないという自己都合である。

壁璧ちゃんに三代目邊邉斉齋斎を継ぐつもりがなかろうと、継がせるつもりだと感惑氏は語っていた……、厳密に言うとあれは弟の意見だが、しかしあのインタビューにおいては、軍靴は、本人以上に本音を語ってくれたはずだ。それを面と向かって言うつもりはないけれど、ぼくは弟の演技力を高く評価している。

猿芝居なんてとんでもない。神芝居だ。

だから、現在、金箔本の返却先として有力なのは、壁璧ちゃんに他ならない……、ただし、金箔本を我が物にせんがために父親を殺したなんて事情だったら話は変わってくる。法の外で活動する怪盗フラヌールが、遺産目当ての殺人犯には相続権がないなんて法律を重んじること自体大いに矛盾はしているが、それでも、最低限のルールは守りたい。

父なら美学と言うのかもしれない。

もっとも……、怪人デスマーチに唆されて凶行に及んだというのなら、父の盗んだ金箔本は、この際、無関係なのか。

ああ、しかし、ほとほと迂闊だった。ポワレちゃんを重要視……、少なくとも敵視していなかったのはぼくのミスだったし、それ以前に、『怪人デスマーチ』なんて名前を、ただの格好つけだと思ってしまっていたのが大失敗だった。

名前に『デス』が入っているんだ。

そりゃあ誰かが死ぬし、誰かが殺されるだろう……、前回、ポワレちゃんからも弟からも、殺されかけていることを、またもすっかり忘れていた。

憶えちゃいたが、『やたらめったらに人を殺したりはしない』というポワレちゃんの言葉を鵜呑《うの》みにしてしまっていた……、支配的な父親の下で育った不遇の少女の言うことだから、信じてしまった。

嘘をついてはいない。

彼女は確かに、『人を殺さないことが、でき』た。

だけど……、『殺させない』とは言っていない。

そんな叙述トリックになるほどしてやられたと膝を打ち、ひとりの娘が、ひとりの父親を殺害したというのを気にしないでいられるほど、しかしながら、ぼくの心も広くない。

まずは、事実確認だ。

「何があったか、是非劇場の大画面で見てほしいよ」

老者舞警視は、疲れ切ったように言う。東尋坊警部を『くん』付けで呼んだことからも、定年間近といった風だけれど、最後の最後で、えらい事件に遭遇してしまったと思っているようだ。もっとも、怪盗フラヌールの盗難事件や、初代邊邊斉齋斎の殺人（？）事件と違い、今回の事件は、迷宮入りの恐れはない。

犯人は既に捕まっていて、そういう意味では、もう解決済みだ。もちろんこのあと、送検や裁判があるけれど、大トリックやどんでん返しがあって、実は壁璧ちゃんは犯人じゃなかった、なんて展開は望むべくもない。

むしろ解決済みだからこそ、老者舞警視は頭を抱えているのだ……、こんなスキャンダラスな事件、まだ犯人が不明なほうがよかっただろう。

「東尋坊くんからきみの身元は保証されているけれど、それでも話せることと話せないことがある。そうでなくとも、あの子は未成年だからね……、しかし、名探偵から石川県を救ってくれた分だけの情報は、提供するつもりだよ。本当は劇場で見てほしいが」

石川県そのものを滅ぼそうとしたモンスターみたいに言われている、名探偵が。殺人事件を嗅ぎつけただけなのに……、まあしかし、待葉椎警部補が相手とは言え、あいつがおとなしく確保されていることも、この事件にはもう謎もタブーも残されていないという証左である。

「きみが取材する予定だったという籐藤感惑（47）が、きみが昨日会ったという娘である籐藤壁璧（17）に自宅で殺害された。知っているのはそこまでかい？」

「ぼくが見たのは、顔面に金箔をかぶせて窒息させたというニュースでした。正直、馬鹿げていると言うか……、信じがたいんですけれど」

「ああ、そこはＩＭＡＸで体感してほしかったな、あるき野記者。誤報というほどじゃないが、速報ゆえの不正確さがある。顔面に濡《ぬ》れタオルをかぶせて窒息死させるというのは、まるで子減らしの手法のようだが……、間引かれたのが親のほうというのが、劇場版だ」

「不正確と言いますと？」

誤報とは、マスコミの末席に座っている者としては、他人事ではない単語である。いっそ壁璧ちゃんが犯人という部分が誤報であってくれればいいのだが……。

「広い意味では窒息死には違いない。ただし、アレルギーによる呼吸不全、そして心停止というのが正しくなる。正確な検死はこのあとということになるが、概《おおむ》ね、そんなところだ」

「アレルギー……？　って、え？　もしかして……、金属アレルギーですか？」

金箔会社のトップが金箔で殺されたなんて、まるで出来の悪い皮肉のようで、逆に物語めいてさえいたけれど、しかしそれでは皮肉でさえない。金属アレルギーはイオン化しづらい金では起こりにくいはずなので、多分に精神的な症状だとも思われるが……、金箔が先か、アレルギーが先か。

どうあれ、二代目邊遑斉齋斎が……、金属アレルギーだった？　それも、命にかかわるような？

「ああ。あまり表沙汰《おもてざた》にはしたくなかった体質だろうな。まだ裏取り中だが、彼の周囲でも主治医くらいしか知らなかった。ボディーガードの皆さんも初耳だそうだ……、可哀想に、雇い主の死に、すっかり混乱してしまっているようだ」

混乱しているのは、死亡推定時刻に生きて動いてインタビューを受けていた雇い主を見ていたからというのもあるだろう……、その生霊《いきりょう》の謎は、彼らにとって永遠に残る。

「……あとは、ご身内ですか」

「そう。父子家庭で、唯一の家族である被疑者は、父親の金属アレルギーを知っていた……、口と鼻を金箔で覆えば、それだけで命にかかわるということをわかった上で、睡眠中の被害者に、それをおこなった。殺意がなかったは通らないだろう……、まったく、自分の身も顧みずに。是非劇場で見てほしいよ」

毒は含んでない——か。

しかし金がアレルギーの対象だと言うのであれば、毒である必要もない。ある意味では、漆を塗られたようなものだ、初代と同じく。

蕎麦殻《そばがら》の枕《まくら》で寝ることが命を脅かすこともあるし、体質によって個人差も、対象の広さも、重い軽いもあるだろうが、話を聞く限り、籐藤感惑氏の金属アレルギーは、かなり重度なものだったらしい。

「……でも、待ってください。写真で顔を見る限り、感惑氏は総金歯でしたよね？　口元を覆うどころか、口腔《こうこう》内に金を仕込むなんて、危なくないですか？」

「よくご存知だ。さすが、東尋坊くんのお墨付きだね。劇場でお会いしたかった」

　こんな形で会いたくなかった、みたいな意味かな？　何にせよ、おじさんからの評価が高いのであれば嬉しい。こういうのを聞きたかったんですよ、待葉椎警部補。怪盗フラヌール絡みで、またも殺人事件が起きたときに、沖縄の水族館にいることは、東尋坊おじさんにとって非常にもどかしいだろうが、その分、ぼくが責任を持って頑張らねば。

　任せておいてください、おじさん。

「しかし、それは演出と言うか、フェイクレザーみたいなものだよ。金色に輝く歯ではあったが、金属じゃなかった。ああいう文字通りの成金《なりきん》趣味を装うことで、金属アレルギーではない自分を、周囲に演じていたのだと思われる」

　金色の折り紙みたいなものか。

　当然彼に成りきっていた軍靴は、それを知っていただろう……、一心同体の『怪人デスマーチ』であるポワレちゃんも。

　名物社長には名物社長ゆえの心労があるというわけだ……、跡取りとして養子になった二代目邊邉斉齋斎と、父親との不仲が、そこに起因していると考えるのは、詮索《せんさく》が過ぎるか？

　金属アレルギーでありながら……、金箔に対して忌避感を持ちながら、二代目を継ぎ、かつ、親の赤字を埋めるために、会社を大きくしなければならなかった感惑氏のプレッシャーたるや、いかなるものだっただろう。

　その体質で金箔師を目指させられるなんて、酷でしかないのに……、養子として引き取られてしまった以上、初代の言うことを無視もできず……、それに、よりにもよって、そんな体質を狙い澄ましたかのような殺されかたをされるなんて――ん？

「待ってください、老者舞警視。さっき、気になる発言がありました」

「何かな？」

「『自分の身も顧みず』って何ですか？　それじゃあまるで、壁璧ちゃんも――」

「ああ。アレルギーは必ずしも遺伝するわけじゃないそうだが、この被疑者のケースでは、父親と同じ体質だったそうだ。だから金箔を凶器にして殺人を犯すのは、私達が思う以上に、命がけだったかもしれないな」

　命がけだから人を殺していいことにはならないけれど、しかし、だとすればしっくりくる――死のリスクを背負うトリックで、人を殺した土金ポワレが促《うなが》した殺人のありかたとしては。

　だけど……。

「自身がフェイクゴールドの総金歯だったのと同じように、娘の金属アレルギーを隠すために、あえて感惑氏は壁璧ちゃんに、金箔喫茶でバイトをさせていたということですか？」

　担当役職が給仕であるなら、ものが何せ食品だし、直接金箔に触れることはまあないだろうけれど、しかし素人目には、随分危ない行為であるように思う。金粉が舞うことだってあるだろう。娘とは言え、会社の看板娘というわけでもない壁璧ちゃんが、そんなことをする必要はないと感じるが……。

「被疑者の一方的な発言をどこまで鵜呑みにしていいかはわからないが、減感作療法をさせられていたのだと、取り調べでは話している」

「減感作療法って……、じゃあ、あえて金箔のそばで働かせることで、娘にアレルギーを克服させようとしていたんですか？」

　三代目邊邉斉齋を継がせるために？

　社会勉強……、いやいやいや、とても医者の許可が下りているとは思えない治療法である。絶対に専門家の監修を受けていない。それはもう、牛乳アレルギーの子供を、全部飲むまで学校から帰さないみたいなやりかたで……、親が子供にそれをすれば、完全な虐待行為だ。

「劇場で見たかったよ、こういうのは。現実では見たくない」

老者舞警視は、その言葉を体現するように、ぎゅっと目をつぶった。

「こんなことを言っちゃいけないが、殺したくなるのもわかる。親が無理解っていうのは、さぞかし辛《つら》いだろうな。そこが男親の限界なのかもしれんが」

男親がろくなもんじゃないというのはぼくも賛成だが、別に女親でも虐待は普通にするだろうし、限界は誰にだってある。

壁璧ちゃんも限界だったのだろう。

毒は含んでいなくとも……、そんな父親に、毒されていた。

十分な動機になりうる。

少なくとも、金箔本の相続目当てと言うよりも、説得力はある。ビジネスマンだった感惑氏ならまだしも、その娘とは言え十代のアルバイトが、あんなレガシーを受け継いでも、ツテがなきゃ換金のしようもないだろうし。

辛いと言うか、悲しいのは、そんな父親も、種類は違えどネグレクトみたいな虐待を、初代から受けていたことだろう……、そんな風にだけはなりたくないと思っていたはずなのに、最終的には、死に様まで似たようなものだった。

漆を塗りたくられて死んだ初代と。

金箔をかぶせられて死んだ二代目。

虎春花の言葉を借りれば——宿命《ウルトラ》か。

「……念のための確認ですけれど、十七年前の、初代邊邉斉齋斎が殺された事件の犯人も、壁璧ちゃんってことはないんですよね？」

「そうだったら劇場版だが、絶対にありえない。あの子はそのとき、生まれてすらいないんだから」

「もちろん承知していますが、手口が似通っていましたので、何らかの関係があるのではと思ってしまっただけです」

「被疑者があえて似せたというのはあるかもしれないな。似せたと言うか、かぶせたと言うか……、金箔のように」

「…………」

だとすれば、そう促したのはポワレちゃんということになるけれど……、くそう、壁璧ちゃんに直接訊きたいな。

こうして老者舞警視から事件の詳細を教えてもらえるのは、東尋坊警部と待葉椎警部補に、感謝してもし尽くせないほどの幸運ではあるが、やはりと言うべきか、怪人の動向を、警察組織は把握していないようである。

親子に通じる金属アレルギーについては自白した壁璧ちゃんも、その点には完全黙秘というスタンスらしい。

だからこそ訊きたい。

それが訊けるのはぼくだけだ。

でも、さすがにこの時点での、被疑者本人への独占インタビューは、許可が下りまい。

「そもそも十七年前の事件は、殺人ではないと結論づけられている。劇場版と言うほどではないんだ、あるき野記者」

「でも、東尋坊おじ……、東尋坊警部からは、あなたはその事件を、殺人か、そうでなければ自殺を疑っていたとお聞きしています」

「若かったということだろう。あの頃の私こそ劇場版だ。東尋坊くんの印象にも残っているよう、当時はかなり粘《ねば》ったものだが、もう納得しているよ。あの名職人・邊邉斉齋斎がこんな死にかたをするわけがないと感情的になってしまったが、あれは結局、事故だった。どんな人間だって、どんな死にかたをするかわからないと、自分が長生きしてみてわかったよ。今回の件だって、きっとそういうことなんだろう」

「これを機会に、打ち切られた捜査が再開されるということはないんですか？」

「ないだろうね。時効はもう撤廃されたとは言え……、メディアに面白おかしく掘り起こされることはあるかもしれないが。呪《のろ》われた一族などというトレーラーで」

「ぼくはそんな下品な真似はしませんが、しかし、する媒体もあるかもしれませんね」

業界を憂《うれ》えるように言いながら、しかし、内心では、まさしくその下品な真似をしなければならないと、ぼくは決意していた。

確かに、初代邊邉斉齋斎の死に関しては殺人ではないのかもしれないけれど、しかし、だからと言って二代目邊邉斉齋斎の死と関係がないとはとても思えない。怪盗フラヌールが無関係とも思えなくなってきた……、今回、怪人デスマーチががっつり、根幹みたいなところまで噛んでいることを考えれば。

用が済んだ弟とその相棒……、否、主犯は、もうとっくに金沢を離れているだろうが、その尻拭いは、結局兄で長男のぼくが、しなくてはならないということだ。

となると……、やれやれ。

場合によっちゃあ一晩くらい、デスティネーションホテルではなく留置場で過ごしてもらおうと思っていたけれど、仕方ない。

ぼくは、不本意ながらも怪盗だ。

こうして対面で、オフレコの取材をさせてもらっているが、本来、殺人事件の調査や解決はまるっきりの専門外である……、そして警察も捜査を再開する予定はないと言うのであれば、民間の専門家に、お出まし願うしかないのだった。

お出ましと言うか、出所と言うか……、東尋坊おじさんの言いつけを破るような不出来だが、しかし現場が館であり、密室であることも、こうなるとあつらえたように好都合である。

名探偵《ウルトラ》・涙沢虎春花に、十七年前の殺人事件を解決してもらうとしよう。

一泊二日の予定だったが、延泊はもう決定なのだ。この際、劇場どころか、砂かぶり席で、推理ショーを見せてもらう。おっと、その前に一本、電話を入れなきゃならないな……、ホテルのフロントではなく、ワシントン住まいの、ぼくと弟の愛娘《まなむすめ》に。

## 2

「あー、パパだー！　パパー！」

「やあふらの、お誕生日おめでとう。今日でいくつになったんだったかな？」

「あのねー、ふらのはねー、きょうでごさいになったんだよー！　もうりっぱなれでぃなんだよー！」

「そうだね、ふらのはレディだね。五歳のレディだ。決して十七歳のスイミング強化選手のマーメイドなんかじゃない」

「？　まーめいどってなにー？」

「パパの乳母が、大好きなお魚さんだよ。その乳母は、元々、ふらのの乳母でもあったんだけど、憶えてない？」

「ふらのにはねー、ママはいないんだよー。パパだけいればいいのー。パパだいすきー！」

「そうかい、パパもふらのが大好きだよ。ふらのさえいれば、弟なんていらないくらいだ。ところで、パパだけいればいいと言えば、もうひとりのパパから、最近、電話はあったかい？」

「もうひとりのパパってだれー？　ふらののパパはひとりだけなんだよー？」

「もちろんそうだ、パパがふたりもいたらおかしいからね。ただ、籐藤父娘《おやこ》の自宅に忍び込むにあたり、あの怪人が、お前の手を煩わさなかったわけがないと想像するのさ、パパは」

「かいじんー？」

「なんでもないよ。ハッピーバースデー。ふらのの五歳のお誕生日を祝うのは、これでいったい何回目かな」

「ふらのはずっとごさいなんだよー」

「そうか、じゃあ数えるのは無意味だね。死んだ妹の年を数えるようなものだ」

「みんな、ふらののおたんじょうびをおいわいしてくれたんだよー。きょうはねー、つみきをぷれぜんとしてもらったんだー」

「へえ。みんなって言うのは、主治医の先生方かい、それともナースさん達かな？」

「みんなはみんななんだよー。パパいがいはみんな、みんななのー」

「そうか、ふらのにはパパだけいればいいんだったね。そしてパズルさえあれば」

「ぱずるじゃなくてつみきだよー。いまねー、つみきでぴらみっどをつくってるのー」

「お前なら本物サイズのピラミッドを作ってしまいそうで、パパは怖いよ。いかに怪盗フラヌールでも、その砂上の楼閣は盗めないだろうね」

「ふらぬーるー？」

「ふらのーると言ったんだ。お前の新しいニックネームだよ、さっき考えたんだ。どうだ、格好よくないか？」

「ふらのはれでぃだよー」

「そんな言葉をお前に教えたのは、間違いなくもうひとりのパパなんだろうけれど、しかし実際、パパ達三人の中で、一番才能があるのはお前なんだろうな。しかもぶっちぎりのダントツで。怪盗であり、怪人でもあり、どんな事件でも解決してくれそうだ」

「かいけつれでぃふらのなんだよー」

「そうかそうか、それは何よりだ。レディはどんな土地でも旅できる。今日もお前が、いつも通りで、何も変わっていなくて、パパはとても幸せだよ。ところで、パパからお願いがあるんだけれど、ちょっといいかな」

「ふらのはパパのいうことはなんでもきくんだよー。いいこだからー」

「よしよし、いい子いい子。確認しておくけれど、その病室……、その部屋には、今、誰もいないね？病院関係者……、つまり……、みんなは」

「だれもいないんだよー。ふらのはひとりぼっちなんだよー」

「じゃあその寂しさを紛らわさないと。ピラミッド建設もいいけれど、面白いパズル……、面白い塗り絵があるんだ。ちょっと落書きをして遊んでみないかい？」

「いーよー。パパだいすきー。パパとあそぶのもだいすきー。こんどいつあえるのー？」

「すぐに会えるさ、この件が解決して……、沖縄にジンベエザメを返して……、盗品博物館が空っぽになれば、すぐに迎えに行くよ」

「うんー。すぐきてー」

「その頃にはお前の心が、自分の父親が大犯罪者だって事実に耐えられるようになっていればいいんだけれど……、そうすれば、元通りとはいかずとも、五歳から先へ成長もできるんだろうに」

「ふらのはせいちょうしないんだよー。もうこれいじょうおおきくならないのー。そのほうがパパもうれしいでしょー？」

「…………」

「パパー？」

「ごめんごめん。パパ、ちょっと考えちゃってね。こういうとき、本物の父親だったらどうするのかって……、そもそも、あの男がパパ達三兄妹に見せていた姿は、すべてがニセモノだったわけだけれど。これも軍靴の意見は、また違うんだろうな」

「ぐんかってだれー？」

「そんな奴はいない。いたとしても死んだも同然だ。怪盗フラヌールの才能を、もっとも色濃く受け継いだお前が、そんな有様《ありさま》になったと知れば、あの男も、もしかしたら少しは反省するのかな。それとも、こうして兄と弟と妹で、ひとつの事件に当たっていることを、三本の矢の逸話のように、喜びでもするんだろうか」

「パパがよろこんでくれたら、ふらのもうれしいんだよー！　パパだいすきー！」

「変な逸話だけどね。せっかくの矢を折ってどうするんだって話だし。まあパパのしていることがまさしくそうなのか……、せっかくのお宝を、次々返却するって行為は、弟から見たら正気ではないんだろう」

「しょうきじゃないって、ふらののことー？」

「そんなことは一言も言っていない。だが、パパからすれば、軍靴達のやっていることのほうが意味不明だ。娘の父親殺しを手伝ってどうする？　殺人幇助……、否、殺人教唆じゃないか。自分自身はファザコンの癖に……」

「ふぁざこんって、ふらののことー？」

「それはそうかもしれない。パパは違うということだけは確かだけれどね。それともパパがどうかしているのか？　惑惑氏の子育ての方針は、まったく褒められたものじゃないし、行政から指導を受けていてもぜんぜんおかしくない帝王学だった。金属アレルギーを克服させるために金箔喫茶で働かせるなんて社会勉強もとんでもない。保護者による児童虐待であることは間違いない……が、何も殺さなくってもと思うパパは、意識のアップデートが足りないのかな？」

「ふらのはねー、れでぃーだからー、パパとでーとしたいんだよー」

「いつでもしよう、夢の中なら。まあどちらにせよ、これであいつの退路は断たれた。怪人デスマーチに、もう退転はない……、あるき野軍靴は元より、土金ポワレにもだ。お望み通り、親が大犯罪者だからおかしくなってしまった哀《あわ》れで愚かな弟とも、よんどころのない事情で殺人犯になってしまった可哀想で可憐《かれん》な女の子とも、二度と思うまい。あのふたりもまた、初代怪盗フラヌールが生んだ怪人だと言うなら、二代目のぼくが、始末をつけねばならないのだろう」

「にだいめー？」

「決着はつける、いずれ。しかしまずは喫緊の、金箔本だ。そして壁璧ちゃんだ。ケリをつけなきゃな。金沢はいいところだが、ぼくには永住するわけにはいかない事情もあるんだ……、ところでふらの」

「なにー？　パパのことはだいすきだよー？」

「パパもだいすきだ。だけどその『大好き』って、どれくらいの好きだい？　『大』って言うのは、大犯罪者の『大』と同じくらい？」

「うーん？」

「たとえばパパのこと、殺したいほど好きって思う？　強い殺意と同じくらいに、愛しているって思うかい？」

「ころしたいほどー？」

「そう。言いかたを変えると……、自分の人生と引き換えにしてもいいって思うほど、パパのこと、好きかい？　自分の人生を台無しにしてもいいって思うほど、パパのこと、愛してるかい？」

「………」

「はは、まだふらのにはむつかしかったかな？　こんな話。好きはともかく、愛してるはわかんないよね。ごめんごめん」

「んーんー、わかるよー！　あいしてるは、すっごくすきってことだよね！」

「そうそう、そのとおり」

「ふらのはパパのこと、あいしてるよー。ころしたいほどすきだよー」

「そうかそうか」

「まいにちのようにふらのはパパをころしてるもんー。さいしょはねー、こうつうじこにみせかけてころしたんだよー」

「はいはい。じゃ、今回、ふらのにやってほしい塗り絵なんだけど……」

# 第九頁　篠藤雉薙／篠藤毒苺

## 1

「二十年も前に閉鎖された割には綺麗《きれい》なものじゃない。さすがに外壁の金箔は綺麗さっぱり剝《は》げたとは言えど、もっとうらぶれた廃墟《はいきょ》みたいなのを想像していたわ。子供の育てかたは間違えたみたいだけれど、不動産の管理に関しては二代目邊邉斉齋斎は、立派《ウルトラ》だったのね」

かつて黄金技術館として人気を博して——いなかった、今は空き家物件を前に、名探偵・涙沢虎春花はそう見得を切った。

留置場から釈放されてすっかり探偵モードと言いたいところだが、こいつは留置場の中でも探偵モードだ。四六時中行住《ぎょうじゅう》坐《ざ》臥《が》、涙沢虎春花に探偵でない瞬間などない——強いて言えば、釈放はされたものの、今もまだ待葉椎警部補と手錠で繋がれっぱなしなのが、通常とは違うところだ。

まあ、これはこれで、このふたりの風物詩っぽくなっている——たとえ友人であろうと、手錠を外そうとしない待葉椎警部補の警察官っぷりには恐れ入る。たぶん、ぼくの正体が怪盗フラヌールだとバレたら、容赦なく発砲されそうだ……、ともあれ、ようやくこのふたりとめでたく合流し、楽しい金沢旅行が再開されたわけだ。

「21美の激近物件だと言うのに、捌《は》けないものなのね。極端な話、法人としての邊邉斉齋斎の本社を、ここに置いてもよさそうなものなのに」

「ですな！　歴史を遡るなら、21美ができる前からこの建物はここにあったのでしょうが、今となっては『21美のそばに登記されている』というのは、かなりの信用になるでしょうに！」

「その分値段が上がっちゃうから、売りづらくなるというのもあるんじゃないか？　正直、ぼくも最初は、いまだに建物が残っているとは思ってなかったけど……」

　東尋坊警部からも、閉館したのちに、そこで初代邊邉斉齋斎が殺された——疑いがあるとは聞いてはいたが、今に至るまで、空き家のままで残っていたとは。

「それとも、ここで殺人が起きたことは地元では有名だったろうから、売り抜きづらかったってことかな」

「だとしたら納得でありますな、あるき野どの！　そのことも踏まえれば、ここを本社にしなかったのも納得であります！　事故であろうと事件であろうと、初代が不本意な死を遂げた場所を、いくら立地がよかろうと、本社にはできますまい！」

「事故《ウルトラ》であろうと事件《ウルトラ》であろうと」

　虎春花が、待葉椎警部補の言葉を繰り返した——ルビを振ってあるので、厳密には復唱になってはいないが。

「おかしなことを言うわね、待葉椎。殺人事件であってくれないと困るわ。でないと私が金沢まで、何をしに来たのかわからないじゃない」

「確かお前は和菓子作り体験に来たはずだが……」

　まったく、おかしなことを言っているのはお前だ。

「意外な真相があるんじゃないかと期待して乗り込んだけれど、結局、二代目邊邉斉齋斎殺人事件の犯人は、昨日の娘で間違いないようだったもの。つまらないわ」

「いや、虎春花、つまらないとか、そういう言いかたは……、そんな深い関係じゃなかったとは言え、旅先で縁のあった女の子が殺人で捕まってるんだから。友禅だから言うわけじゃないが、袖擦《そです》り合《あ》うも多生の縁って、知らない？」

「何よ、私に意見するとは偉大《ウルトラ》ね、あるき野。女の子が犯人じゃ不謹慎みたいに言うじゃない。こないだもあったでしょ？」

あった。

そして会った、こないだの犯人と。

こんなことなら、昨日石川県立図書館で遭遇したとき、余計な気を回さずに、待葉椎警部補を呼ぶべきだったかもしれないと、つくづく思う……、虎春花すら拘束するこの人なら手持ちの手錠で遠慮なく、すぐに脱獄犯のあの子を、逮捕してくれたんじゃないだろうか。

ぼくの正体を知っている怪人が逮捕されるのは都合が悪いが、しかしそうなっていれば少なくとも、感惑氏が殺されることも、壁璧ちゃんが殺人犯になることもなかった……。

するだけ無駄な後悔だ。

あのときのぼくに、大声をあげて待葉椎警部補に、殺人犯の所在を告げることなんてできるわけがない――図書館で大声を出すのは禁止だし。だから、するだけ無駄な後悔なのだが、しかしせずにはいられない後悔である。祖父の死の真相を暴いたところで、誰に対しても、何の償いにもならないが――

「……そう言えば虎春花。お前も父親を殺している娘なんだったな」

「すさまじく人聞きの悪いことを言わないでくれるかしら？　私は探偵＝犯人って類型《ウルトラ》の名探偵ではないのよ」

手錠をかけられ、連行されている姿で言っても説得力がないな。そんなぼくの視線を見逃さなかった

のだろう、虎春花は、

「私は父をギロチン送りにしただけよ。あなたも記者ならば、情報は正確にね」

と胸を張るのだった。

似たようなものにも程があるだろうが。父親殺しと、父親ギロチン送りは。

「そういうあるき野は、父親を尊敬するあまりに、ルポライターになったのだったわね」

「当然さ。世襲制じゃないから、二代目とか、そんなんじゃぜんぜんないけれどね。ああすみません、待葉椎警部補。虎春花がおぞましい話をして。いるんですよ、世の中には、父親殺しは娘なら誰でも通る道だとか、娘が父親を殺すのは無罪だとか、わけのわからんことをいう輩が」

「どちらも私は言っていないわよ。情報ソースはどこなのよ」

「さあ、誰から聞いたんだったか。ネットで見たんだったかな？　まあたぶん図書館で読んだんだろう。そんなことより、待葉椎警部補は、きっと優しくて正義感の強いお父さんから愛情いっぱいに育てられたんですよね？」

「違ったらどうするのよ、その振り」

確かに。

こういうところなんだろう、ぼくの。

「ご心配なく！　その通りであります、あるき野どの！　本官は優しくて正義感の強い父上から愛情いっぱいに育てられました！」

「よかった」

「今でも実家に帰った際は、父上と一緒に温泉に入っております！」

「よかっ……」

ん……、んん？

いいんだっけ、それ？　いや、一概には言えないが……、日本は元々混浴文化だったとか、そういうほっこり話ですませていいんだっけ？　娘といくつまで風呂《ふろ》に入るかという家庭の事情にも、最近は厳しい目が向けられていると聞くけれど……、あるき野家はどうだっけ？

そもそもふらのが、あるき野散歩の血の繋がった娘だとわかり、我が家に引き取られたのは五歳のときだから……、それゆえに彼女は今、ワシントンの大病院で、ずっと五歳の誕生日を迎え続けているのだ。

不本意にも、またあいつの力を借りることになってしまったが、致し方ない……、父親が大犯罪者だと知り、ショックで入水《じゅすい》自殺を図った彼女は、あるき野散歩に関する記憶の一切を失い、ぼくや軍靴のことを『パパ』だと思い込むことで精神の安定を図っているが、その分、脳にバッファができている。どれだけ『パパだいすき』だったんだよというほどのスペックの急上昇だが、ふらのにとって、電子的なロックは、ロックの役割を果たさない。

この黄金技術館のセキュリティも、既にほとんど、遠隔操作で解除済みだ……、あとは原始的なキーが残っているが、その程度なら、ぼくが担当する。虎春花の前でピッキングの腕前はあまり披露したくないのだけれど、ことここに至ると、そんなことは言っていられない。怪盗フラヌールを追いかけ続けているうちにルポライターが身につけた技ということにしよう。

記憶を失い、幼児退行していても、それでも娘は娘だから、一応軍靴が語っていた『父殺し』についてふらのにも訊いてみたが、返ってきたのはてんで要領を得ない回答ばかりだったな。

まあ五歳児じゃ仕方ない。

実際には十七歳だとしても——壁璧ちゃんと同い年か。

「じゃあ中に這入ろうか。頼むぜ、虎春花先生。やっちゃってくださいよ」

「従者と言うより下《した》っ端《ぱ》みたいになっているわよ。せめて名探偵の助手のようにふるまいなさい、あるき野。まったく、親の顔が見てみたいわ」

　そうかい。

　ぼくは二度と見たくない。

## 2

　今回の取材旅行では生憎立ち寄れなかったが、金沢市内にある有名な名所として、忍者寺と呼ばれる妙立寺がある。その異名の通り、絡繰《からくり》がそこかしこに仕掛けられた寺なのだが、その対極とも言える21美の激近物件（空き家）である黄金技術館の内部は、その名所を想起させる造りになっていた。

　いや、忍者でさえ、この館の中を、自由に素早く移動することはできまい。怪盗が言うのだから間違いない。

　まっすぐ歩くのが難しいほど、凝りに凝った内装で、無意味な扉や無意味な廊下、無意味な階段や無意味な中二階、無意味な床や無意味な壁や無意味な天井といった、無意味な間取りが詰まった無意味なワンダーランドだった。

　ミラーハウスよりも歩きにくい。

　金箔が輝いていた頃は、正にミラーハウスのごとしだったかもしれない……、少なくともこんな場所には、ポワレちゃんを連れてはこられない。もちろんエレベーターなんてないし、石川県立図書館とは、悪い意味で対照的だ。

盗品博物館の館長であるお艶には、とても見せられない入り組んだ構造である……、バリアフリーが、今ほど徹底されていた時代の建物じゃないのは承知しているけれど、しかし美術館や博物館の常識である動線が、まったく確保されていない。順路よりも、むしろ迷路を作ろうとしたんじゃないのか？

空き家問題になってしまっているのは、この間取りにも問題があると思われる……、自宅にするなんてもってのほかだし、かと言って、とても居抜き物件にはできない。

携帯ショップにもコンビニにもできない。

ならば解体するしかないが、そのための工事費だってタダじゃない。内部がこうもしっちゃかめっちゃかに複雑な構造になっていると、尚更だ。赤字の物件を処分するために更に借金を背負うなんて決断は、二代目邊邉斉齋斎の名を継いだばかりの感惑氏には、難しかっただろう。

むろん、管理費だって維持費だってタダじゃないので、機会さえあればこの二十年、いつでも売り払いたかったに違いないが……、逆に、法人としての邊邉斉齋斎が軌道に乗ってしまうと、無理をしてまで売却する必要性を感じなくなるかもしれない。

事件であれ事故であれ、父親が死んだ場所でもあるのだから——という感傷が、感惑氏にあったかどうかはともかくとして、いざ売れたとなると、空き家の中身を、どう処分するかという問題も生じるのだから。

そう。

空き家と言っても、空っぽじゃない。

怪盗フラヌールによって盗まれた金箔本以外の展示品は、割としっかり、残っているのだった。

電気も停《と》まっている中、そして足場も悪い中、ぼく達三人が転ぶことなく歩けているのは（うち二名は、手錠で繋がれているというのに！）、忘れ物のような金色の展示品が、そこかしこに立ち並んでいるからである。

金色の輝きの乱反射が、かろうじて薄暗い室内に、明かりをもたらしている。

と言っても、換金できるものはさすがに換金したのだろう、閉鎖した技術館の中にあるのは、とんちきな金箔工芸品ばかりだった。

金色のビデオテープとか（磁気テープまで金色だ）、金色のドライヤーや扇風機といった家電製品、大量の金箔だけが瓶詰《びんづ》めにされたワインボトルが納められたセラー、金箔を張り付けられた昆虫標本、中身の見えない金色のガラス水槽、金箔に金色の墨で描かれた水墨画、体毛を金色に染められた動物の剝製《はくせい》、奥のほうには、初代邊邉斉齋斎の、全裸の彫像まであった――もちろん全身が金色の。

金箔本も、正直かなり奇異なる作品だと思っていたが、こういう残骸《ざんがい》を目の当たりにすると、あれはかなりまっとうな美術品だったんだなと思わされた。

「と言うか、私は懐疑的だわ。これらが残り物なのかどうか。はやってなかったことを思うと、現役時代もこんな感じだったんじゃなくて？　なくなったのは、怪盗フラヌールが盗んだ金箔本だけで、あとは当時のままかもしれないわ」

さすがにそんなことはないだろうと思うものの、空きスペースがほとんどないのも本当なのだ……、しかし、こんなものばかり作っていて、伝説の職人と祭り上げてもらえるとは思えない。

「結局、職人であってアーティストではなかったということなのかしらね。美的センスはないわ。その点、成金の跡取りと通じるところはあったんじゃない？」

「血は争えないということでしょうか」

と、小声の待葉椎警部補。

一応老者舞警視に、十七年前の殺人事件（？）についてぼくなりに調べてみるとは報告はしているが、立ち入り禁止の黄金技術館に不法侵入するとまでは言っていない。板挟みのポジションである待葉椎警部補は（いや、板挟みどころか、絶対的に捜査機関側なのだが）、振る舞いの難しいところなのかもしれない。

「血は繋がってないんですけれどね、初代と二代目は。繋がっている二代目と三代目のほうが、血で血を洗っています」

その点は他人の家のことを言えないが。

いずれにせよ、この分じゃあたとえちゃんと県外に向けて広告を打っていたところで、この黄金技術館に観光客がどっと押し寄せるということはなかったようだ……、よりにもよって、一番マシな展示品だったであろう金箔本を盗むだなんて、父も酷なことをする。

「で、あるき野？　ジジイの友達から聞いているんでしょう。初代邊邉斉齋斎は、どこで殺されていたの？　私は超能力者ではないから、現場を見て判断したいのよ」

ジジイの友達って……、老者舞警視のことか？　県警の幹部クラスでも、こうべを垂れないのか、この名探偵は。警察関係者に対して横柄な態度を取る名探偵っていうのも、令和にはあんまりいないだろうに。

「お前が超能力者じゃないとは知らなかった。たとえ宇宙人だと言われても信じたけどな」

「私は名探偵よ。それ以外の何者でもないわ」

「えーっと、展示エリアのメインのほう……、その辺にうつ伏せに倒れていたって。奇《く》しくも、かつて金箔本が展示されていたあたりなんだそうだ」

まるで己の死体を展示していたかのようだ、と老者舞警視は当時を振り返っていた――ただ、これはいささか記憶が微調整されている可能性が高かろう。

ちょっと盛っている。

そもそも、自分を象《かたど》った黄金の彫像がすぐそこにあるというのに、わざわざ漆まみれになって、自身を展示したりはするまい……、それは現代アートの領域だ。実際には七十二歳の老人が、無人の館内で死んでいただけのことである。現場は密室ではあったものの……。

「そうね。私達がこうして、名探偵の当然の権利として不法侵入していることからも明らかなように、この黄金技術館のセキュリティは甘々なようだものね。密室の要件を満たしてはいないわ」

ふむ。

確かに、虎春花や待葉椎警部補に見せてもいい程度のピッキングで開けられたことは否めない……、ふらのの力を借りてオフにしたデジタルなセキュリティに関しては、これは十七年前にはなかったはずの技術である。

ふたりにも、なるだけ十七年前と同じシチュエーションを体感してもらいたくて、ハイテク・セキュリティのほうの存在は教えていない……、と言うか、ふらのの犯罪行為に関する説明は不可能だ。兄であり『パパ』であるぼくだって、あいつが何をしたのか、まるでわかっていないというのもあるし。

「願います、虎春花どの。現場が密室かどうかよりも、雉薙どのに抵抗した形跡がないというほうが、本官は不思議であります」

と、プロの捜査官の意見。

制服は着ていなくとも、敬礼は決まっている。

「もしも未解決の殺人事件だったとするなら、犯人はいかにして、雉薙どのの不意を突いたのでありましょう？」

「そうは言っても七十二歳の老人なんだから、気付かれないように近づくのはそんなに難しくない……

のかな？」

　これもアンコンシャス・バイアスだと言われれば、まったくその通りだ。可憐な、あるいはいたいけな少女が、人を殺したりするはずがないと思うのと同じように、歳を重ねた老人だから殺しやすいだろうと考えるのは……。

「そうね。素人《ウルトラ》ね。何の意外性も、発展性もないわ」

と、虎春花はかつかつと、高下駄《たかげた》みたいなヒールの靴で足音を、さながらタップダンスみたいに鳴らしながら、十七年前の事件現場を睥睨《へいげい》する。

ぼくの『音もなく』とは正反対みたいな現場検証だ……、つくづく合わないな、この名探偵とは。

「ぼくはルポライターだからね。発展性はまだしも、意外性はそんなに求めていないんだ」

「そうね、あなたはルポライターだったわ。これも潜入取材なのだったわ。たまに忘れるのよね、その設定。世を忍ぶ仮の姿なんじゃないかと思っちゃう」

「世を忍ぶ仮の姿って。じゃあぼくの真の姿はなんなんだよ」

「さあ。獲物を狙う、狩りの姿だったりして」

　油断するとあてこすりみたいなことを言ってくる虎春花だったが、今はぼくに探りを入れることより、事件調査を優先したようで、

「第一発見者は誰だったの？」

　と、訊いてきた。

「現場が密室で、かつ、己のテリトリー中のテリトリーでしょう。下手をすれば、腐り果てるまで、死体は見つかることがないんじゃなくて？」

　えぐいことを言ってるな。

でもまあその通りだ。

「漆には殺菌効果があるから、そう簡単には腐らなかったのではないでしょうか？」

待葉椎警部補もえぐいトークに追随した……、まさかミイラにしたかったわけでもあるまいに。

「頑固で偏屈な職人でも、世捨て人じゃないからね。連絡が取れなくなれば、捜索されることになるだろう……、不仲とは言え、息子もいたわけだし」

「徘徊《はいかい》する老人ということ？　当時はどの程度の社会問題だったのかしらね」

「願います。位置情報のわかるＧＰＳタグは、普及していなかったのでしょうか？」

「まだだったと思いますよ、一般的には」

犬と同じくらい、ずっと昔から人類と共にあるかのような顔をしているスマートフォンだが、十七年前には、影も形も存在していなかったはずだ。その頃の七十二歳じゃ、フィーチャーフォンを持っていたかどうかも怪しかろう。

「フィーチャーフォンって言葉も、もう言わないでしょう、あるき野」

「通信機器の代わりにお菓子を持ち歩く、フランス貴族のお前に、時間感覚で突っ込まれるとは思わなかったよ。さっきから何も食べていないけれど、糖分は足りているか？」

「ご心配なく。留置場で、氷室饅頭《まんじゅう》をいただいたわ」

もてなされてるんじゃないよ。

ガソリンが切れたようなら、どこかで地元銘菓のビーバーを買ってこようかと思ったが、いらぬ心配だったようだ……、ならばこのまま、推理を続けてもらおう。

「そもそも、殺人だとすると、なんで漆を凶器に使うような真似をしたのかがよくわからないよな。漆を塗りたくれるんだったら、鈍器で殴りつけることだってできただろうに」

「普通《ウルトラ》に考えれば、事故に見せかけるためでしょうね。老いた職人の、悲しいミスに見せかけるため」

「あるいは自殺に見せかけるため、でありましょうか？」

だとしたらその企みは失敗したということになる……、盗難被害に遭い、引退し、雉薙氏の気力が相当萎えていたことを思うと、なくはない線だとも思うのだが……。

「正直、イメージするだけでぞっとするんだけどさ。ウルシオールを塗りたくられるなんてのは……、どれだけ苦しかったかと思うと、鳥肌が立つ」

「その鳥肌もかぶれるから大丈夫よ」

「どこが大丈夫なんだよ。それはともかく、されたらめちゃくちゃ嫌だとは思うけれど、その一方、確実性には欠けるだろう？　正直ぼくも、そんな死因があるとは思いもしなかった」

　苦しいのは容易に想像できるが、しかし、死ぬとまでは……、苦しめて殺したかったということか？　それとも、殺すつもりまではなかったということか？

「そこが要点《ウルトラ》ね、あるき野。二代目邊邉斉齋斎の殺害方法もそうなのだから……、凡人は人間を、金箔で殺そうとは思わないでしょう？」

　凡人って。

　一般人くらいにしておけよ。

「それこそ金箔をかぶせることができるのなら、ギロチンで首を刎《は》ねることだってできたでしょうに、籐藤壁璧はそうはしなかった。なぜかしら？」

「それはギロチンを持っていなかったからじゃ……」

　しかし、台所に包丁くらいはあっただろう。漬物石を、えっちらおっちら運んで来てもよかったはずだ。

なのに金箔を使ったことにはメッセージ性があると考えるべきだ……、自身も金属アレルギーなのに、あえて金箔を使用したことには。

「願います。どちらも、裁判対策ということは考えられませんでしょうか。漆にせよ金箔にせよ、およそ人殺しの道具とは思えないものをあえて凶器に使用することで、公判中に殺意を否認しうるという戦略では」

物的証拠を重んじる警察官らしいものの見方である。確かに、刃物や銃器を使ってしまえば、殺すつもりはなかったは通らない……、でも、その一方で、金属アレルギーの人間に金箔を使って、殺意がないは通らないと、老者舞警視は語っていた。

ミッシングリンク……。

「そうなると、逆にひとつ、浮いてくる事件があるわね、あるき野」

「浮いてくる？　世界におけるお前みたいに？」

「籐藤の事件よ」

籐藤の事件と言われても……、雉薙氏の事件も感惑氏の事件も、どちらも籐藤の事件なのだが……、それ以外の籐藤の事件と言えば？

「ああ。壁璧ちゃんから見れば祖母にあたる、毒苺刀自の。刀自じゃないか、死んだ当時は」

彼女の死因はフグ毒である。

テトロドトキシン……、もしもそれを凶器に使ったのであれば、さすがに殺すつもりはありませんでしたは通らない。下手をすれば、刃物や銃器よりも、強い殺意を感じるくらいだ。漆と金箔と、そしてフグ毒が並んでいれば、大抵の殺人犯は、最後のひとつを凶器として選択するだろう。

浮いている……、と言うか、沈んでいる。深海魚のように。

五十年前のその事件に関しては、東尋坊警部も老者舞警視も、自身が担当した事件でないのも、あるいはとっくに時効を迎えていることもあって、さほど言及してはいなかったし、ぼくもやや失念していたところがあったが、虎春花は、同列に並べて考えているようだ。

名探偵は殺人事件を見逃さない。

「一番事故っぽくもあるけどね。調理ミスでうっかり食べてしまっただけかも……」

「そう言えばまだ食べてなかったわね、フグの卵巣漬け。あとでいただきましょう」

この会話の流れで、なんでそんな発想になるんだよ。お菓子だけを食べる生き物ではなかったのか……、正直、ぼくなんて怖《お》気《け》づくけれど。

「五十年前の事件も関係していると思うのかい、虎春花？　ぼくはそこまでの関連性は見出《みいだ》していなかった」

十七年前までしか遡っていなかった。それも確信があってのことではなく、手口が似通っているからという、手探りみたいなものだったが……。

「当然関係しているでしょう」

すごい度胸だな。

何の証拠もなく断言しやがった。

十七年前の事件調査でさえ、この通り、どこから手をつけていいかわからないような有様だというのに、どうして資料も証人も望むべくもない、五十年前の人死にに関して、そこまで強く言える？

「なによ。断言しない名探偵に価値なんてないでしょう。それとも私の口から『彼が犯人《ウルトラ》かもしれません』『こうやって殺害《ウルトラ》したのだと予想されます』なんて言葉を聞きたいの？」

「聞きたくないかもしれないと、予想されるね」

お前は極端だが、それでも、報道精神に則った両論併記の名探偵なんて、目も当てられない。警察関係者に対して横柄っていうのもどうかと思うけれど、名探偵に望まれる名探偵らしさはある。ぼくもそれを期待して、こうしてリスクを冒して、虎春花に推理させようとしているのだし……。

「五十年前の事件。十七年前の事件。そして今回の事件……、三世代に亘って繋がる事件が、無関係なわけがないわ。なんなら、怪盗フラヌールが盗んだ金箔本も、絡んでいるに違いないわ」

そこまで断言してくれると心強い。

違ってくれるなら、違っていてほしくもあるのだが。

「そう言えば、問題の金箔本を、怪盗フラヌールはどうするつもりでしょうな？　あるき野どのの情報源によれば、邊邉斉齋斎に返却するつもりだろうとのことでしたが、二代目が殺され、その娘も逮捕されたということであれば」

「さあ……、まあ、元々信憑《しんぴょう》性の薄い情報でもありましたからね」

待葉椎警部補の疑問を、ぼくははぐらかす。怪盗フラヌールに恨み骨髄の窃盗犯担当警察官からすれば、十七年前の殺人事件よりも、今の怪盗の行方のほうが気がかりだろうが、そちらをあまり掘り下げられても困る。

「きっと今頃、起きてしまった殺人事件におそれをなして、尻尾《しっぽ》を巻いてすたこら逃げちゃったんじゃないでしょうか」

「あなたはそんな情けない犯罪者を追跡取材しているの？」

「でも、少なくとも感惑氏を殺した犯人が実は怪盗フラヌールだっていう線は、絶対にありえないわけだし」

「どうかしらね」

え？　ここは断言してくれないの？

てっきり、共通認識だと思っていたのだが……、またかけられているのか、怪盗フラヌールに殺人の疑いが？　そんなことのためにお前をここに連れて来たわけじゃないぞ？　証人として探偵を現場に呼び込んだ依頼人型の犯人みたいな気持ちになっていると、

「直接殺したわけではなくとも、怪盗フラヌールは、三代目邊邉斉齋斎こと籐藤壁璧に、殺人を勧めた可能性はあるわ。いわゆる、操り型の殺人ね」

と、虎春花は言った。

「金箔本というキーワードが、あの子を父殺しに走らせたという推理は、検討に値するわ。そうでしょう、あるき野？」

「そ、そうかな……、思わないな、ぼくはあんまり……、それは関係あるまいと思っていたけれど……、金箔本なんて言葉は、誰でも使うものだしね。思いついたのはお前でも、誰が考え出してもおかしくなかった、そうだろう？」

「別にそんな言葉に著作権を主張するつもりはないけれど、何を急に多弁になっているのよ」

「いやいや、明文化しておこうと思っただけさ。何の意味もなく」

操り型の殺人だとしても、怪盗フラヌールは無関係だ——とも言えないが、少なくとも、操りの実行犯は怪人デスマーチである。

十七年前の事件に関しては、怪盗フラヌールの盗難が、初代邊邉斉齋斎の死の遠因になったのではと、ぼくも考えていたけれど……、五十年前のテトロドトキシンに関しては、初代怪盗フラヌールさえ生まれていない。

……だが、待てよ？

逆に言うと、怪人デスマーチは、いったいなぜ、このタイミングで壁璧ちゃんから殺意を誘発したのだ？

それが今日である必要がどこにあった？

石川県立図書館でぼくに探りを入れてきたり、兼六園にぼくを釘付《くぎづ》けにしたりの、ああいった行為が怪盗フラヌールの金箔本返却を妨害するためではなく、ぼくを籐藤家から遠ざけるためにおこなっていたのだとしてだ……、しかしだったら、一週間前にでも、あるいは一カ月前にでも、もしかすると一年前にでも、壁璧ちゃんに接触すればよかっただけのことだ。

父殺しが、早くて悪いということはないだろう。

なぜわざわざ、ぼくが（しかも名探偵や警部補と）金沢にいるタイミングで、ことを起こす？

金箔本に関しては、返却を邪魔するつもりはないというのであれば、ぼくが東京に戻ったのちに、のびのびと怪人デスマーチとして活動すればいい……、いや、よくはないのだが、あえてぼくに絡んでくる理由はない。

まああいつは弟だから、お兄ちゃんに構ってほしかったというのはあるだろうが……、それだけにしてはリスクが高過ぎる。しなかったけれど、ぼくがポワレちゃんを、名探偵や警部補に引き渡す危険性は、無視できない程度にはあったはずだ。

にもかかわらず、怪人デスマーチは、ぼくを『登場人物表』に記載した。言いかたを変えると……、邊邉斉齋斎に金箔本が返却されると知ったからこそ、行動に出た、のか？　だからこそ現場がバッティングした……、あやふやなことを言って誤魔化しているだけかと思っていたが、こうなると軍靴には、金箔本の中身が、おおよそ想像できているのかもしれない。

ぼくより先に行っているつもりか、弟よ。なんて生意気な……、しかしそう仮定すると、金箔本が無関係であるとは、確かに言いにくくなってくる。

誰に返すべきなんだ、この本は？

「どうしたの、あるき野？　まるで私達には言っていない重要な事件の骨子《ウルトラ》となるピースを隠しているかのように、黙りこくっちゃって」

「そんな具体的に黙りこくっちゃいないさ。骨子だなんて、福井恐竜博物館じゃないんだから」

ぼくのほうこそ具体的にそう言ったのは、展示物の中に金箔を張り付けられた化石や骨格標本も散見されたからだ……、やっぱり悪趣味だよな、落ち着いて見ても。

「ところで、どうだい虎春花。歴史に名を残すことにおいては邊邉斉齋斎の比ではない名探偵であるお前なら、そろそろ犯人やトリック、動機などなど、真相のアタリはついた頃じゃないのかい？」

「私に期待し過ぎでしょう」

「虎春花さんに期待し過ぎなんてことはないよ。これでもまだ遠慮しているくらいだ」

「本気を出してもいいの？」

素朴にそう訊かれると、本当に黙りこくってしまうな……、弾みで返却怪盗フラヌールの正体まで看破されてしまってはたまったものじゃない。

待葉椎警部補の警察剣道で成敗されてしまう……、あるんだよ、展示物の中に、黄金の竹刀が。エクスカリバーのように技術館の床に突き刺さっていて、竹刀なのになんだか神々しい……、引っこ抜いたら絡繰《からくり》が作動しそうだ。

「も、もちろん本気を出してもらわないと困るさ。そのためにここに来たんだから。たとえそのために、どんな闇が暴かれることになろうとも……」

「そうしてあげてもいいけれど、今回暴かれるのは金メッキね、せいぜい」

虎春花はそう肩を竦めて、「まあ犯人《ウルトラ》は二代目邊邉斉齋斎こと籘藤感惑でいいでしょう」と言った。

え？

左右一行アキどころか、改行もないカギ括弧でさらっと言ったけれど……、なんだって？

籘藤感惑が犯人？　籘藤雉薙を殺した？

「そう言ったわ」

「いや、そう言っておいて、実はまったく別の意味だったみたいなケースが多いじゃないか、お前ら名探偵は」

「名探偵全員の罪業は背負えないわよ、さすがの私とて」

「ほほう、そう考えれば納得ですな！」

待葉椎警部補が、久しぶりに大声でリアクションをした——いいリアクションと言うか、謎解きのシーンには欲しい要員だ。

もうひとり、『何を馬鹿なことを言っているんだ、そんなわけがないだろう！』と声を荒らげるお偉いさんも欲しいところだったが、東尋坊警部や老者舞警視くらいの貫禄がないと、その役どころはただの三枚目になってしまう。

ぼくでは無理だ。語り部《かたべ》に徹する。

事実のみを淡々と示す。

「漆を凶器に使用したのは、無理解な父親に対する復讐だったと考えれば得心がいきます！　できるだけ苦しめて殺したかった、あるいは殺すつもりはなくっとも、できるだけ苦しめたかったというわけですか！」

「通り魔的犯行だったらともかく、身内の身体に漆を塗りたくって、冗談では済まないでしょうからね。

息絶えるまで漆を塗り続けたと見るべきでしょう」

「ほとんど拷問じゃないか……」

あるいは——虐待。

跡取りとして引き取っておいて、アレルギー体質ゆえにそれが難しいとなると育児放棄をした父親への復讐……、にしても、やり過ぎに思えてしまう。

ぼくのような甘ちゃんには。

「あるき野どの。そのアレルギーも、凶器に漆を使った理由なのでは？　アレルギーのつらさを、痛みを、苦しみを、無理解な父親に伝えたかった可能性があります。そうでもしないと、無理解な父親には自分の気持ちをわかってもらえないというのが、無理解な父親を殺害する動機の根幹をなしていたのではないかと、本官は推察します」

無理解な父親ってめっちゃ言うな。

本当にお父さんと仲いいの？

「いえ、動機はまだ、推理し切れないところがあるわ。だから私の歯切れが悪いのよ」

「そうか？　きれっきれだと思うよ、いつも通り……」

「犯人が息子なのだとすれば、密室の謎はたやすく解決するでしょう。黄金技術館の管理も、既に彼が引き継いでいた頃合いでしょうからね。しかし、だからこそ新しい謎も生まれるわ」

「新しい謎と言うと？」

「犯人が二代目邊邉斉齋斎だとしたら——つまり、二代目邊邉斉齋斎を継承したのちに、犯行に及んだのだとすれば、それはなぜ？　ってこと」

「………？」

よくわからないが……、二代目を襲名したあとだからこそ、密室で父親を殺せたという話じゃなかったっけ？

「殺す必要がなくなるでしょう。自分自身が邊邉斉齋斎になったのであれば。もうその時点で、父殺しは成立しているようなものよ」

ああ……、なるほど。

その論理はわかりやすい、特にぼくには。怪盗フラヌールを継ぐことが、一種の父殺しであると言われれば、残念ながらまったく異論はない。ただ、それゆえに、あまり納得した様子を見せるのはぼくが二代目怪盗フラヌールであると自白しているも同然なので、そういうトラップであることを警戒し、

「よくわからないな、虎春花」

と、ぼくは首を振った。

無理解な語り部だ。ミステリーでは珍重される存在である。

「そう？　だったらお望み通り、言いかたを変えてあげるけれど……、密室の扉が開いたところで、不仲な親子であることは周知の事実よ。極端な話、父親のほうは、いつか息子に殺されるんじゃないかと、ひやひやしていたんじゃないかしら。なのにどうして、不意を突かれて殺されたのだと思う？」

「……後ろからこっそり近づいて殺すって方法の、難易度が上がるわけだ」

「そちらは初心者向けの謎だけどね。私はやはり、なぜ殺したのが雅号の継承後だったのかのほうが不思議だわ。雅号を継承するために殺したというのだったらわかりやすいのに」

子が親を殺すこと自体には問題ないみたいなことを言っているな……、まあ何も、父親殺しを、娘だけの権利にする必要もない。

実の子だけにある権利でもなかろう。

またタイミングの問題か……、邊邉斉齋の名を、引き継ぐ前でもなく、さりとて引き継いだ直後でもなく……、引き継いでから三年後？　ほとぼりが冷めるのを待ったのか？　いやいや、まだ感惑氏が犯人だと決まったわけじゃない……、あくまで虎春花が、何の証拠もなく断言しているだけだ。

だが……、名探偵の言うことだからな。

「仮に十七年前の事件が感惑氏による犯行だったとして、それが現在の事件にどうかかわってくる？　父親を殺したことが、娘に殺された理由に直結するのか？」

「しないほうがおかしいわね」

「祖父の敵討ちに父親を殺した――それが壁壁ちゃんの動機か？　いや、違うな。壁壁ちゃんは、初代邊邉斉齋の顔も知らないんだ。生まれる直前に、もう死んでいたんだから」

実際には顔写真くらいどこかで見ているだろうけれど、しかし、思い入れがあるとはとても思えない……、教育を受けさせてもらえなかったことを恨んで殺したというストーリーに比べて、動機が弱過ぎる。

金属アレルギーなのに金箔喫茶で働かせるという措置を恨んで金箔で殺したという解釈をするなら、アレルギーに無理解な父親を漆で殺したという感惑氏の行動と、因縁めいて繋がってはくるが……。

「壁壁ちゃんの母親の死がかかわってくるってことはあるのかな。感惑氏と政略結婚をし、壁壁ちゃんを出産するときに亡くなったっていう……」

「痛ましいけれど、それは殺人事件ではないから、私には関係ない出来事ね」

痛ましいと言ってる割には、ドラスティックに切り捨てる名探偵である……、確かに殺人事件じゃない。

壁壁ちゃん自身は、自分が母親を殺したと思っているようだった……、違う、父親から、そんな風に

教えられていたんだ。その一点だけとっても、分断のある親子だったことに疑いはないが……、これも、
順番が逆だったらな。

邊邉斉齋斎を継ぐ際の条件であった見合い相手である、壁璧ちゃんの母親の死がきっかけで、何らかの心境の変化が起こり、父親殺しに及んだと言うのであれば、まああありそうな話だと思う。愛情はなかったと（軍靴が変装した）感惑氏は言っていたけれど、それは自らの子を身ごもった妻に対し、何の感情もなかったというわけでもあるまい……、だが、実際の時系列は逆だ。

雉薙氏の死があって、その直後に、籐藤契尖は亡くなっている——そして籐藤壁璧が生まれている。死を予想させるような兆候があったわけでもない。不治の病《やまい》で病床に伏していたんじゃなく、あくまで妊娠だ——出産時の不幸な事故は、誰も予想できなかったことのはずである。完全に安全なお産なんてなくとも、だからこそそのための万全は尽くしていたに違いないのだから。

名を継いでから三年後……。

それこそ、金箔本を相続するためならともかく……。

ある程度商売も軌道に乗っていたはずで、むしろ借金まみれの父親を殺害することで、余計な不良債権を相続することにもなりかねなかったはずである。

「願います。見方を変えれば、二代目邊邉斉齋斎は、怪盗フラヌールめによって、このミュージアムより金箔本が盗まれたことによって、雅号を継承できたのですよね？」

「ん……、ああ、そうなりますね。最高傑作である金箔本が盗まれたことは、少なくとも、初代に引退を決意させる大きな理由のひとつだったはずですから」

「となりますと、怪盗フラヌールめと、籐藤感惑氏の共犯説というのもありえるのでしょうか？」

共犯？

ぼくの父と、壁璧ちゃんの父が？

それは……、あんまり考えてはいなかった線だ。しかし考えるべき線だったかもしれない。軍靴の言う通り、怪盗フラヌールは基本的には単独犯だ。行軍《マーチ》を組むことはない……、例外は盗品博物館を任せる闔閲艶子くらいで。

ただ、一時的な同盟や、協力関係はありえる。

もしも怪盗フラヌールがここに盗みに這入る際、籐藤感惑氏から内諾を得ていたのだとすれば、金箔本の盗難は滞りなくおこなえたに違いない。所有者の身内を味方につけていたのなら、事実上、ノンセキュリティだったと言ってよかろう。

それにより、怪盗フラヌールはお宝を入手し、感惑氏は、邊邉斉齋斎の名を我が物とする……、これ以上なく優良な取引だ。

「ふむ。親子間の確執を利用し、盗みに這入ったというわけね。鮮烈《ウルトラ》だわ」

「いやいや、虎春花。だとしたら、まったく、怪盗フラヌールのやりそうな、卑劣なトリックだよ。およそ人として許されることじゃないね。第一、実は被害者の側近に共犯者がいましたなんてトリック、平成もいいところだ。そういう卑怯者にだけはなりたくないって思うよ」

「ならなければいいじゃない。ともあれ、その仮説は採用《ウルトラ》よ、待葉椎」

「ありがとうございます！　光栄です！」

待葉椎警部補は、手錠で確保している名探偵に敬礼した……、あなたの上司じゃないですよ、そのトーテムポールは。

「しかし、だとしたら尚更よね。怪盗とそんな協定を結んでまで、邊邉斉齋斎の名を継承するというプランは、既に成功を収めたのだから、引退に追い込んだ先代を、三年後に殺す理由なんてないでしょうに」

　復讐ならもう果たされている。

　にもかかわらず、どうして殺したのか……、それがわかれば、壁璧ちゃんが、どうしてこのタイミングで、感惑氏を殺したのかもはっきりするのだろうか。

　なぜ怪人デスマーチは。

　今、娘に父を、殺させることができたのか。

　虎春花はここでふっと息をつき、

「先に、初心者向きの謎のほうを解いてしまいましょうか。初代邊邉斉齋斎は不仲な息子を警戒していたはずなのに、なぜ抵抗する暇もなく、二代目邊邉斉齋斎に殺されてしまったのか」

　と、床を指さした。

「あるき野。そこに寝そべりなさい」

「え？　なんか言った？」

「そこに寝そべりなさいと言ったのよ、死体のように」

「ああそっか、ごめんごめん、そんなことを言う奴だとは思っていなかったから。違うな、思っていた通りの発言だった。昔、死体があった場所に、なんでまだ友達を寝そべらせないんだろうと首を傾《かし》げていたんだよ」

「友達になった覚えはないわ」

　嬉しいお言葉だが、じゃあなんなんだよ、ぼく達の関係性は。

　ぶつくさ不満を言いつつ、しかしこっちはお願いしている立場なので逆《さか》らうこともできず、ぼくはその場に横たわった……、籐藤雉薙の死体の正確な位置やポーズは、現場写真を見たわけでもないので再現できないけれど、寸分違わず同じ姿勢になる必要はないだろう。

全身に漆を塗られたなんて殺されかたじゃ、七転八倒《しちてんばっとう》、のたうち回ったに違いないのだから……、発見時、うつ伏せに倒れていたということだが、それとて、参考にする意味はない。

というわけで、ぼくは仰向けの姿勢を取った……、全身をかきむしっているうちに、こういう状態になった時間もあるはずだ、というのが言い訳だが、正直、名探偵や警部補を前に、うつ伏せの姿勢にはなりたくなかった。

確保されてはたまらない。

「どうだい、虎春花？　何かわかるかな？　ぼくを老人の死体に見立てたことで」

「さっぱりね。まだ漆を塗ってないもの」

「待って、漆を塗るところまで再現しようとしている？」

「死にはしないでしょう」

「死んだ人がいるんだよ、それをされて」

「そうだったわね。じゃあ、質問に答えてもらおうかしら。そこに寝転がって、初代邊邉斉齋斎は、今際《いまわ》の際に何を見たのだと思う？」

死者からの伝言を聞こうというわけか。漆でダイイングメッセージを残してくれていたらよかったのだが、老者舞警視から話を聞く限り、それはなかったようだし……、全身がかぶれたら、ダイイングメッセージどころではなかろう。

お艶の喪服を脱がせることができたらもう死んでもいいと思っているぼくではあるけれど、しかし、だとしても死にかたは選びたい……、漆を塗られて死ぬなんてのは、ＮＧ死因のベスト10入り確実である。

とは言え、死に場所としては。ここは悪くないと考えるべきなのかな？　本来ありえないことだが、背に腹は代えられないので、弟を見習って、被害者になりきってみると……、初代邊邉斉齋斎は、己の作品に囲まれて死ねたわけだ。

金箔本が盗まれているので、画竜点睛《がりょうてんせい》を欠くことにはなってしまうけれど、しかし『作品』という、自分自身の人生みたいなものに見守られながら旅立つのは、そう悪くないんじゃないのか？　殺菌された集中治療室で死ぬよりも……、この雑多な、自らの脳内みたいな場所で死ぬほうが。

消毒された空間より。

毒々しい場で……。

そう考えると父は残念だっただろうな。どうせ死ぬのなら、お艶の管理する、盗品博物館で死にたかったろうに……、ぼくはその盗品博物館を空っぽにしようとしている最中なのだが、逆に感惑氏は、そのまま空き家として維持している。もしも彼が犯人だと言うなら、そんな犯行現場など、さっさと処分することで、残っているかもしれない証拠を隠滅しそうなものだけれど？

「願います。それは逆ではないでしょうか、あるき野どの。証拠隠滅だと疑われることを避けたかったから、この物件を残さざるを得なかった可能性はあります。解体のすべてを己の手でおこなうわけにもいきませんし、下手に人手に渡って、詳しく調べられることにも抵抗があったでしょうし」

ルールを逸脱した犯罪を働いてしまえば、そんな疑心暗鬼になるのもある意味当然であろう。ぼくも怪盗稼業に身を窶して以来、盗難被害に遭うことを酷く恐れるようになった……、カメラバッグから手が離せない。まあ、そのカメラバッグの中には、盗品が入っているので、これは疑心暗鬼とは言いにくいが。

いかんいかん、感惑氏の気持ちになってどうする？　今のぼくは雉薙氏だ……、死の間際だ。呼吸困難に陥《おちい》り、全身をかきむしりながら、己の作品に見守られて……、されど金箔本がここにないことを惜しんで……、犯人の姿は見えず……、自分がなぜ死ななくてはならないのかもわからず……。

「…………」

「どうしたの？　あるき野。微妙《ウルトラ》な顔をしているわ」

「いや、己の作品に見守られてと言うか、本当に己に見守られているみたいな気分になったんじゃないかと思って。そこにある黄金の彫像のせいで」

名人・邊邉斉齋斎の等身大の全身像だ……、生きている間に自分の彫像を、しかも全裸の彫像を作ったのかと思うとかなりの自意識で、名人のイメージが狂ってしまうが、それでも悪趣味さで言えば、これでも展示物の中ではまだマシだというのだから恐れ入る。

「呼吸困難な死に際に、そんな彫像を見たのであれば、ドッペルゲンガーでも現れたんじゃないかと思ったかもしれないわね」

「確かこういう童話がありましたな。そうそう、『幸福の王子』です。金箔がところどころ剝げかかっているところも、あの物語を彷彿《ほうふつ》とさせます」

「『幸福の王子』……？　ああ」

もちろん知っていたが、しかしこの状況とあまりにかけ離れていたために、すぐには繋がらなかった。薄暗いのでちゃんと視認できていなかったけれど、当然、フル黄金の像ではないわけか……、金箔師の技術館だから当たり前だし、もしも人間大の像が中身まで金なら、さすがに感惑氏が売り払うはずだ。溶かす工程が必要だが、コストパフォーマンスは十分に合う。

「『幸福の王子』って、どういうお話だったっけ？　教えなさい、あるき野」

ミステリー以外は何も知らないのか、このパリジェンヌは……、木々高太郎の著作や永井豪作品と違って、それならたぶん、図書館のキッズエリアにも置かれているだろう童話なのに。

「と言っても、ぼくも細部まで憶えちゃいないけれど……、博愛精神に満ちた王子の像と、群れからはぐれた燕《つばめ》の話だよ。貧しい人のために、像を飾る宝飾品や、像に貼り付けられた黄金を、王子が燕に頼んで、あちこちの恵まれない人に届けてもらうって話……、しているうちに像は丸裸になり、誰も見向きもしなくなって、燕も、そういうデリバリーサービスをしているうちに冬を迎えてしまったから……、あれ？　死んだ？」

　思い出してみると、そんないい話でもない？　いや、施しの精神を説いたいい話なんだけれど……、救いがないぞ？

「ラストに救いはありますよ。ただし、現代的な視点で見ると、かくあるべしとは思いにくいのも事実であります」

「どのみち、貼られていたのが金箔では、施しにしても不十分だったでしょうね。ふふふ。それにしても、前回は『浦島太郎』で、今回は『幸福の王子』とは。さながら童話シリーズね」

「そんなシリーズ化を目論むな。……と言っても、虎春花、ドッペルゲンガーって感じじゃないよ。ずいぶん若い頃の像みたいだから」

　享年である七十二歳の邊邉斉齋斎を表した彫像ではない。死後に作られたわけではないから当たり前だが、いったい、いくつくらいの頃の籐藤雉薙だろう？　邊邉斉齋斎を名乗っていた頃なのは確かだろうが……、全盛期の頃の姿を、像という形で残したのかな？

「それにしても若いわ。美化したって感じなのかしら。金箔で整えた時点で、美化を超えてぴかぴかなのに」

「ん……、と言うか」

ぼくは身を起こした。あまり直視したくないものだったので、今まで気付かなかったけれど……、この彫像……、籐藤雉薙氏よりも、むしろ……。

「邊邉斉齋斎は邊邉斉齋斎でも、初代よりも二代目のほうに似ているかな？」

「そうなの？」

虎春花が怪訝そうな顔をした。別に、そこまで過剰反応することじゃないと思うが……、親子なんだから、若い頃の姿が息子に似ていて当然だろう？　まあぼくと父は、まったく似ていないけれど、それだってお艶に言わせれば、瓜二《うりふた》つだそうだし。

「いえ、あるき野どの。それはおかしいでしょう。だって、惑惑氏は雉薙氏の養子なのですから……、親子関係にはあっても、瓜二つではないでしょう」

「あ」

それはそうだ。言われるまでもない。馬鹿な発言をしてしまった……、虎春花に怪訝がられるのも無理はない。間抜けなことを言ってしまった。今更失態を取り戻せはしないだろうけれど、もう一度、今度は立ち上がって、数歩近づいて見てみたら――

「――やっぱり、似てるんだけどな。初代よりも、二代目のほうに」

「そもそもあるき野、あなた、偉人である初代はともかく、二代目の顔を知っているの？　インタビューの際、兼六園には代理の者が現れたと言っていたわよね？」

怪人デスマーチを名乗る変装した弟が現れたとは言えないので、老者舞警視に対しても、そういうことにしておいた。

「ああ、ボディーガードの人達は、混乱して、本人が現れたとか、よくわからないことを言っているようだけれど。まあ無理もないよ。それともそれがドッペルゲンガーだったのかな。だからぼくは、直接は会っていないんだが、取材相手の顔くらい、さすがに知ってから行くとも。気さくな二代目邊邉斉齋斎は、ビジネス誌やら動画配信サイトやらで、よく顔出しインタビューを受けていたから。だからおかしいんだ。なぜ、初代邊邉斉齋斎の若かりし頃の像が、現在の二代目邊邉斉齋斎の姿に、そっくりなのか……？」

「最初からその謎に至っていたみたいに振る舞うんじゃないわよ。待葉椎に指摘されて初めて違和感に気付いたんでしょう。さっきどんな間抜け面で『親子なんだから当然』なんて意見を晒していたか、彫像にしてあげましょうか」

「まあまあ、捉えかたは人それぞれだよ。事実は、雉薙氏と感惑氏が、こうしてみると双子みたいによく似ているということだ……、実は養子の像を作ったんだってことはあるかな？」

「自分の彫像を作るよりはまともに感じるけれど、全裸であるということは差し引いても、時期的にありえないでしょう？　この像は、少なくとも二十年以上前の展示物なのだから。製作時には二代目邊邉斉齋斎は、下手をすればまだ十代よ」

　十代の頃の姿じゃあ、さすがに似ているとは言えまい……、この中年男性の像とは。あるいは製作者が違うのか？　この黄金技術館に関して、あれこれ批判めいたことを言いながら、実は自分自身の像を、感惑氏は作っていた？

「……違うな。自己主張の強い経営者だから、パフォーマンスとして自分の彫像を作るってのはありそうだが、しかしその腕がなかったはずだ。悪趣味ではあるがクオリティの高いこんな展示物を、製作できたとは思えない」

「願います。自分や自社では作れずとも、外注したという線はないのでしょうか？」

「もちろん、金箔本と違って、世界で作れるのが初代だけって像ではないでしょうけれど……、法人として、トップの金箔像を、同業他社に発注はできないはずです」

それに、最近作られた像にしては傷んでいる……、『幸福の王子』のように、あちこち金箔が剝げた時代のつきかたは、製作年が閉館以前であることを示していると思っていいだろう。にもかかわらず、この展示品は、雉薙氏よりもむしろ感惑氏を彷彿とさせる……。

いかん、堂々巡りだ。

「考えられる理由はふたつね。ひとつは、初代の若かりし日の像のデザインに、二代目のほうから風貌を寄せていった」

「ないない、それはない。父親に似ないことに、命をかけているような息子だよ」

「妙に力が入った否定ね、あるき野。共感するところでもあるの？」

「ぼくの共感能力のなさなら、ぼくの家族が保証してくれるよ。それより、考えられるもうひとつの理由は？」

「初代邊邉斉齋斎と、養子であるはずの邊邉斉齋斎は、実際には血が繋がっている」

と、虎春花はあっさり言った。

改行こそあれ、左右一行アキでもなく。

「……実は実の親子だって言うのか？」

「とは限らない。叔父《おじ》甥《おい》でも従兄弟《いとこ》同士でも、似るときは似るでしょうし」

そりゃそうだ……、だが、親子のほうが、外形的には似やすいのも事実だろう。

「願います。クローン人間ということもあるのでは？」

警察官が思ったより空想科学的な可能性に触れたが、いや、現代じゃあそれも、必ずしも絵空事とも言えない。初代邊邉斉齋斎は、子供が欲しかったんじゃない……、跡取りが欲しかったのだ。己と同じ天賦の才を有するクローン人間を作れるものなら、迷いなく作っていたに違いない。

「もしも……、感惑氏が雉薙氏の、実の息子だったとしたら、そうでなくとも血縁だったとしたら、何か変わるか？」

変わらないという気もする。

たとえば二十年前や十七年前に、この像を見たとて、それに気付く人間はいない……、当事者達を含めてだ。この彫像との類似は、感惑氏が年齢を重ねて、初めて判明する時限装置みたいなものなのだから……、もちろん、それ以外のルートから知るケースはあるし、公然の秘密だったパターンもあるだろう。

壁璧ちゃんにとって、雉薙氏が実の祖父だったとしても、それで状況が変わるわけでもない……、血が繋がっていようといまいと、顔も知らない祖父の敵討ちをするとは思えない。血縁など、その意味じゃ誤差の範囲内だ。養子という形ではなかったが、ぼくの父も諸事情あって、ふらのを五歳のときに引き取っているのだから。

そんな風にぼくがまとめようとしたら、

「大いに変わるわね、あるき野」

と、虎春花が言った。

左右一行アキで、あからさまに。

「つまりこれで事件解決ということよ。だからどうということにはならないけれど——犯人《ウルトラ》がわかったわ」

「犯人が？　いやいや、犯人は、もうとっくに判明しているだろう。感惑氏を殺したのが壁璧ちゃんなのは確定しているし、雉薙氏の死が殺人事件なら、犯人は十七年後に被害者となる感惑氏だと、他ならぬお前が指摘したんじゃないか」

「わかったのは、五十年前の殺人事件の犯人《ウルトラ》よ。十七年前のでも、今朝のでもなく」

「五十年前の――殺人事件？」

　壁璧ちゃんから見て祖母にあたる籐藤毒苺を、テトロドトキシンで殺した犯人？　現場にさえ行っていないのに、その犯人がわかったと言うのか？

「籐藤雉薙。初代邊邉斉齋斎――あなたが、犯人《ウルトラ》よ」

　名《ウルトラ》探偵・涙沢虎春花はそう言って――金箔が剝がれかけ、『幸福の王子』さながらの、黄金の彫像を指さしたのだった。

# 第十頁 フラヌール／フラヌール（二代目）

## 1

こんなことを言っても負け惜しみに聞こえてしまうかもしれないから、あまり言いたくはないのだけれど、それが真実なのだから仕方がない。嘘をつくほうが恥である。何が言いたいかと言うと、初代邊邉斉齋斎が創設し、二代目邊邉斉齋斎が閉館した黄金技術館に、現在施されているセキュリティ程度ならば、ぼくひとりでも解除することができた。あれくらいのハイテクなら、お茶の子さいさいとまではいかなくとも、わざわざ海と時差を超えて、入院中の妹を、あるいは娘を頼るまでもなかった——あくまで、あちらのセキュリティ解除を彼女に依頼したのは、ついでみたいなものである。

本命はこちらだった。

つまり、石川県警の留置場だった。

公的機関の、しかも警察組織と一体化している分、見様によっては刑務所以上の堅牢《けんろう》さを誇る留置場となれば、さしものぼくにも手をつけられない——ハッキングによるセキュリティの解除は必須事項である。

初代怪盗フラヌールは、かつて東尋坊おじさんに捕まったとき（おじさんと父との、終わりなきライバル関係の始まりである）、刑務所を盗むことによって脱獄したそうだが、まあ、ぼくとふらのが力を合わせても、今のところ、できるのは留置場への不法侵入までという言いかたもできる。

いつかあの刑務所も返却しなければならないが……、今は警報や監視カメラの切れた県警の廊下を、『目を盗んで』『音もなく』、抜き足さし足忍び足の怪盗足で、気配を消し、息を殺して、しっとりと歩むことが最優先だった。

ちなみに虎春花と待葉椎警部補は、今頃、金沢おでんを食べている。殺人事件を解決した祝杯で、車麩《くるまぶ》という金沢独自の具を楽しんでいる頃だろう……、じゃあぼくは老者舞警視に報告しなきゃいけないからと言って、紙幣を置いてめでたい会を抜けてきた。

引き留めもしなかったところを見ると、虎春花にとって、本件はもう、終わったことなのかもしれない……、否、実際にとっくに、終わっていたことである。あるいはただ、泳がされているだけかもしれないが……、しかし、ぼくにしてみれば、ここからがようやく始まりである。

泳ぎ切らなければ。

向こう岸まで。あるいは彼岸まで。

老者舞警視への報告は本当にしたが、しかしそれは東尋坊おじさんへの義理を果たすためであると同時に、県警内部に入り込むためでもあった。

「そうか……、そういうこともあるかもしれないね。しかし、だとしても今更どうしようもないし、今回の被害者に対する情状酌量にもさしてなるまいが。そうでなければ、劇場の大きな画面でご覧いただきたいところだった」

渋《しぶ》い顔で老者舞警視はそう頷いて、

「きみはこれからどうするんだね？　あるき野記者」

と訊いてきた。

「もう遅いですからね。あと一泊させてもらって、明日、東京に帰る予定です。どうも、お騒がせしました」

「ああ。次は是非、観光で来てくれたまえ。私達が本当に劇場でお見せしたいのは、この土地柄なんだから」

さすが東尋坊おじさんの古馴染《ふるなじみ》だけあって、いい送り出しの台詞だと胸を打たれたが、ぼくはその後、県警から外に出ることなく、風光明媚《めいび》な景色などまったく見えない、地下の留置場をお散歩していたのだった。

文字通りの怪盗フラヌールだ。

留置場担当官の『目を盗み』、オフになっている監視カメラや赤外線センサーを気にすることなく、『音もなく』奥へ奥へと進んでいく……、シチュエーションが地下であることも相まって、なんだか、金山にでも深入りしている気分だ。

檻《おり》に入れられた犯罪者——と決めつけたものでもないが——にも気付かれないよう、万全の注意を払う。はっきり言って、明日は我が身なので、これじゃあ物件の下見に来たも同然だった。

部屋数——檻の数が足りていないのか、相部屋やシェアハウス状態の逮捕者も多かったけれど、しかし事前に、それとなく老者舞警視に確認をとったところによると、さすがに未成年で、かつ女性である今回の被疑者は、プライバシーに配慮された個室があてがわれているという。

要するに独房だ。

自殺防止措置のほどこされた特別室だということだが、それはぜんぜん、無用の心配ではないだろう。父親を殺害した直後の娘の心境など、推し量れたものではない。

正直に言うとちょっと怖い。

会わずに帰れるものなら帰りたいとさえ思う。ぼくも金沢おでんをたらふく食べてみたい……、寿司も食べ損ねているのだし、ぜんぜん海の幸を楽しめていない。

まさか殺されはしないだろうとは思いつつ、一方で怪人デスマーチには二度にわたり殺されかけているという事実もある。その怪人デスマーチから、被疑者は、いったい何を吹き込まれているかわからないのだ……、まあ、軍靴には一度、収監されていたポワレちゃんを誘拐したという実績がある。ぼくも兄として、似たようなことができなければ話にならない。

副産物的に、怪人デスマーチの現在のアジトなどを聞き出せれば、あいつに里帰りを促すこともできるかもしれないし……、それは希望薄と言うか、いささか高望みが過ぎるか。

何にせよ、尻尾は巻けない。

ぼくにだって退転はない。

ぼくは怪盗だ。それも返却怪盗だ。

返すべきものを、返すべき場所に返さなければ——本棚に本を収めるように。籐藤壁璧にはもう、帰る場所などないとしても。

## 2

「あらら。面会に来てくれるとしたら、もっと夜中だと思っていました。なんたって怪盗なんですから。毒は含まれていませんが」

自殺防止用の独房の、クッションみたいな床にごろりと寝そべった姿勢で、殺人事件の被疑者は、そう意外そうに言ってきた。

そんな風に言われたことは意外ではない。

兼六園でぼくが弟とじゃれている間に、ポワレちゃんがこの子と接点を持ったというのであれば、当然その際、あれやこれやを耳打ちしていても、何もおかしくないという不安は的中した。していないほうがおかしいくらいだったが……、すなわち、昨日バイト先の金箔喫茶で会った一行のひとりが、怪盗フラヌールであることを……、そしてその人物が、いずれ訪ねてくるだろうことを、告げていても。

似合う似合わないはともかく、加賀友禅を着て、金箔スイーツを運んでいた彼女は、今は囚人服と言うか、拘束衣みたいなのを着せられていた。ここまであれこれ、旅先の名物を紹介してきたけれど、さすがにこの拘束衣は金沢名物ではないだろう……、両腕が背中側に回され、革ベルトで固定されている。縄抜けの練習のため、ぼくも後ろ手に縛られたことならあるけれど、両腕の自由を奪われるだけで、人間って、立つこともままならなくなるんだよな……、そうして柔らかい床で寝ているのが、そのパジャマでは一番楽な姿勢なのだろう。

床だけじゃない、壁も扉も、天井さえも、人を駄目にするくらいに柔らかい素材でできている。何も知らなければ、マシュマロでできた部屋だと思うだろう。それとも車麩か？　おつゆでふやかしたバージョンの。

「いやはや、お恥ずかしい。こんな姿勢で失礼しますね。本当はお茶でも出したいところなんですが、給仕係として」

「気にしないで。金箔入りのお茶を飲みに来たんじゃない」

「毒は含まれていませんよ？」

「姿勢もそのままで大丈夫。ぼくもついさっき、床で寝そべってきたところだよ。服が薄汚れているかもしれないけれど、それも気にしないで」

「泥棒さんだから、通風口から這入って来たんだと思っていました。毒は含まれていませんが」

「堂々と表玄関から入れてもらったよ。散歩者《フラヌール》なんでね。這《は》い回《まわ》ったりはしない。どんなセキュリティも、ぼくの歩みを妨げることはできない」

安全な回線でこそこそ妹の力を借りたことを公開するべきかどうか、一瞬迷ったが、しかしおそらく同様の手口を各地で用いているであろう怪人デスマーチも、妹のことはひた隠しにしているんじゃないだろうか？　もしかしたら、一心同体のポワレちゃんに対しても、お艶のこと同様、ふらののことは秘匿している可能性があるくらいだ。

あまり格好のつく話じゃないからな。

自分を五歳だと思い込み、ふたりの兄を『パパ』だと思い込んでいる妹に、お仕事の根幹を委ねているという事実は。

と、言うか……。

意外と会話が成立する。

なんなら、五歳の娘よりも成立する……、犯罪者同士、通じるところがあると言われてしまえばそれまでだが、まあそりゃあ、ぼくもモンスターに面会に来たわけじゃないのだ。かと言って、可哀想な女の子に同情心から会いに来たわけでもない……、強いて言うならば、ぼくが面会に来た相手は、邊邉斉齋斎である。

三代目邊邉斉齋斎。

籐藤壁璧に会いに来たのだ――先々代が盗まれたお宝を、返しに来た。

「なるほど。あなたこそが僕《やつがれ》にとって、含みのある毒ということですか。混入ではなく侵入ですが」

「あまり大きな声は出さないでね。一応、周囲の音は消しているけれど、ぼくの『音もなく』にも限界はある」

「普通に超能力じゃないですか」

「ただのノイズキャンセリングだよ。おっと、きみの発言がノイズだという意味じゃない」

「そんなこと思ってないですよ。自己肯定感は高いんです、これでも。拘束衣を着させられて、床に寝っ転がっていても、僕《やつがれ》は僕《やつがれ》だって思ってますよ。あの人達とは違います。毒は含まれていませんが」

「…………」

あの人達というのは、怪人デスマーチ一行のことか？　直接会ったのは、ポワレちゃんだけのはずだが……、あの調子で『怪人さま』の話をしたのなら、ひとくくりにするのは当然か。

逆に言うと、壁璧ちゃんはこう主張しているわけだ。

怪人とひとくくりにしないで——と。

「ふふ……」

「何がおかしいんですか？」

「いや、確かに違うと思ってね。あいつらとも、そしてぼくとも。何に起因するのかなと思ってさ、その自己肯定感の高さは」

「知りませんよ。自分を肯定しなくって、何を肯定するって言うんです？　毒は含まれていませんが」

「じゃあ含まれているのかな、ぼく達には毒が。大犯罪者の血という毒が」

「はあ？」

「親が大犯罪者っていうのは、どうも自己否定に繋がってね。いや、頭じゃわかっているんだ。親は親で、子は子だって。あの男のやったことは、ぼくには何の責任もないって。血が繋がっているだけの他人みたいなものだって……、だけど結局、似たようなことをしている」

ぼくも弟も、ポワレちゃんも。

うんざりせずにはいられない。

「何を言っているのか、よくわかりません。あなたは、怪盗フラヌールを継いだ二代目だとは聞きましたけれど……、いいじゃないですか、ぜんぜん。一世を風靡した怪盗のジュニアだなんて、めっちゃいかしてますよ。もっと自慢したらいいのに。僕《やつがれ》だって、生まれられるものなら、怪盗の父から生まれたかったですよ」

「人殺しの父じゃなくて？」

勢い、きつい言いかたになってしまったけれど、しかし他にどんな言いかたがある？　独房の壁のように、マシュマロみたいな表現をしたところで、その本質は変わらない。

それが彼女の動機に他ならないのだから。

「何ですか、それ？　自分はプロだから普通の人とは違うところを見てますよアピールですか？　毒は含まれていませんが」

と、壁璧ちゃん。

「僕《やつがれ》の父上は人殺しじゃないですよ」

「そうだね。人殺しだと判明する前に、きみが殺した」

だから感惑氏は人殺しじゃない。書類の上では。

死者を逮捕することも、裁判にかけることも、まして有罪判決を下し、収監することもできない——たとえ名探偵が『犯人《ウルトラ》』と指名したところで、死ねば無罪を獲得したようなものだ。たとえ籐藤感惑氏が、籐藤雉薙氏を殺害していたとしても——その罪は永遠に裁かれることはない。

娘に殺されたから。

「さすが、プロの独自の解釈ですね。目のつけどころが違います。毒は含まれていませんが——でもまあ、教育的虐待の怨恨《えんこん》を晴らすためにお父さんを殺したんだねって優しく決めつけられるよりは、いくらかマシです」

「そういう聴取を、素直に受け入れてるって聞いたけれど？」

「僕《やつがれ》が給仕のバイトという社会勉強で学んだのは、へらへらして頷いていれば大抵のことはなんとかなるって処世術です。毒は含まれていませんが」

金箔みたいに薄っぺらい教えだな。

金箔だけに、板についた笑顔ではあるが。

「今回はそれでは無理だろう、壁璧ちゃん。きみは人殺しだ」

「それでいいんです。父上が人殺しじゃなければ」

と、壁璧ちゃんは笑った——学んだ通りに、へらへらと。

「あなただってそうでしょう？　二代目怪盗フラヌールさん。『怪盗の息子』であることよりも、『怪盗』であることを選んだんでしょう？」

「詳しく聞いているみたいだね、ぼくのことを。情報はやや偏っているけれど……」

「もしも交通事故で亡くなる前に、自分のお父さんが怪盗であると知ったら、あなたも同じことをしたんじゃないですか？　世間にそれがバレる前に、殺したんじゃないですか？」

そんなわけがない。

と、言い切れるかどうかは微妙なところだ。返却怪盗というぼくのありかたが、父殺しに近いものがある以上……、あるいは、弟が謳っている父親超えというのも、換言すれば父殺しに違いない。父親のことを綺麗さっぱり忘れたふらのが、誰よりも父親を殺しているかもしれない。本人も電話で、そんなようなことを言っていたような気がする。五歳児の言うことを本気にしても仕方ないが。

交通事故に見せかけて……。

「壁璧ちゃん。普通の人はね、そう簡単に人を殺したりはしないんだよ。殺したいほど嫌いになっても、あるいは、殺したいほど好きだったとしても、そう簡単には人は人を殺さない。戦争クラスの理由が必要になる」

「そうなんですか？　僕《やつがれ》はそうでもありませんでしたよ。あ、大変だ、殺さなきゃって思って殺しました。変なのはそっちじゃないんですか？　毒は含まれていませんが」

「………」

それも教育の賜《たまもの》だ。

いい子にしないと祖父母のように殺されるぞと脅されながら育った。

のみならず、惑惑氏は我が子に、母親の死を背負わせるような叱りつけかたをしていた……、壁璧ちゃんの出産時に、母親の籐藤契尖が亡くなったことを、この子の責任にした。

母親を殺したと思い込まされていた。

だから怪人デスマーチにとって、デスロードへの誘導が容易だった。だって壁璧ちゃんは、こう考えていたに違いないのだから。

一人殺すも二人殺すも同じ。

母を殺すも父を殺すも同じ——だと。

倫理や道徳、あるいは本能のハードルを、教育によって下げられていた——殺さなきゃ殺される戦場のごとく。そんな英才教育を受けた人間と、密室でふたりきりというのは、相手が拘束衣を着ていても、怖じ気づいてしまいそうである。

だが、逃げ出せない。仕事を果たすまでは。

「どうあれ、壁璧ちゃん。きみが財産目当てや怨恨によって父親を殺したんじゃないというのなら、これを受け取る権利がある」

言ってぼくは、カメラバッグを柔らかい床に置いて、蓋《ふた》を開けた……、赤ちゃんみたいにおくるみをされた一冊の本が、そこに入っている。

初代邊邊斉齋斎の最高傑作。

ぼくは金箔本と呼んでいるが、本来、名付ける必要もないくらいに唯一無二の一冊である。

「今こそ返却しよう、邊邊斉齋斎。随分延滞してしまったけれど、このお宝はきみのものだ」

図書館に本を返すように、そっと差し出されたその本を——そうしないと、バラバラになってしまいかねないデリケートな作品である——、しかし、壁璧ちゃんは眉《まゆ》を顰《ひそ》めて一瞥しただけで、

「いや、だから、僕《やつがれ》は三代目を継ぐつもりはないんですって」

と言うのだった。

そっけなく。

「邊邊斉齋斎じゃありません。籐藤壁璧です。父上がくれた名字と、母上がくれた名前があれば十分です」

「祖父から受け取るものはないってことかい？　お父さんが殺したおじいちゃんからは」

「やな言いかたしますねー。毒は含まれていませんが」

顰めた眉を元に戻し、壁璧ちゃんは再度、へらっと笑った。本当に笑顔だけで乗り切るつもりなのか、この局面を。

「だから父上は人殺しじゃないですって。何か証拠でもあるんですか？」

「この本がその証拠になる。そう思ったから、怪盗フラヌールから返却される前に、急いで父親を殺さ

なきゃいけなかったんだろう、きみは？」

「その通りですと僕《やつがれ》が認めたら、あなたの立場が辛いものになるんじゃないですか、怪盗フラヌールさん？　毒は含まれていませんが。つまり、あなたが返却しようとしなければ、僕《やつがれ》は人を、まして親を殺さなくて済んでたんですから。あなたさえ金沢に来なければ、僕《やつがれ》は今もなお、あの金箔喫茶でお給仕をしていたんですから」

「金属アレルギーなのに、学校にも行かせてもらえず、幸せに金箔喫茶でバイトを続けていたと？」

「僕《やつがれ》の幸せを、知らないお兄さんに決められましてもねえ。毒は含まれていませんが」

「きみが人殺しになった責任を、このお兄さんが背負ってやってもいいんだが、生憎、それは弟から禁じられていてね。ぼくがこの本を返そうとさえしなければなんて嘆いたら、あの怪人に、今度はどんな嫌味をねちねち言われるかわからない」

まあ実際、ぼくが金箔本を返却しようとしたから、軍靴やポワレちゃんが金沢に来たのは大なり小なり間違いないが、直接、壁壁ちゃんに親殺しを促した彼らとて、この結末の責任を取るつもりはないだろう。

きっかけを提示しただけだ。

親殺しの。

「なるほどねえ。でも、お兄さん。その本が証拠だって言いましたけれど、どうせまだ読めていないんでしょう？　宝の地図だっていう説もあったじゃないですか。室生犀星の写しだって説も」

「『ドロロンえん魔くん』の愛蔵版だって説もあったよ」

「父上が唱えそうな説ですね。熟読も吟味もできていないその盗難品の正体を、どうやって同定したんです？　毒は含まれていませんが」

「名探偵が同定したよ。あいつに証拠は必要ない」

## 3

「籐藤感惑氏が籐藤雉薙氏を殺した犯人だと仮定したときに、生じる疑問はふたつ。どうして邊邉斉齋の名を襲名してから三年後という、タイミングのズレた時期に殺したのかという点と、不仲だった父親の警戒を、どう避けて殺したのかという点だ」

虎春花の推理を丸パクリしながら、ぼくは言う。

「ただ、これはタイムラグだと考えればよかったんだ。怪盗フラヌールによって金箔本を盗まれた籐藤雉薙氏の我慢が、三年しか持たなかったということでもある」

「雉薙氏？　我慢していたのは、おじいちゃんのほうだって言うんですか？　何を？」

「とぼけなくていいんだよ、謎解きシーンのリアクション要員のように。きみは犯人役なんだから」

「これは失礼しました。毒は含まれていませんが。でも、怪人さんから話を聞いたとき、僕《やつがれ》は同じリアクションをしましたよ」

「同じ話を二度聞くのは苦痛だろうから、ぼくのほうは手短に済ませよう。いや確かに、我慢と聞けば、感惑氏が、父親に対して殺意をこらえていたというような印象を与えてしまうだろうけれど、実際にはその逆だ」

「そっか！　つまり、雉薙おじいちゃんのほうこそ、僕《やつがれ》の父上を殺そうとしていたんだ！　父上は正当防衛だったんだ！」

「わざと理解の遅い振りをしなくてもいいから」

「学校に行ってないもので。毒は含まれていませんが」

「確かに、学校に行って、もう少し頭の回転を遅くしておくべきだったかもね」

「毒がきついですね」

「正直、ぼくも現代の教育制度に満足しているわけじゃなくてね。それはともかく、雉薙氏は殺意をこらえてなんていなかった。それを言うなら、とっくの昔に、頑固職人は人を殺していた。息子ではなく、妻を殺していた。五十年前に」

　怪盗フラヌールが金箔本を盗んだ二十年前から見れば、三十年前か……、邊邉斉齋斎は、己の伴侶を、テトロドトキシンで殺害した。否、彼が飛躍的に金箔作りの腕を上げ、邊邉斉齋斎という雅号を名乗るようになったのは、妻の死後のことか。

　まるで何かに憑《つ》かれたかのように。

　金箔作りにのめり込んだ。

「いやいやいやいや、お兄さん。雉薙おじいちゃんが人殺しで、父上も人殺しで、そんでもって僕《やつがれ》まで人殺しだって言うんですか？　どんな一族なんですか、籐藤家は。人殺しは僕《やつがれ》だけにしておいてくださいよ」

「残念ながらそうはいかない。おじいちゃんがおばあちゃんを殺したからこそ、それを隠蔽するために三十三年後、お父さんはおじいちゃんを殺したんだから。連結しているんだよ」

　父娘で動機が同じなのだ。

　父親の殺人を——殺人罪をなかったことにするために、父親を殺している——二代目邊邉斉齋斎の場合は、壁璧ちゃんよりも事態は深刻だったかもしれない。

　引き取っておきながらネグレクトされた復讐は、邊邉斉齋斎を襲名し、黄金技術館を閉館し、職人であることよりも商売人であることで成功を収めたことで完全に果たしたと思われるのに、どうして継承から三年後に、先代を殺害したのか？

それが当初、あの大食いの虎春花にしても腑《ふ》に落ちなかったようだけれど、種が明かされてみれば単純だったし、むしろ嫌になるほど明快だった。

「雉薙氏が感惑氏に告白したからだ。三十三年前、自分が妻を殺したことを」

「それは熱烈。毒は含まれていませんが」

「毒殺だよ。まあ、だから漆で殺したってわけじゃないんだろうけれど」

そちらに関しては、アレルギーに対して無理解な父親を、アレルゲンで殺したという待葉椎警部補の説がシンプルに正しいのだろう……、できるだけ苦しめて殺したかったというのも、ゼロじゃないと思う。

動機をひとつに絞るのは難しい。

だから壁璧ちゃんが、学校教育を受けさせてもらえなかった復讐に父親を殺したというストーリーラインにしたって、まるで的外れということもないはずだ——ただし、根本的には、感惑氏が雉薙氏を殺したワイダニットを踏襲している。

「三年後であることのほうが、むしろ問題だったんだ。既に感惑氏は、二代目邊邉斉齋斎として成功を収めてしまっていた——その名を我が物として、継承してしまっていた。失うものが肥大していた。今更、先代が人殺しでしたなんて情報が表に出たら、食らうのは巻き添えじゃ済まない」

犯罪者の子供。

親は親、子は子だという理屈を、顧客がどの程度の割合で受け入れてくれるか——その雅号を本人も会社も引き継いでいるというのに。借金や不良債権だけを相続しないなんてことができないように、不名誉やスキャンダルも、継承しなければならないのか？

「独自の成功を収めるという復讐がなっていたからこそ、感惑氏は雉薙氏を殺さねばならなかった。いわば——雉薙氏を、殺人犯にしないために」

　この場合、事件は十七年前から見ても三十三年前なので、民事でも刑事でも、時効はとっくに迎えているのだが、しかし商売が絡むと、そうも片付けられない。世間の評判に時効はない——活動を休止した怪盗フラヌールが、結局のところ、忘れられていなかったように。

「だとしても、何も殺すことはなかったんじゃないですか？　毒は含まれていませんが」

「きみが言うかな、壁璧ちゃん。殺すことはなかったんじゃなくて、殺すしかなかったんだろう」

「自分のところだけで、その話を止めておけばよかったじゃないですか。親子だけの秘密にすれば」

「それができなくなっていた。不仲な息子に、そんな告白をした時点で……、おじいちゃんは、何十年も前の罪を、自白せずにはいられなくなっていた」

「罪悪感ゆえに？」

「そう思いたいね」

　これはぼくの本音だったが、しかし虎春花はもうちょっとリアリストで、「認知機能の低下ゆえでしょう」と言っていた。「歳《とし》を取ると、言わなくていいことを言っちゃうじゃない」と。

　タブーなき名探偵は、身も蓋もない。

　しかしまあ、誰だって年齢を重ねれば、失言が増えることも事実だ。ただし、初代邊邉斉齋斎の場合は……。

「三十三年も胸に秘めていた罪悪感を、ある日突然、息子に告げたりするものでしょうか」

「実際の告白は、もうちょっと早かったかもしれない。きみの言う通り、お父さんが我慢した期間もあったかも……、でも、三十年間は問題なかったんだ。籐藤毒苺を殺害してから怪盗フラヌールが金箔本を、黄金技術館から盗むまでは」

ぼくは差し出したままのおくるみに目線を落とし、そう語る——考えてみれば、両腕を背中に拘束されている壁璧ちゃんに、この形で差し出して、受け取ってもらえるわけがない。

床に置いても大丈夫かな。

皮肉にもクッションの利いた床だ。

「この本が雉蕹氏に、黙秘権を行使させていた。と言うよりは——黙秘権を行使するために、雉蕹氏はこの本を製本したんだ。宇宙空間にでも行かない限り、決して誰にも読めない一冊を」

「………」

「悪事を告白したいって気持ち自体はわかるよね。ぼくもこうして、怪盗フラヌールであることを隠さずに対話できる、きみという話し相手ができたことで、すごく気が楽だ」

ポワレちゃんと話しているときもそうだった。あのときは、虎春花や待葉椎警部補、あるいは東尋坊警部と話しているときのような緊張感から解放されていた。うっかりボロを出してしまうんじゃないかとか、これまでについた嘘をひとつも忘れちゃいけないとか、そういう制約から自由になれる時間だった……、懺悔《ざんげ》とは、また違う感覚である。

怪人と違って怪盗は孤独だが、それでも、あのときだけは、共犯関係が成立していたように思う。

今もまた。

「いやいや、勝手な共感をしないでくださいよ。あなたには共感能力がないって聞いていますよ？　毒は含まれていませんが」

「含まれてるんだよ、怪人からのその評価には」

「ワル自慢がしたいのなら、ツイッターで公式アカを作ればいいじゃないですか。鍵をかけて、怪盗フラヌールのファンだけに『本当はこんなことしたくないんだよ』みたいな御託を語っていれば、いいねをいっぱいもらえますよ。毒は含まれていませんが」

「ぼくはそれでもいいねだが、さすがのツイッターも、五十年前には創業していなかったんだよ。だから、雉薙氏は製本したんだ。推理小説で言うところの、『犯人の手記』を」

誰にも読めない本。絶対に読めない本。

そんな矛盾した一冊を、製本する理由があるとすれば——製作者でも執筆者でも内容の確認ができない本文使用紙を使う理由があるとすれば。

軍靴はそう問うた。

どう読むのかではなく、なぜ読めないのかを——そうだな、弟よ。

ぼくならそんな本には、一行目からこう書くだろう。

ぼくこそが怪盗フラヌールである、と。

あるいはこう——ぼくの父は怪盗フラヌールである。

「雉薙氏はこう書いた。『妻を殺したのは自分である。テトロドトキシンを用い、事故に見せかけた』——」

「見てきたように、いえ、読んできたように語りますね。そうして金箔本が無事である以上、中身の確認なんてしていないでしょうに。毒は含まれていませんが」

「もはや読むまでもない。この本の内容がそうでない限り、雉薙氏は惑惑氏に、殺されることはなかったんだから——この告白の書を、公衆の面前に堂々と展示していたことで、彼の罪悪感は帳消しになっていたんだから」

自分には後ろ暗いところはない。

だって、罪を認めた本を、一般に公開しているんだから——罪からも裁きからも逃げていない。自白しているのに裁きを受けていないのだから、無罪なんだ……、この作品を誉《ほ》めそやす者は全員、ノットギルティに票を投じた陪審員だ。

全会一致で、評決無罪。

「……まるで雉薙おじいちゃんが、そのために金箔作りの名人になったかのような言い草ですね。金山ひとつで地球を覆えるほどの腕前は、『犯人の手記』を作るためだったとでも？」

「そう言っても過言じゃないよ。一方で付言すると、黄金技術館の広告を、あまり大きく打たなかったのは、万が一にもその展示物を読める来館者が訪れてしまったら、すべてが台無しになってしまうからって怯《おび》えがあったからかもね」

実際、もしもポワレちゃんのような図抜けた天才少女が一般客として黄金技術館を訪れていたら、可読手段をその場で提案していたわけだから、その杞憂はあながち杞憂ではない。

「黄金技術館と言えば……、待葉椎警部補は、若かりし頃の籐藤雉薙氏の彫像を見て、『幸福の王子』みたいだと評したけれど、こうなると、引用すべき童話は『王様の耳はロバの耳』だったのかな」

「その王様が実はギリシャ神話のミダス王だって雑学なら知ってるんで、大丈夫ですよ。これでも金箔屋の娘ですから。毒は含まれていませんが」

「あっそ」

言わなくてもいいこと……、どころか、言っちゃ駄目なことを言いたくなってしまうのは、古来よりの人の業であるみたいな話をしたかったのだが、まあ、それこそ、言うまでもないことか。触れたものをすべて黄金に変えてしまうというミダス王……、食べ物すら黄金になったと言うが、この金沢では、黄金すら食する。

「食べられない食物ならぬ読めない書物に、妻殺しの罪を封じ込めることで、精神の安定を図り、結果として名人としての名誉もほしいままにしていた邊邉斉齋斎ではあるけれど、しかしその根っこである書物が盗まれたことで、状況が一変した。盗まれたところで、セキュリティ的に、あるいは脆弱性ゆえに、読まれることはまず考えにくいが、憂慮すべきはそのことじゃあなかった」

おおやけに『犯人の手記』を展示し続けることで逃れてきた、三十年分の罪悪感が押し寄せてくる。慌てて引退し、第一線を退き、名前すら息子に生前贈与した。不良債権を押しつけたようなものだった——黄金技術館の閉館も、こうなると、望むところだっただろう。

それでも耐えられなかった。利息のついた、三十年分の罪悪感に。

わずか数年で、白状せずにはいられなかった。分身である息子に——自分自身である、二代目邊邉斉齋斎に。

シェアしたかった。秘密と罪を。

「あらら。雉薙おじいちゃんは父上を、自分の子供のように大切にしていた金箔本の代わりにしようとしたんですか？　そりゃあ、さんざん放置した挙句、妻殺しの共犯者みたいにされたら、普通は殺しますよね。ぶっ殺しますよね。毒は含まれていませんが」

「だから普通は殺さないんだよ。ぶっ殺さないんだよ。少なくともそう簡単には。しかし感惑氏の場合、動機もあれば、方法もあったからね」

「方法とは？」

「……そうやって、気を遣ってリアクションしてくれなくてもいいんだよ？　この辺のくだりも、怪人デスマーチから聞いているだろう？　きみのところに来た怪人デスマーチって意味だけど」

「いえ、あのお姉さんは、お兄さんほど多弁じゃなかったです。もっと要点をまとめて、教えてくれました。僕《やつがれ》のやるべきことを」

なんてことだ。学生はひとりもいなかったとは言え、さすが元大学の先生。いや、こうなるとポワレちゃんは面倒な説明を、あとから来るであろうぼくに押しつけた可能性がある。となると、手短にってわけにもいかないか……、ルポライターの仕事をしなければ。

ジャーナリストとして事件を伝える。

「動機はさっき語った通り、きみと同じだけれど、方法となるとね。壁璧ちゃんに対する感惑氏ほど油断しちゃいなかっただろう……、あの人はきみに、三代目を継がせる気満々だったくらいだ」

「でしたか。でしょうね。毒は含まれていませんが」

「ただ、動機を用意したのが雉薙氏なら、方法を用意したのも雉薙氏だった。こうしてみると自業自得とは言わないまでも、何から何まで、初代邊邉斉齋斎がお膳立《ぜんだ》てしたみたいなものだよ」

「僕《やつがれ》が父上を殺すところまで含めてですか？」

「その責任は自分で負ってくれ。嫌なら、ぼくのせいでも、怪人のせいでも全然いいけれど」

感惑氏が、どう思っていたかはわからない……、もしかすると、先代から殺意を誘発されているんじゃないかと疑ったかもしれない。

最初から殺してほしくて、自白してきたのでは？　秘密を、罪を抱え続けるという罰から、楽にして欲しくて……、そんな押しつけ、最後の虐待みたいなものだけれど、だとしても感惑氏は、腕も衰え、もう二度と金箔本を作れない過去の職人を、殺すしかなかった。

その方法も用意されていた。

黄金技術館の中に——金箔本が盗まれ、金目の展示品をすべて処分した後となっては、一番いい位置を占めていた、初代邊邉斉齋斎の、若かりし日の黄金像という形で。

「ん？　つまり、その像が凶器だったって言うんですか？　彫像でぶん殴って殺したんですか？　父上はそんな怪力無双じゃありませんよ。むしろひ弱でした。毒は含まれていませんが」

「雉薙氏の死因は漆アレルギーによる呼吸不全で間違いないよ。それに、金属アレルギーの感惑氏は、たとえ黄金像が六分の一スケールでも、振り回すことはできない」

「でしたら」

「だけど、きみが金箔くずきりや金箔パフェをテーブルまで運ぶことができるように、黄金像を動かすことくらいはできる」

「そりゃできるでしょう。お盆で運ぶなり何なり、方法はありますから。慣れない頃は、金粉でやられちゃったりもしていましたけれどね」

「更に言うなら」

アレルギー克服のための無茶な『教育』の壮絶な体験を聞きつつ、ぼくは続けた――娘と同様の金属アレルギー体質でありながら、総金歯の振りをしていた、籐藤感惑氏の風貌を回想しながら。

それは怪人の変装なのだが。

変装――つまり成り切りだ。

「黄金像を凶器にはできなくとも、黄金像に化けることはできる。本当は血縁があったのかなかったのか、若かりし日の籐藤雉薙氏に、そっくりに成長した感惑氏には」

## 4

全身を、ゴールドの絵の具で塗りたくり、彫像に化けた犯人が、無防備な被害者に後ろから近づいて殺害する。

学校の怪談みたいに滑稽だし、一昔前のコントみたいに馬鹿馬鹿しいが、しかしやっているほうは命がけだ。たとえアレルギーが起きなくとも、身体中くまなくペイントなんてしてしまったら、皮膚呼吸ができなくなる。『幸福な王子』とは、まったく逆の最後を迎えることになりかねない。殺すつもりで、自分が死んでしまう末路である。

気配を消して呼吸を殺し、『音もなく』歩むことを生業にするこの怪盗フラヌールとて、そんな方法で、ターゲットに近づこうとは思わないだろう……、たとえもみ合いになってでも、長包丁とかで刺す方法を選んだほうが賢そうだ。

それでも感惑氏はこだわった。

忍者のごとき隠密《おんみつ》作戦にではない。

父親が作った彫像に化けるというアイディアに……、先代があつらえた像を犯行に利用することで、被害者を共犯者に仕立て上げた。

わざわざこんなものを作って。

殺されたがっているんだから——と思うことで。

己の罪悪感を薄めた。

「壁璧ちゃんのことを母親殺しだと言い続けたのも、根源は同じかもね。親殺しなんて誰でもやっていることだと考えたかったのかも」

怪人デスマーチの行動原理と同じだ。

父親殺しは、娘なら通る道——そう考えたがってるだけじゃないのかい、ポワレちゃん？

「そのせいで、壁璧ちゃんの親殺しへのハードルを下げてしまったんだとしたら、感惑氏も自業自得だけどね」

「初代も二代目も、邊邉斉齋斎は我が子に殺される準備を丁寧に、時間をかけて、整えていたようなものだとでも？　金箔でも作るように？　少なくとも父上は、僕《やつがれ》に殺されたがってはいなかったと思いますよ。毒は含まれていませんが」

「そうかい。もしかしたら、怪盗フラヌール専属記者であるぼくから取材の申し込みがあった時点で金箔本が返却される可能性に思い至り、会社を守るために、つまり父殺しがバレる前に、娘に殺されたがっていたって線もあるかと思っていたけれど」

「父上はそんな人じゃないです。たぶん。親なんて知らない人みたいなものですから、確かなことは言えませんけれど、僕《やつがれ》を製本してでも生き延びたいって思うタイプじゃないですか？　毒は含まれていませんが」

「製本してでもの意味がわからないけれど……、ところで、実際のところ、初代と二代目の間に、血の繋がりはあったの？　あの像を見る限り、本当によく似ていたんだけれど……」

「遠い親戚の遺児だった父上を、雉薙おじいちゃんが引き取ったみたいな噂は聞いたことがあります。欲しかったのは跡取りですから、少しでも自分とＤＮＡを同じくしている子供を欲したってところなんですかね。業務上の秘密ですし、もちろん、毒は含まれていませんが」

初対面のときもそうだったけれど、この子、口が軽いな。

母親が出産時に死亡したことを娘に話した感惑氏も、感惑氏に、己の妻殺しを告げた雉薙氏も。

少なくとも血の繋がりを感じさせる。

「結局、隠し子ってわけじゃなかったってことか。でも、なんでそれが業務上の秘密なんだい？　養子であることは、別に隠してなかったのに」

「雉薙おじいちゃんとだけ血の繋がりがあるってことになると、亡き毒苺おばあちゃんの実家が、あんまりいい気がしないみたいな話だったんじゃないですかね。僕《やつがれ》の親権を独占するときにも、母上の実家と揉めたみたいな経緯があったそうですし」

どうもその辺に、雉薙氏が妻を殺した理由が潜んでいそうだが……、五十年前の話じゃ、なんとも言えないか。真面目な話、籐藤毒苺を殺した犯人が籐藤雉薙であるなんて断定できるのは、名探偵くらいのものである。

普通は『真実は今となっては藪の中だ』とか言って、ぼかすところだ。

しかも虎春花は、『感惑氏は雉薙氏の黄金像に変装できたのだから、雉薙氏を殺すことができた』、『殺すことができたということは動機もあったはず』で、『ならばその動機として、雉薙氏は妻を殺していたはずである』という、とんでもない逆算で結論を導き出している。

逆三段論法だ。

時効が成立している以上、そして被疑者が死亡している以上、捜査がおこなわれることはない。

真相は今となっては藪の中……とは言わずとも。

真相は、本の中である。

「……この本を読むことができれば、あるいは雉薙氏と妻の実家の関係性や、もっと直接的に、殺人の動機だって書いてあるかもしれないんだけれどね」

「だからですよ、お兄さん」

と、壁璧ちゃん。

「だから僕《やつがれ》は父上を殺したんです。そんな本が返ってきたら……、祖父の罪が、そしてそれに紐付いた父の罪も、つまり二世代に亘る邊邉斉齋斎の罪が、再び表に出かねないのですから」

とんだ暴露本ですよ。

毒入り銘菓です。

「だから僕《やつがれ》は何の恨みもない父上を殺しました。人殺しの娘になりたくなかったから。……これが聞きたかったんですよね？」

「いいや、ぼくだって聞きたくなかったよ、殺人犯の自白なんて」

共犯者にされても困る。

そんな思いで、ぼくは金箔本を包んだおくるみを、マシュマロみたいな床にそっと置いた。

手放した。

「そんなわけで、この金箔本は唯一の物的証拠だ。五十年前の殺人事件の、十七年前の殺人事件の、そして本日の殺人事件の。経緯を思えば、きみに返すのがもっとも正当だろう、壁璧ちゃん。いやさ、三代目邊邉斉齋斎」

また否定されるかと思ったが、しかしぼくの口述ルポルタージュを聞いて多少は心境の変化があったのか、

「警察に提出するべきでは？」

と、話を進めた。至極真っ当に。

「毒は含まれていませんが。怪盗ゆえにそれができないなら、せめて分別して処分してくれるのが心遣いでしょうに」

「生憎、今の怪盗フラヌールは返却怪盗でね。むろん、返したあとに、きみがどう証拠隠滅しようと、それは自由だ」

「証拠隠滅？　証拠じゃなくて、僕《やつがれ》は、犯人をこの世から隠滅したんですよ？　第一、こんな拘束衣を

着せられて、どうやって証拠隠滅しろって言うんです。ページをめくることすらできませんよ」

「そう決めつけたもんじゃないさ。できないなんて言葉を、怪人デスマーチは決して言わなかったはずだぜ」

「そうですね。あの人はとても言葉少なでした」

ん……、殺人事件の概要だけではなく、殺人教唆さえ言葉少なだったのか、元助教は？

「ええ。一冊の本どころか、一ページにも満たないでしょう。それだけで、僕《やつがれ》には十分でした」

「しかくありたいもんだ。じゃあぼくも、端的に教えてあげるよ、両腕を封じられたままでもできる証拠隠滅の方法を」

とても簡単だ。

特に、金箔喫茶で給仕をしていた壁璧ちゃんには。

「すべてのページを食べればいい」

「——え？」

「ひと文字残らず食い尽くせば、証拠なんて欠片《かけら》も残らない。きみも含めて」

きみが三代目邊邉斉齋斎である以上、今となっては、他ならぬきみ自身が、殺人事件の証拠みたいなものだ——祖父の殺人事件の、父の殺人事件の、そしてきみ自身の殺人事件の。

だから、もちろんわかっている。

父親から金属アレルギーの体質を引き継いでいる彼女が、この分厚さの金箔で構成された本を食せば、どういうことになるか……、たとえ自殺防止措置が全面に施されたマシュマロみたいな部屋でも、それが可能になる。

　この本を彼女に返すというのはそういうことだ。

　それを承知の上で、ぼくは返却する。

　そうしなければならない。

　父だってわかっていたはずだ——自分がお宝を盗むことで、何が起こるか。それが何十年に亘って継続するか。

　継承されていくか。

　愉快犯であり、劇場型である以上に。

　怪盗フラヌールは確信犯だった。

「んー……、やめときます」

　果たして。

　へらへらしていた壁璧ちゃんは、一瞬だけ目を閉じて、真剣に考えたようにも見えたが、すぐに笑顔を取り戻して、そう言った。

「そこまで言うのであれば、お兄さんの返却は受け付けました。受け取り拒否はしません。毒は含まれていませんが」

「そうかい。それは助かる。傷つくし、途方にくれるんだよ、受け取り拒否は」

「でも、僕《やつがれ》に教育を与えてくれなかった父上から、ほとんど唯一、学んだマナーですからね。給仕係として、犬食いはできません」

　そういう理由？

なんなら、ぼくが手ずから食べさせてあげてもいいけれど……、ぼくは金属アレルギーじゃない。

「正直なところ、きみが沈黙を保てるとは思えないんだけれど。おじいちゃんよりもお父さんよりも、口が軽いと思うよ」

「大丈夫、頑張ります。あなたの正体も、怪人さんの正体も、吹聴《ふいちょう》することなく、墓まで持って行きますよ」

「そうしてくれたら助かるね」

「それに、自分で死ぬのはちょっと卑怯かなって思いますし」

「ちょっと？」

「幸い、未成年ですから名前は出ませんし。しっかりお勤めを果たしたあと、まだ世間に夫婦同姓みたいな古くさい風潮が残っていたら、愛する人と結婚して名字を変えます。籘藤壁璧でも邊邉斉齋斎でもない人間になります。僕《やつがれ》は将来、幸せになります」

強いね。

憧れちゃうよ。

「花嫁のれんってわけだ」

「それで、もしも子供を授かったら」

壁璧ちゃんはへらへらしたまま将来設計を語った。

「殺してもらいますよ。母として」

「……ご随意に」

伝統の継承ってわけだ。

負の連鎖でもあるけれど、しかし、それに関してぼくは、他人のことはとやかく言えない。壁璧ちゃんの決断に、ぼくは心底ほっとしているけれど、それが偽善的であることもわかっている。ぼくは返却することで連鎖を断ち切っているつもりだが、しかし鎖は切れても、連なりは断てないものなのかもしれない。

　連なりは。あるいは繋がりは。

「じゃあ、用事も済んだし、そろそろ帰るよ。お邪魔したね。十七年後か、五十年後に、また会おう。ああ、もしかしたらこのあと、怪人がきみを脱獄させようとするかもしれないけれど……」

「そちらもお断りしますよ。感謝はしてますし、恩も感じていますけれど、ああはなりたくないです。毒は含まれていませんが。あ、そうだ」

と、壁璧ちゃんはそこで思いついたように寝返りを打った。

「せっかくだからお道忘れがあるんですが、いいでしょうか」

「お道忘れ？」

　お土産とかお持たせとかの、加賀風の表現だっけ？　それにしても、散歩者相手にお道忘れとは、よく言ったものだ……、ぼくがどんな道を歩んでいると思っているんだい？

　死の行軍よりも獣道だぜ。

「そう仰らずに。厳密にはお道忘れじゃありませんし。石川県民っぽいことを言ってみたかっただけです。いえ、返してもらったこの本ですけれど、このままこんなところに置いていかれても困りますんで。看守さんに没収されちゃいます」

　ふむ。

　正確には留置場の見張り係は看守さんではないけれど、言っていることはわかる……、そうなったらそうなったで、ぼくは構わないと思っていたが。

　既に所有権は彼女に移行している。

いや、最初から一貫して、この本は、邊邉斉齋斎のものだった——父のものでも、ぼくのものでもない。

「なので、僕《やつがれ》が言うところに運んで、そこに保管しておいてほしいんです」

「乗りかかった船だ、構わないよ。配達場所の指定は今時当たり前のサービスだからね。で、どこの預かりボックスに届ければいいんだい？」

「そりゃあやっぱり本ですからね」

壁璧ちゃんは言った。

味《あじ》も素《そ》っ気《け》もなく、しかしながらきらりと光る、とても味なことを、味わい深く。

金箔のように。

「もちろん、誰にでも読める場所に」

## 最終頁　あるき野散歩／あるき野道足

「うん、うん。そう、何の問題も滞りもなく、任務は完了したよ。あの男ならもっと苦戦しただろうけれど、ぼくにかかればこんなものさ。じゃあ、あと一個だけついでの頼まれごとを済ましたら、今日の昼の新幹線で帰るんで、そのつもりで待ってて。次は沖縄に飛ぶ予定だから、準備よろしく。お土産に蟹《かに》を買って帰るから、発《た》つ前に食べさせて頂戴。じゃ、愛してるよ、お艶」

翌日、ホテルをチェックアウトしたぼくは、盗品博物館の館長にそんな業務報告をしたのち、石川県立図書館行きのバスに乗った。

おととい行ったばかりだが、あのときは閉館間近で、しかも思わぬ怪人と遭遇したため、館内を堪能《たんのう》し切ったとはとても言えないし、東京に戻る前に文化人として、もう一度、今度は騒がしい同行者なしで見に行きたい。

という気持ちは元々あったし、本日は、資料的価値のある一冊の本を、当該図書館に寄贈するという格調高い目的もあった。ネットで蔵書を検索してみても、結局、地元の名士・邊邉斉齋斎の自伝みたいな本は、石川県立図書館には収蔵されていないようだったけれど、ならばこの本が、その役割を果たしてくれるだろう。

誰にも読めない本を、誰にでも読める場所へ。

まあ、個人的な技術館や自殺防止用の独房、はたまた宇宙空間よりは、あるべきところって感じだ。管理は金箔ならぬ折り紙つきだろうし、壁璧ちゃんとしては、こういった公共の空間に犯行の動機でもあり証拠でもある『犯人の手記』を並べることによって、悪事を告白したい、あるいは吹聴したいという衝動を、少しは抑えられるだろうという計算も、第一にあるに違いない。

混じりっ気のない純金のように柔軟と言うか、伸びやかと言うか、当初の返却対象だった商売人、感惑氏からはとても出てこない発想である。

あるまじき発想かもしれない。

無料で読める場所に稀覯本を置こうとは。

事件の解決を受けて、虎春花と待葉椎警部補は、今日こそ、和菓子作り体験に向かうそうだ。お義理で誘われたが、丁重に辞退した――これ以上、女子旅を邪魔できない。

「結局、ガセネタだったってことでいいのかしら？　怪盗フラヌールが邊邉斉齋斎の金箔本を、返却しようとしていたっていうのは」

「そのようだね。まったく、ぼくは恥ずかしいよ。怪盗フラヌール専属記者なんて肩書きは今日限りで返上だな。振り回してしまって悪かった。こんなことは二度とないようにするよ」

「まったくよ。反省《ウルトラ》なさい」

振り回されたのはぼくのほうなのだが、ぐっとこらえよう。

怪人ならぬ社会人として。

「どうだい、虎春花。これを機に、怪盗フラヌールにかかわるのなんかやめようじゃないか。待葉椎警部補も、愛媛県に帰らなきゃですしね」

「いえ、本官はこの休暇のあと、直接沖縄に飛んで、東尋坊警部と合流します！　なんでも怪盗対策部肝いりの大捕物プロジェクトがあるとかで、人員が必要だそうなのです！」

別れ際に怖い情報を聞いてしまった。大捕物って……、海人《うみんちゅ》の漁網みたいなこと？　背筋が凍《こお》るな、沖縄なのに。

「私も同行《ウルトラ》しようかしら。意外かもしれないけれど、サータアンダギーって、まだ食べたことないのよね」

「ははは、虎春花、それはマカロンにそっくりな、フランスでも食べられるお菓子だよ。それよりお前もそろそろ帰国しないと。ヴェルサイユ宮殿をいつまで留守にしておくつもりだい？」

「さあ。怪盗フラヌールをギロチン台に送るまでかしら。それじゃああるき野、また現地《ウルトラ》で――次は確かな情報をSVP《シルブプレ》」

そんな感じで、金箔喫茶があるのとは別の茶屋街に、なぜか手錠に繋がれたままで向かう彼女たちを送り出したのだが、どうやら束の間の別れになりそうだった……、大捕物プロジェクトね。是非劇場でごらんいただきたいや。

しているうちに乗ったバスは石川県立図書館に到着した。

壁璧ちゃんの頼みで寄贈すると言っても、もちろん正規のルートは通せないので、勝手に置いていくつもりだ。審査を受けたら、公序良俗に反するという理由で撥ねられかねないし……、怪盗が、殺人者に所有権のある『犯人の手記』を寄付しようと言うのだから、それだけでも拒まれる理由に足る。だけど、これをしないとぼくの仕事が終わらないのだ……、たとえ廃ダム温泉のように、世間に広く知られることがなく、あるいはガセネタだったと思われようとも、返却すべきは返却する。

図書館だしね。

とは言え、製作者の意図を重んじて、あるいは学芸員の思想に基づいて、タイトルをつけるような無粋は避けておいたが、一応、分類用のバーコートを偽装するくらいの小細工はしておいた。本文用紙はいじれないが、漆器の表紙周りは、むしろ頑丈なくらいなので、シールを貼る分には支障はなかった……、ちなみにバーコードを読み取ると、『ドロロンえん魔くん』と登録されている。

　これは怪盗の遊び心だ。

　まあ、そうじゃないと決まったわけじゃない……、結局のところ、この本の内容を知るのは、著者であり製作者である、初代邊濹斉齋斎だけなのだから。

　ゆえに悩ましいのは、どの棚に置いていくのがいいかという点だ……、地元絡みの書物を紹介するコーナーか、ミステリー関係の本棚か、伝統工芸の枠か、毒物取扱いの理系ブックスか、ノンフィクション、ルポルタージュ特集か、はたまたキッズエリアか？　子育てや教育問題を論じた本に紛れさせておくのもいいかもしれない。冗談抜きで参考になるだろう。読めればだが。

　そこでふと思う。

　元々、大して気にしていなかったぼくが、この本の内容に関心を持ったのは、名探偵の指摘があったゆえではあるが、それ以上に先代怪盗フラヌールなら、この本を読んだに違いないと考えたからだ——内容が『犯人の手記』だとわかると、名探偵にネタバレされたこともあって、そんな読書意欲もみるみる萎えてしまったが、果たして父はどうだったのだろう？

　積ん読にしていたんじゃないかという疑いも捨てきれないけれど、ぼくどころではない遊び心の先代なら、しょうもない怪盗の美学とやらに則って、予算度外視で宇宙空間に行ってでも、中身を読んだんじゃないかという気もする。

　父は知りたかったんじゃないだろうか。

　犯罪者であることを、子供に隠して生きる、親の気持ちを——怪盗フラヌールがこの本を盗んだ二十年前と言えば、ちょうど、ぼくや軍靴が、生まれた直後なのだから。

　読みの浅い弟が、籐藤家のためだとか言っていたけれど、それよりは、そちらのほうがまだ、自意識過剰なあの男っぽい。独善的なあの男が、万が一にも家庭なんてものに興味を持つとしたら……、それは自分の家庭だけだ。

どこの家庭も、そうであるように。

だとしたらこの本は、自己啓発書と並べて置くべきなのか。その後、生き別れになっていたふらのを引き取ったところを見ると、あの男にも、少しは学ぶところがあったのだろうから——ゆえにぼくが読むにはまだ早い。ぼくがこの先お艶とどうなるにしても、退転することなく歩んでいけば、もしかしたら、いつか出会うこともあるだろう。

結局、ぼくは、同心円状の構造である図書館をぐるぐると、たっぷりのびのびと徘徊した末に、まあここだなと思う本棚に、言うなれば三代に亘る邊邉斉齋斎の共著を、音もなく挿入しておいた。

それがどこかは、あえて記すまい。

盗まれでもしたら大変だからね。

# あとがき

　決して自分の思い通りには進んでいないけれど特に不都合はないどころか、むしろ考えていたよりもよっぽど順調な進行を見せている場合に、なんとかして計画を元通りのあるべき姿に修正すべきか、それとも想定外をありのままに受け入れるべきかというのは、難しい問題です。たとえばこれはとある小説家の話ですが、小説家は朝六時に起きて仕事を始めたいと考えていて、そのスケジュールを己がベストパフォーマンスを発揮できるルーティンだと心得ているとします。そうやってこれまで小説を書いてきたという自負があります。しかしどうしたことか、最近、何時に寝ても夜中の二時にぱっちり目が覚めるようになりました。判で押したように夜中の二時であり、その先、二度寝ができるような目覚めではありません。その小説家は昼夜逆転を非常に苦手とする人間ですが、よりにもよって午前二時ですから他に何ができるでもなく、本来は朝を迎えてからしたかった仕事を、前倒しで始めることになるのでした。なにせ目覚まし時計はその時間にセットしたままなので、むしろ四時間は眠るわけにはいかないという逆説的なジレンマも抱えることになります。目覚まし時計を止めるために起きているという不思議な状況は、なぜか奇妙なコンセントレーションを生み出し、その約四時間プラスアルファで、朝方どころか、その日したかった仕事の大半を終えられるのでした。目覚まし時計を止めてから就寝し、午後からおこなった仕事量を加算すれば、なんと一・五〜二倍近い執筆ができてしまいました。小説家本人は不甲斐なさにも似た忸怩たる思いを抱えますが、しかし振り返ってみればなんの不都合も起きていないどころか、総合的な睡眠時間は増えているくらいなので、健康的でさえあります。自分が思っていたのと違うというだけで。

　というわけで、『思っていたのと違う』ことにかけては小説家どころではないルポライター・あるき野道足を主人公とした返却怪盗シリーズの第二弾です。小説家は意志が弱いので現状を追認し、このあとがきも夜中の二時半に書きましたが、ルポライターは頑強ですね。名探偵に邪魔をされたり、殺人事件が起きたりと、何一つ思い通りに進まない中、しなくてもいい怪盗仕事に精を出しています。それは彼の弟も同じかもしれません。もしかすると自分の思い通りであることよりも、自分の思いと『違う』ことのほうが、大切なのでしょうか？　そのために兄弟は、怪人や怪盗の仮面をかぶるのでしょうか。自分でなくなるために。そんな感じで『怪人デスマーチの退転』でした。

　本書のカバーイラストの豪華絢爛さはまばゆいばかりです。金箔を張ったがごとく、かくもきらびやかに飾ってくださったTAKOLEGSさんに感謝します。次回『怪傑レディ・フラヌール』で本シリーズは一区切りとなりますので、よろしければ、どうぞよろしくお願いします。

西尾維新

**西尾維新**（にしお・いしん）
1981年生まれ。『クビキリサイクル　青色サヴァンと戯言遣い』で第23回メフィスト賞を受賞し、デビュー。戯言シリーズ、〈物語〉シリーズ、忘却探偵シリーズ、美少年シリーズなど著書多数。漫画原作者としても活躍し、代表作に『めだかボックス』『症年症女』『暗号学園のいろは』がある。

# 怪人《かいじん》デスマーチの退転《たいてん》

2023年3月27日　第1刷発行

著　者　西尾《にしお》維新《いしん》

発行者　鈴木章一

発行所　株式会社　講談社
〒112-8001
東京都文京区音羽2-12-21
電話
［出版］03-5395-3506
［販売］03-5395-5817
［業務］03-5395-3615

KODANSHA

印刷所　凸版印刷株式会社

製本所　株式会社国宝社

定価はカバーに表示してあります。

落丁本・乱丁本は購入書店名を明記のうえ、小社業務宛にお送りください。送料小社負担にてお取り替えいたします。

なお、この本についてのお問い合わせは、文芸第三出版部あてにお願いいたします。

N.D.C.913 286p 19cm
ISBN 978-4-06-530630-7